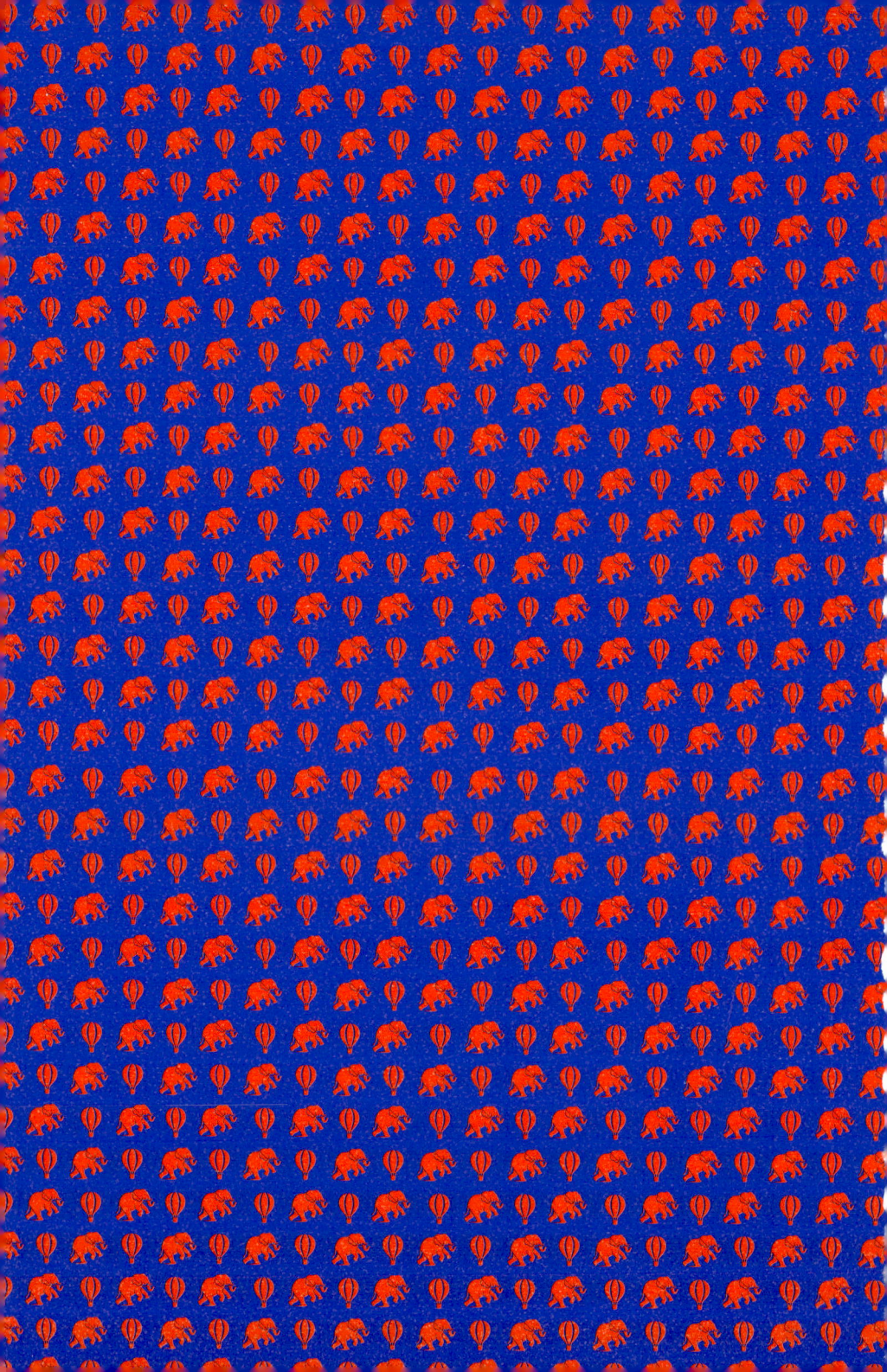

世界大奖科幻小说

气球上的五星期

Five Weeks
on
the Balloon

［法］儒勒·凡尔纳 / 著
［法］爱德华·里乌　亨利·德蒙托 / 绘
赵佳铭 / 译

化学工业出版社
·北京·

图书在版编目（CIP）数据

气球上的五星期 /（法）儒勒·凡尔纳
(Jules Verne) 著；赵佳铭译. -- 北京：化学工业出版社，2025.5. --（世界大奖科幻小说）. -- ISBN 978-7-122-47838-2

Ⅰ. I565.44

中国国家版本馆 CIP 数据核字第 2025WH4353 号

责任编辑：汪元元　　　　　　装帧设计：刘丽华
责任校对：宋　夏

出版发行：化学工业出版社
　　　　　（北京市东城区青年湖南街 13 号　邮政编码 100011）
印　　装：中煤（北京）印务有限公司
880mm×1230mm　1/32　印张 11$^1/_2$　字数 272 千字
2025 年 7 月北京第 1 版第 1 次印刷

购书咨询：010-64518888　　　　售后服务：010-64518899
网　　址：http://www.cip.com.cn
凡购买本书，如有缺损质量问题，本社销售中心负责调换。

定　　价：69.80 元　　　　　　　　　　　版权所有　违者必究

前言

为什么要读经典?

"书不及百年不读"这句话,体现了广大讲究阅读品位的读者对经典好书的殷切期待。法国科幻小说作家儒勒·凡尔纳创作的约80部作品无疑可以称得上是这样历久弥新的百年经典。

【作家介绍】

凡尔纳生于法国南部海港城市南特,波澜壮阔的海洋、迎风飘扬的船帆、威风凛凛的大船,伴着他成长,因此孕育了他对天空、海洋、大地、宇宙的向往。凡尔纳的父亲是个律师,一心想让他子承父业,十八岁时凡尔纳去巴黎学习法律,但他对法律根本没有兴趣。在巴黎,凡尔纳结识了作家大仲马、探险家雅克·阿拉戈等人,通过阿拉戈他结识了许多天文学、物理学和地理学等各学科的科学家,并在他们的影响下钻研起数学、物理、化学、地理、生物等科学知识。同时凡尔纳还尝试着写作小说,把他学到的科学知识融进自己的小说当中。《气球上的五星期》是他的第一篇长篇科幻小说。这篇小说一开始出师不利,连续投给16家出版社都无人理会。凡尔纳一气之下把书稿扔进火盆,幸亏他的妻子及时把书稿抢救出来，并找机会投给了第 17 家出版社。第 17 家出版社的编辑赫泽尔慧眼识珠，将之出版。从此凡尔纳声名远播，进入创作的高产量和高质量时期。

凡尔纳一生硕果累累，写了 66 部长篇小说和中短篇小说集，此外还有一些剧本和其他各类作品。他的小说以"在奇异世界里的奇异旅行"为主题，分"在未知的世界中漫游"和"在已知的世界中漫游"两类。第一类有《海底两万里》《地心游记》《从地球到月球》《太阳系历险记》等；第二类有《气球上的五星期》《八十天环游地球》《神秘岛》《格兰特船长的儿女》等。

凡尔纳和他的作品享誉全球，据联合国教科文组织统计，凡尔纳的作品在全世界的译本数约达 4800 种（截至 2016 年 2 月的统计数据）。他和英国的侦探小说家阿加莎·克里斯蒂、莎士比亚齐名，与英国作家赫伯特·乔治·威尔斯并称"世界科幻小说之父"。1872 年，凡尔纳当选为亚眠市学士院的院士，并获得了法兰西学院颁发的"蒙蒂翁奖"。2005 年，法国政府为纪念儒勒·凡尔纳逝世 100 周年，将该年定为"凡尔纳年"。这一年度活动旨在向这位文学巨匠致敬，并通过各类文化展览、学术研讨和作品推广活动，重新唤起公众对其文学遗产的关注。

经典应该怎样读？

【科幻小说】

在阅读本书之前，你可以先了解一下什么是科幻小说。根据

《辞海》的解释，科幻小说是用幻想的方法，表现人类在未来世界的物质、精神、文化生活和科学技术远景，其内容交织着科学事实和预见、想象。通常将"科学""幻想""小说"视为其三要素，它是随着近代科学技术的蓬勃发展而产生的一种文学样式。优秀的科幻小说须具备"逻辑自洽""科学元素""人文关怀"三个方面。一般认为英国的玛丽·雪莱（1797-1851）的《弗兰肯斯坦》是世界上第一部真正意义上的科幻小说，这部出版于1818年的跨时代杰作，深受当时的电学、电生理学、生物学、植物学、解剖学、动物学、化学等科学研究成果的启发。随后不久，凡尔纳将科幻小说这一文学新样式提升到世界水平，并因其优质、高产被誉为"世界科幻小说之父"。

【内容提要】

《气球上的五星期》是凡尔纳的第一部科幻小说，讲述的是19世纪上半叶，许多探险家、地理学家、旅行家虽然对非洲进行了艰难而卓绝的探险，留下了许多珍贵的资料和地图，却始终无法探明东经14度到33度之间的中心地区。1862年，英国人塞缪尔·弗格森博士在前人经验的基础上，决定对非洲这个地区进行考察，并亲自设计了这次旅行的交通工具：热气球。"这位无畏的探险家计划乘坐气球，从东到西横贯整个非洲。根据我们的了解，这次令人震惊的旅程将从东海岸的桑给巴尔岛开始，至于终点，则只能交由上帝决定。"一路上，他们饱览了非洲大陆的动人风貌，从高山大海、沼泽沙漠，到千奇百怪的动物和植物，应有尽有。他们经历了种种险象环生的事件，被当地土人著当成月亮神来崇拜，被食人族疯狂追赶，目睹了土著部落的战斗场面，从土著手中救出被囚的传教士……气球无疑是书中最大的亮点，在气球破损即将坠落的危难时刻，弗格森的双层气球设计大显身手，让他们化险为夷。他们经历了无数艰难险阻，最后到达了法国驻塞内加尔河的属地，完成了前人未竟的事业。

【精彩文摘】

有了它（热气球），无论是酷热、激流、暴风雨、热风、恶劣的气候、野生动物还是野蛮的人类，我都不必惧怕！如果觉得太热，我可以升高气球；如果觉得太冷，我可以下降。如果遇到山，我可以飞越；如果遇到悬崖，我可以掠过；如果遇到河流，我可以横渡；如果遇到风暴，我可以升到云层上方；如果遇到激流，我可以像鸟儿一样从上面掠过去！前进时我不会感到疲惫，休息时我也不必非要停下来！我可以翱翔在新兴城市的上空！我可以像龙卷风一样迅速前进，有时在高空，有时离地面只有一百英尺，而非洲的大地会在我眼前展开，就像我身处一张巨大的世界地图中一样。

他们飞越的土地以肥沃著称。狭窄蜿蜒的小径消失在茂密的树丛之下，精心耕作的田地一望无际，田里的烟草、玉米和大麦已经成熟。偶尔出现的广阔稻田里，稻秆茁壮生长，紫色的花朵点缀其间。他们还看到了羊群，被圈养在高大的笼子里面，以防它们成为豹子利爪下的猎物。土地肥沃，植被繁茂，绿意盎然。

【旅行路线与情节梳理】

弗格森博士的三人小队，乘坐热气球从非洲东海岸出发，横跨非洲大陆至西海岸。关键路线与情节如下：

一、起点：桑给巴尔岛附近的小岛

桑给巴尔岛位于东非海岸，如今属于坦桑尼亚。桑给巴尔岛历史悠久，地理位置非常重要，自古以来就是非洲海岸的贸易重镇，也是当时欧洲探险家进入非洲的重要据点。弗格森博士计划从桑给巴尔岛出发，但由于当地土著人的强烈敌意，一行人将出发地点改为桑给巴尔岛附近的小岛库布尼岛。起飞后，三人首次从高空俯瞰大地，景色美不胜收。

二、东非海岸景观：姆里马地区

从桑给巴尔出发后，热气球首先飞越了非洲东海岸的姆里马地区，这里有茂密的杧果树和若干村庄。热气球的到来让土著人很是惊恐。

三、伊曼热盆地和鲁别奥山

这里生长着茂盛的植被，树木丛生，种类繁多，此外还有众多蜿蜒曲折的河流。在鲁别奥山，三人目睹了震撼人心的雪原景象，荒凉孤寂的覆雪高原雄壮而苍凉。

四、乌尼扬韦齐地区

众人穿越了当地人口中的"月亮之国"，即非洲中部较为适宜居住的乌尼扬韦齐地区，那里居住着一些阿拉伯富商。在这里，众人降落在一棵树上，热气球被当地土著人认为是月亮，而三人则被认为是月亮女神的孩子。当地酋长已经病了很多年，弗格森博士装作神灵的使者，试图为当地酋长治疗疾病，而乔则开心地扮演起了神的角色，接受当地人的供奉。但在晚上，月亮升起，意识到不可能同时存在两个月亮的土著人察觉到自己受到了欺骗，愤而追击他们，好在一行人安然逃脱。

五、非洲腹地——"月亮山"

"月亮山"是一座真实存在的山峰，正式名称为鲁文佐里山，位于果（金）与乌干达国界上的高山群。在"月亮山"附近，众人利用一只大象的力量拉动热气球行走，场面颇为生动有趣。

六、维多利亚湖

维多利亚湖是非洲最大的淡水湖，也是尼罗河的支流——白尼罗河的源头。一行人在维多利亚湖的湖面进行探索，并详细考察了当地的地理特征，他们也在这里发现了探险家前辈安德烈亚·德博诺留下的痕迹。

七、非洲中心的乌索加地区

三位旅行者在这里遇到了两个部落之间的血腥杀戮,场面令人不适。他们还在这里救出了一位即将被土著人处死的法国传教士,但遗憾的是,由于饥饿、折磨和疾病,这位传教士还是不幸身亡。三位旅行者将传教士葬在一处山谷之中。

八、沙漠

一行人已经接近北非,抵达了著名的撒哈拉大沙漠的南部。由于水资源储备不足,三人经历了整个旅程中最为艰难的时刻。水对于他们不仅是生命之源,还是热气球飞行的动力。没有水,他们就只能困在沙漠之中等待死亡。在勇敢无畏的努力、互相合作的精神和天意的照顾下,三个人找到了沙漠绿洲中的水源,获得新生。

九、洛格

在这里,居住着一位高傲的本地统治者。当众人在城市上方停留时,他下令袭击热气球,但没有成功。后来,他又放出了尾巴上绑着易燃物的鸽子,企图用火攻迫使热气球降落。三人扔出压舱物,逃离了这里。

十、乍得湖

在这里,秃鹫袭击了热气球,热气球的外层破裂,迅速下降。为了稳定热气球,富有牺牲精神的乔从吊舱中一跃而出,坠入乍得湖的湖中。弗格森和肯尼迪平安降落,并剥离了热气球的外层。为了寻找乔，他们在乍得湖附近往返徘徊。最后，在乔逃离一群骑兵的追逐时，二人成功在空中发现了乔的踪迹，将其救出。

十一、终点：塞内加尔

一行人即将抵达旅途的终点，但仍然有最后一道考验。在塞内加尔河附近，当地人追踪着热气球的踪迹，企图捉住三位旅行者。在漫长的旅途之后，热气球已经损坏，高度不断降低，他们扔掉了可以扔掉的一切物品，甚至包括吊舱本身，最终点燃干草加热空气，终于乘坐热气球渡过了塞内加尔河，抵达了当地的法国人殖民地。

【写作背景】

弗格森博士之所以能在五星期内乘坐气球完成非洲的探险之旅，除了得益于他本人的勇敢和智慧、仆人乔的忠诚和义气之外，还与当时科技的发展与进步密切相关。

一、科学技术的发展

早在1776年，英国科学家詹姆斯·瓦特发明出世界上第一台具有实用价值的蒸汽机。蒸汽机的发明使欧洲进入了工业革命时代，也激发出人们对科学发明的热情和动力。

1783年6月4日，法国蒙特哥菲尔兄弟于里昂安诺内广场上举行热气球升空表演。同年9月19日和11月21日，蒙特哥菲尔兄弟又在巴黎举行了两次热气球升空表演，其中 11 月 21 日的表演是人类历史上首次成功的热气球载人升空表演。随后，以热气球和充气飞艇为主要内容的飞行表演活动不断出现，并不断刷新留空时间和上升高度等新航空纪录。进入 19 世纪，热气球逐渐成为科学考察和冒险的工具。

凡尔纳在小说中描绘的"维多利亚"号热气球，正是基于当时热力科学、电力学和大气科学等科学新发现而设计的。比如，在弗格森设计热气球这一章节，他采用大段篇幅不厌其烦地描述了气球球体使用的原材料、燃料、载重等，以及如何通过电力分解水来产生氢气和氧气；调节气囊内的温度和体积以控制升降。对飞行原理和气象学知识的介绍也比比皆是：

1. 高度、温度与气压的关系：气球上升时，随着海拔升高，温度会降低，这一点也体现在了小说的情节之中。此外，如何通过操控气体的量与压舱物重量来控制气球升降的描写，也符合物理原理。

2. 风向与气流的规律：弗格森利用不同高度的风向，如低空信风、高空环流来调整、规划气球的航线，这与 19 世纪气象学对大气环流的研究相符。

3. 预测变化莫测的天气：通过观察不同的云层分布、鸟类飞行的轨迹来等判断天气变化，也是当时依赖经验的气象观测手段的体现。

二、环球旅行的热情

凡尔纳的朋友雅克·阿拉戈在1853年写了一本《环球旅行》。法国海军军官杜蒙·迪维维耶在1822年至1825年间环游地球，并将他的经历写成书发表。

19世纪中期，非洲内陆对于欧洲人而言仍是充满未知的"黑暗大陆"。探险家们热衷于绘制地图、寻找尼罗河的源头、探索野生动物的分布等。小说中，弗格森博士计划从桑给巴尔横跨非洲至塞内加尔，也是当时欧洲探险家们的真实经历，如理查德·伯顿、约翰·斯皮克等人的探险经历。

三、地理扩张的狂热

19世纪中期，英国处于维多利亚时代，国力强盛，四处扩张，被称为"日不落帝国"。维多利亚女王则以"大不列颠及爱尔兰联合王国女王"和"印度女皇"自称。英国人利用掌握的先进科学技术，制造出轮船、火车、热气球等交通工具，并利用这些交通工具开向全世界。

【主题挖掘】

一、对机械文明的乐观主义精神

小说中，"维多利亚"号热气球是工业革命成果的象征。热气球带有精密的机械装置——加热炉、气囊阀门；有耐用的材料——

带有橡胶涂层的丝绸布；有周详的航行计划，旅行因此大获成功，这一切都体现了19世纪的人们对技术进步的信心。

二、对自然科学的实证精神

弗格森博士是一位典型的科学探险家，他随身携带着气压计、温度计、罗盘等仪器设备，沿途记录地理坐标、测量海拔、采集动植物标本。种种细节描写体现了19世纪科学考察的实证主义原则，即通过实地观察和数据采集来积累科学知识。

《气球上的五星期》出版的1863年，正值达尔文《物种起源》（1859年出版）引发广泛讨论的时期。书中对非洲形形色色的野生动物，如大象、狮子、河马、鳄鱼等的大量描写，表达了作者对生物多样性的关注，与当时自然科学的发展趋势相合。

三、殖民主义与科学伦理的冲突

书中对非洲的描写带有浓浓的殖民时代的烙印，书中不止一次地把非洲土著人视为野蛮、不开化的人，这反映了19世纪欧洲中心主义的世界观，读者在阅读时应谨慎甄别。与此同时，主人公拒绝参与奴隶贸易，他认为科学探索应该为全人类的福祉服务，体现了以弗格森博士为代表的先进知识分子对殖民扩张的深刻反思。

四、自然景观与人文景观的交融

凡尔纳通过小说人物的视角，描绘了非洲变化万千的自然景观和人文景观，如撒哈拉沙漠、刚果雨林、东非高原，非洲部落的社会结构、语言和宗教习俗，反映了当时欧洲人对非洲地理多样性和人类学的研究情况。

【人物形象】

主人公塞缪尔·弗格森博士是英国皇家地理学会成员，探险队的组织者和领导者，热气球的设计者。他博学多识，精通电力学、热力学、地理学、气象学等多领域知识。他冷静果断，面对大气风暴、气球破损、土著人的袭击、燃料短缺等突发状况时，总能保持镇定，迅速做出理性的决策。比如，在气球失控时，他果断抛弃货物以减轻重量，避免坠毁。他乐观坚韧，即使遭遇多次挫折，如同伴质疑、设备故障，也不放弃。他的积极态度让他成为三人小队的精神支柱。他富有冒险精神，主动挑战当时被视为"黑暗之地"的非洲内陆，渴望通过科学探索打破未知，展现出19世纪探险家的开拓精神。

体格高大健壮的苏格兰猎人迪克·肯尼迪是弗格森的好友，他为人务实谨慎，一开始他对热气球探险持怀疑和消极的态度，压根儿不想跟弗格森同行。他勇敢直率，作为经验丰富的猎人，他擅长使用枪支等武器，在遭遇野生动物、土著人攻击等危险时总能及时出手，化险为夷。他对朋友忠诚可靠，尽管他一开始是被动参与弗格森的探险计划的，但出于对朋友的担心，还是不情不愿地跟着弗格森出发了。

乔是弗格森的仆人，他机智幽默，常以轻松的言行来化解旅行中紧张气氛。他拥有吃苦耐劳的天性，虽然出身底层，但充满生存智慧，对于操控热气球设备、搭建营地这些体力活，他干起来得心应手，从不抱怨。他对探险充满了好奇与热情，对弗格森博士充满信任，在气球将要坠毁的危急时刻始终不离不弃，甚至愿意牺牲自己保护主人和他的朋友肯尼迪。

【各界评价】

俄国文豪列夫·托尔斯泰说："凡尔纳的作品简直奇妙无穷，使我大开眼界。凡尔纳是一个天才的大师。"他还亲笔为凡尔纳的《八十天环游地球》画了插图。

《小王子》的作者、法国作家圣埃克叙佩里自童年时就深深喜爱凡尔纳的作品，并在20世纪上半叶成为凡尔纳的热情支持者，还以凡尔纳的《黑印度》为灵感创作了小说《夜航》。

美国的潜水艇发明者西蒙·莱克声称："凡尔纳是我一生事业的总指导。"他将自己发明的第一艘潜水艇命名为"鹦鹉螺"号，以向凡尔纳和凡尔纳笔下的尼摩船长致敬。

意大利科学家、无线电发明者马可尼从凡尔纳的作品中获得了灵感，他说："凡尔纳是我的人生导师。"

苏联宇航之父康斯坦丁·齐奥尔科夫斯基、美国现代火箭技术奠基人罗伯特·戈达德、德国火箭专家赫尔曼·奥伯特这几位现代火箭技术的创新者和发明者，都坦白说自己从凡尔纳的《从地球到月球》中获得过灵感。奥尔科夫斯基说："凡尔纳的小说启发了我的思想，使我按一定方向去想象和创造。"

英国著名的南极探险家、航海家沙克尔顿爵士将《海底两万里》称为"船上圣经"。

巴西航空之父、世界航空先驱桑托斯-杜蒙特称，凡尔纳是他最喜欢的作家，凡尔纳的作品是他设计飞行器的灵感来源。

执行美国阿波罗8号任务的宇航员弗兰克·博尔曼等人是凡尔纳的忠实粉丝。弗兰克·博尔曼说："儒勒·凡尔纳是太空时代的先驱。"

1978年，苏联宇航员乔治·格雷奇科在礼炮6号空间站上绕地球轨道飞行时，给地球发回信息，以庆祝凡尔纳诞辰150周年，他说："每一位宇航员都读过凡尔纳的书，因为凡尔纳是一个预见过太空飞行的梦想家。我想说，这次飞行也是凡尔纳预言过的。"

美国天文学家埃德温·哈勃从小就对凡尔纳的小说着迷，声称他最喜欢《从地球到月球》和《海底两万里》这两部小说。

美国人工智能专家大卫·汉森将他设计和制造的机器人命名"朱尔斯"（"朱尔斯"为"Jules"的英译。凡尔纳名字的常见完整译法为儒勒·凡尔纳）。

鲁迅："凡尔纳小说'默揣世界将来之进步，独抒奇想，托之说部，经以科学，纬以人情'。"

刘慈欣："凡尔纳的大机器小说，粗陋而笨拙，是现代技术世界童年时代的象征,有一种童年清纯稚拙的美感。"

【深远广泛的时代意义】

在《气球上的五星期》诞生的年代,世界正处于工业革命的浪潮之中,科技的进步和交通工具的发展使得人们对世界的认知和探索欲望不断增强,这部小说正是在这样的时代背景下应运而生。小说通过对新兴的科学技术、不同文化的描绘和对社会问题的思考,为读者打开了一扇扇了解世界的窗户。《气球上的五星期》也为后来的作家提供了丰富的创作灵感和范例,其独特的情节架构、人物塑造方法以及科学与想象融合的写作手法,被众多作家借鉴和模仿。此外,小说还多次被改编成电影、电视剧、舞台剧等多种艺术形式,进一步扩大了其影响力,使更多的人了解和喜爱这部经典之作。它不仅在文学领域具有重要地位,也成为了人类文化遗产的重要组成部分,持续地影响着不同时代、不同地域的人们,激励着人们勇敢地追求梦想,探索未知的世界。

目录

第一章 / 001

第二章 / 010

第三章 / 015

第四章 / 025

第五章 / 033

第六章 / 040

第七章 / 047

第八章 / 052

第九章 / 060

第十章 / 066

第十一章 / 071

第十二章 / 081

第十三章 / 092

第十四章 / 100

第十五章 / 110

第十六章 / 121

第十七章 / 131

第十八章 / 141

第十九章 / 152

第二十章 / 158

第二十一章 / 164

第二十二章 / 173

第二十三章 / 183

第二十四章 / 192

第二十五章 / 201

第二十六章 / 208

第二十七章 / 216

第二十八章 / 223

第二十九章 / 230

第三十章 / 238

第三十一章 / 247

第三十二章 / 252

第三十三章 / 260

第三十四章 / 267

第三十五章 / 273

第三十六章 / 283

第三十七章 / 290

第三十八章 / 297

第三十九章 / 307

第四十章 / 313

第四十一章 / 318

第四十二章 / 327

第四十三章 / 333

第四十四章 / 344

后记 / 348

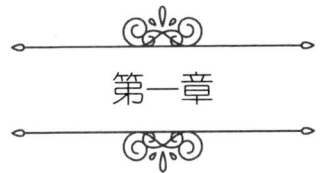

第一章

演讲在热烈的掌声中结束——介绍塞缪尔·弗格森博士—— Excelsior①——博士的全身像——一位坚定的宿命论者——旅行者俱乐部的晚宴——几次应景的祝酒

1862年1月14日,伦敦。位于滑铁卢广场三号的皇家地理学会正召开会议,大量听众聚集于此。学会主席弗朗西斯·M爵士正向他的同僚发表演讲,他的演讲常常被掌声打断。

这篇出众的雄辩之辞最终以充满爱国热情的豪言壮语收尾:

"英国一直走在世界各国的最前列(总有一些国家要走在另一些国家的前头)。这是因为英国的探险家在地理发现之路上英勇无畏(获得了一致认同)。塞缪尔·弗格森博士,英国最光荣的子民之一,绝不会为他的祖国带来耻辱('当然不会!'会场各处应和着)。

"如果这次探险成功了('一定会成功!'),它将完善并整合世人对非洲地理学尚不连贯的认知(热烈的掌声)。即便失败了,它至少也是人类智慧中最大胆的构想之一,它将名垂青史(巨大的欢呼声)!"

"万岁!万岁!"无数观众高声呼喊,他们已彻底被这些鼓舞人

---

① 源于拉丁语,有"精益求精""不断向上""追求更高"的含义。(本书注释,如无特殊说明,均为译者注——编者)

心的话语所感染。

"勇敢无畏的弗格森万岁!"热情洋溢的人群中,一位尤为激动的观众高喊。

到处都回响着热烈的欢呼声,人们异口同声地高呼着弗格森的名字。我们可以确信,他的名字将在每个英国人口中传颂。实际上,整个会议大厅都为之震动。

当然,很多无畏的旅行家和探险家也在现场,他们充沛的精力曾支持他们走遍世界各地,但他们中的很多人已经年老体衰,因为常年从事科学事业而精疲力竭。每一位探险家都在身体上或者精神上或多或少遭受过最严峻的考验。他们曾从船难和火灾中逃生,躲开过印第安人的战斧和棍棒,在柴堆与火刑柱上获救,甚至曾在南太平洋小岛上差点成为食人族的美餐。但在弗朗西斯·M爵士演讲时,他们依旧心潮澎湃。这无疑是伦敦皇家地理学会迄今为止最成功的一次演讲。

但在英国,热情并不仅仅止于言语。热情会转化为金钱,甚至比皇家铸币厂铸造货币的速度还快。人们立刻投票通过了一项决议,为弗格森博士筹款，并很快就筹集到了两千五百英镑的可观金额。这笔资金足以配得上这项事业的重要意义。

此时，一位学会成员询问主席，是否可以正式将弗格森博士介绍给大家。

"博士已经准备好了，随时接受会议议程的安排。"弗朗西斯·M爵士回应。

"那就让他进来吧！带他进来！"观众高声呼喊，"我们想亲眼看看这样一位有着非凡勇气的人！"

"也许这个令人难以置信的计划只是为了欺骗我们。"一位患过中风的老海军准将低声咕哝道。

"如果最后发现根本没有弗格森博士这个人怎么办？"另一个语气恶毒的声音喊道。

"嗯，那么我们就得发明一个出来了！"这个庄重严肃的学会中一位诙谐幽默的成员回应道。

"请弗格森博士进来吧。"弗朗西斯·M爵士平静地说。

博士走了进来，站在那儿，会场响起雷鸣般的掌声表示欢迎，但博士显得异常平静。

博士大概四十岁，中等身材，体型匀称，红润的脸颊凸显出多血质的特点。他没什么表情，五官端正，有着一个大鼻子——那种像船头一样的大鼻子，这种鼻子正是注定要完成伟大发现的标志。他的目光温和睿智，为他的相貌增添了一份独特的魅力。他手臂修长，步履稳健，显示出他是一个很擅长长途跋涉的人。似乎有一种平静沉稳的气场从头到脚包裹着弗格森博士，没有人觉得他会做出骗人的事情，即便是无害的欺骗也不会做。

因此，博士一出现，大家就致以热烈的掌声，一直持续到他用一个友好的手势请大家安静下来为止。博士走向为他准备好的椅子，而后笔直地站在椅子前，稳稳伫立，目光坚定，右手食指指向上方，用洪亮的声音说了一个词——

"Excelsior！"

无论是布赖特与科布登[①]出其不意的攻击，还是帕默斯顿[②]要求拨款，用钢铁覆盖英国海岸线的岩礁，都没有产生过如此震撼的效果。弗朗西斯·M爵士的演讲顿时显得黯然失色。弗格森博士看上去温和、高贵而沉默寡言，他在这样的场合下只说了一个词——

"Excelsior！"

那位患中风的老海军准将之前一直在挑刺，但他现在完全被眼前这位非凡之人所折服，并立即提议将弗格森博士的演讲选入《伦敦皇家地理学会学报》。

那么，这位弗格森博士到底是谁，他提出的计划又是什么呢？

弗格森的父亲曾服役于英国海军，是一位勇敢且受人敬重的上尉。在弗格森年幼时，他父亲就把他带在身边，让他一同参与自己职业生涯中的冒险。出色的小弗格森似乎从来都不知道什么是害怕，他从小就展现出敏锐的头脑、卓越的分析能力和非凡的科学才华。此外，他在摆脱困境的方面也表现出了非同寻常的能力。他从来没有过不知所措的时候，即便是第一次用餐叉的时候也是这样——一般来说，这是小孩子很难成功完成的任务。

弗格森很小的时候就阅读了许多有关大胆冒险和海上奇遇的书籍，这燃起了他无尽的想象。同时，他也热切关注着十九世纪上半叶诸多划时代的发现。他沉思着芒戈·帕克、布鲁斯、卡耶、勒瓦扬等人的光辉事迹，而且笔者获悉，他同样崇拜塞尔扣克[③]，他认为

---

① 均为英国政治家、演说家。二人曾共同发表多次演讲。
② 亨利·帕默斯顿，英国政治家，曾任英国首相、外交大臣。
③ 亚历山大·塞尔扣克，苏格兰水手，曾流落于南太平洋岛屿。塞尔扣克获救回国后将自己的经历写成文章发表，这段经历被丹尼尔·笛福借鉴，并写成名作《鲁滨孙漂流记》，塞尔扣克即书中主人公鲁滨孙的原型。

塞尔扣克并不比上面的任何一位冒险家逊色。在他的想象中，自己和这位英雄在胡安·费尔南德斯群岛上共度了多少美妙的时光啊！弗格森常常批评这位落难水手的想法，但有时也会和他共同讨论一些计划和工作。在许多情况下，他会选择与塞尔扣克不同的行动方式，至少会和塞尔扣克做得一样好——对此他充满自信。当然，有一件事情他很确定，他永远也不会离开那座宜人的小岛，在那里他就像一个没有臣民的国王一样快乐——即便是将他提升为海军部的首席长官，也绝不可能诱惑他离开那里！

显然，弗格森的这些兴趣爱好是在充满冒险的青年时代培养起来的，那时他游历了世界的各个角落。此外，他卓识远见的父亲没有放过任何机会，一直致力于培养他敏锐的头脑。为此他让弗格森认真钻研了水道测量、物理学和机械学，还涉猎了植物学、医学和天文学。

当这位受人尊重的海军上尉去世后，时年二十二岁的塞缪尔·弗格森已经完成了环球航行。他曾于孟加拉军团服役并担任随军工程师，在许多工作中都表现突出。但他并不习惯于士兵的生活，他不喜欢指挥别人，也不喜欢服从命令。因此，他递交辞呈，一边研究植物学，一边狩猎，朝着北部进发，从加尔各答[1]穿越整个印度半岛抵达苏拉特[2]——对他来说，这不过是一次轻轻松松的短途旅行。

人们看到他从苏拉特启程前往澳大利亚，并在1845年参加了斯特尔特船长[3]的探险队。这支探险队被派去寻找据传位于新荷兰[4]中

---

[1] 印度东部城市。
[2] 印度西部城市。
[3] 查尔斯·斯特尔特，探险家，曾深入澳大利亚中部、南部探险，并著有相关游记。
[4] 因第一个发现澳大利亚的欧洲人为荷兰人，澳大利亚过去被命名为"新荷兰"。

心地带的新里海。

1850年前后，塞缪尔·弗格森返回英国，并且比以前更着迷于探索。直到1853年，他一直在麦克卢尔船长①身边，从白令海峡出发，环绕美洲大陆一直航行到费尔韦尔角。

尽管疲惫不堪，经历了各种气候的考验，弗格森的身体依然非常强健。即便是在最为疲乏困顿的情况之下，他依然能游刃有余。总而言之，他是那种最为典型的杰出探险家，胃可以凭借意志膨胀或者收缩，双腿可以根据休息处的长短而自由屈伸，他在白天的任何时刻都能陷入安睡，在晚上的任何时刻也能立刻醒来。

因此，我们这位旅行家在1855到1857年间与施拉京特魏特兄弟②一起游历了西藏西部地区，并带回了一些新奇的人种学观察报告，这已经显得不足为奇了。

在旅行期间，弗格森一直是《每日电讯报》最活跃、最有趣的记者。这份只卖一便士的报纸发行量高达十四万份，但仍然无法满足众多读者的需求。因此，弗格森博士已经为公众所熟知，尽管他并非伦敦、巴黎、柏林、维也纳或圣彼得堡的皇家地理学会成员，也不是旅行者俱乐部的成员，甚至不是皇家理工学院的成员，尽管他的朋友、统计学家科伯恩是学院的院长。

有一天，科伯恩甚至问了这样的一个问题：如果给出弗格森博士在环游世界时行走的英里数，那么由于头部和脚部离地心的距离不同，他的头比他的脚多走了多少距离？或者也可以这么问：如果给出弗格森博士头和脚分别移动的英里数，是否能精确求出博士的身高？

---

① 罗伯特·麦克卢尔，探险家。北冰洋的麦克卢尔海峡以他的名字命名。
② 罗伯特·施拉京特魏特和赫尔曼·施拉京特魏特，德国探险家，曾在喜马拉雅山脉和青藏高原进行地理勘测。

这只是一些恭维的话，但弗格森博士的确保持着与学术机构的距离，他属于行动派而不是雄辩派。他更愿意花时间去寻找答案、探索未知，而不是空谈理论。

有这样一个故事：一天，一个英国人来到日内瓦，要去参观日内瓦湖。他被安排在一辆古怪的马车上，乘客们并排坐在车厢两边，就像在公共马车上一样。结果这位英国人恰好被安排在了背对日内瓦湖的位置上。马车绕着湖走了一圈，他却从来没有想过转头去看一眼。回到伦敦后，他还对日内瓦湖之旅感到非常满意。

然而，弗格森博士在旅途中一直在环顾四周，这很有意义，让博士见识了很多。他之所以这样做，只不过是在顺从自己的天性而已。我们有充足的理由认为他在某种程度上是个宿命论者，而且是一种很正统的宿命论，这导致他相信自己，甚至可以说相信天意。他声称，在旅途中，与其说他是按照自己的主观意志行动，不如说是被某种力量驱使着，他就像火车头一样穿越世界，并不是依靠自己的指引前进，而是因为铁轨的引导。

"并不是我走在路上，"他常说，"而是路在引导我向前走。"

因此，当弗格森博士面对皇家地理学会会员们的热烈掌声时，能够保持平静，读者们也不必觉得惊讶。他已经超脱于这些凡俗的事情，不会感觉骄傲，也没有虚荣心。在他看来，弗朗西斯·M爵士提出的计划只不过是世界上最简单的一件事，他几乎没有意识到这件事情引起的巨大反响。

会议结束后，弗格森博士被众人簇拥到蓓尔美尔街[①]上的旅行者俱乐部的一间房间中。为了向他表达敬意，人们准备了一场盛大的招待会。菜肴的分量很符合宾客的重要地位，盛宴中呈上的煮鲟鱼，

---

① 蓓尔美尔街，伦敦街道名称，有众多俱乐部坐落于此。

比弗格森博士的身高只短了不到一英寸①。

人们享用着法国葡萄酒,觥筹交错,将无数祝酒词献给了那些因探索非洲而声名鹊起的旅行家。客人们遵循传统的英国方式,按字母顺序为这些旅行家的健康和荣誉而干杯。这些值得记住的人包括阿巴迪、亚当斯……韦内、怀尔德等人。最后但最重要的祝酒献给了弗格森博士,他将要通过不可思议的努力,将所有探险家的成就融合为一体,将这一系列非洲地理发现最终完成。

---

① 1英寸为2.54厘米。

第二章

《每日电讯报》上的文章——学术期刊之间的战争——彼得曼先生支持他的朋友弗格森博士——学者科纳的回复——下赌注——向博士提出的各种建议

《每日电讯报》在 1 月 15 日刊登了一篇文章,内容如下:

"非洲终于要敞开她广袤荒原的秘密了。一位现代的俄狄浦斯①将为我们解开这一谜题。六千年以来,学者们一直未能做到这一点。此前,寻找尼罗河的源头一直被视为一项愚蠢的尝试,一种不可能实现的幻想。

"巴尔特博士②沿着德纳姆和克拉珀顿③留下的足迹深入苏丹;利文斯通博士④从好望角到赞比西盆地⑤进行过多次无畏的探险;伯顿

---

① 希腊神话人物,最知名的事迹是猜出了斯芬克斯的谜语"什么动物早晨用四只脚走路,中午用两只脚走路,晚上用三只脚走路"。
② 海因里希·巴尔特,德国探险家、地理学家,曾前往非洲探险,并著有多卷游记。
③ 狄克逊·德纳姆和休·克拉珀顿均为英国探险家,二人曾共同从利比亚跟随穿越撒哈拉沙漠的商队探访尼日尔河。
④ 大卫·利文斯通,苏格兰探险家、传教士。曾从开普敦前往莫桑比克海岸,完成了从南非斜穿过整个非洲大陆到达非洲西海岸的旅行。
⑤ 位于现在的赞比亚。

上尉和斯皮克上尉①发现了辽阔的内陆湖泊:这几位探险家为现代文明开辟了三条大道。这三条大道的交会点就是非洲的中心,迄今为止,尚无任何旅行家能够抵达那里,而那里正是当下所有努力应该共同指向的目标。

"这些勇敢的科学先驱们取得的成就早为各位读者熟知。塞缪尔·弗格森博士将继承他们的事业,并将之发扬光大。

"这位无畏的探险家计划乘坐气球,从东到西横贯整个非洲。根据我们的了解,这次令人震惊的旅程将从东海岸的桑给巴尔岛②开始,至于终点,则只能交由上帝决定。

"昨天,在皇家地理学会,这项科学探险计划的提案正式递交,会员投票通过了二千五百英镑的拨款,用于支持此次探险。

"我们将继续向读者跟踪报道这一史无前例的探险计划的进展。"

可以想见,这篇文章在科学界引起了巨大反响。起初,它引发了一波怀疑的浪潮。许多人认为弗格森博士不过是一个典型的巴纳姆③式人物,在美国招摇撞骗了一番之后,又打算"征服"英伦三岛。

《日内瓦地理学会通报》在二月号上发表了一篇幽默的回应文章,非常巧妙地讽刺了伦敦皇家地理学会和那条大得出奇的鲟鱼。

---

① 理查德·弗朗西斯·伯顿,英国外交官、探险家。约翰·汉宁·斯皮克,英国军官、探险家。两人曾共同探寻尼罗河源头,并发现维多利亚湖。

② 东非岛屿,位于现在的坦桑尼亚,地理位置十分重要,是航运和贸易的重要节点。

③ 菲尼亚斯·泰勒·巴纳姆,美国商人,建立了世界大马戏团,擅长利用心理学效应让观众相信马戏团的一些魔术和戏法表演。心理学领域描述人们对算命、星相学和一些类型的性格测试的盲从的"巴纳姆效应"以他的名字命名。

但彼得曼先生在哥达市①出版的《通报》中对此进行了反驳，使日内瓦的杂志哑口无言。彼得曼先生与弗格森博士私交甚笃，他为自己这位勇敢朋友的无畏精神做出了担保。

所有的质疑声很快就烟消云散了，因为这次旅行的准备工作已经在伦敦展开。里昂的工厂接到了大量订单，要求生产气球所需的丝绸，最后，英国政府还将本内特船长率领的"坚毅"号运输船交由探险队使用。

消息一经传出，上千封鼓励和祝福的贺电从四面八方纷至沓来。《巴黎地理学会公报》完整地刊登了这项任务的细节。马尔特-布兰先生②的《旅行、地理、历史和考古学年鉴》也刊登了一篇引人注目的文章。科纳博士③在《普通地理杂志》上发表了一篇剖析深入的论文，并在其中兴致勃勃地论证了这次旅行的可行性、成功的机会、现有困难的本质以及空中移动方式的巨大优势，除了出发点的选择之外，他没有提出任何问题。他认为阿比西尼亚（埃塞俄比亚的旧称）④的小港口马萨瓦⑤更适合作为出发点。1768年，詹姆斯·布鲁斯就是从这里出发，去寻找尼罗河的源头。此外，他还热情洋溢地赞赏了弗格森博士的充沛精力，以及他那颗如同三重青铜盔甲般坚强的意志，正是这些特质使得弗格森能够承担如此艰巨的任务。

见到英国独占这份荣耀，《北美评论》感觉颇为不快。它竟然嘲笑弗格森博士的计划，并讽刺他说，既然要去非洲的话，何不扩大探索范围，顺便去美洲看看？

总而言之，无法在此一一列举全世界的期刊，但从《福音杂志》

---

① 哥达，现位于德国图林根州的城市。
② 维克多·阿道夫·马尔特-布兰，法国地理学家。
③ 威廉·科纳，德国历史学家、地理学家。
④ 非洲东部国家。
⑤ 位于现在的厄立特里亚。

到《阿尔及利亚殖民地评论》,从《信仰传播年鉴》到《传教士情报》,所有的杂志都对此事的各个方面做了报道。

在伦敦甚至整个英国,都有人下了大赌注。第一,是打赌弗格森博士到底是个真实的人物,还是虚构的形象。第二,关于这次旅行本身,有人认为弗格森根本不会出发,而另一些人则认为旅行会如期进行。第三,关于这次探险的成败。第四,关于弗格森博士是否能安全返回。赌注记录本上写满了巨额赌资,仿佛埃普瑟姆赛马比赛^①一样。

因此,无论是信教的人还是不信教的人、无论是有学问的人还是无知的人,几乎每个人都在关注弗格森博士。他成了红极一时的明星,却丝毫没有察觉到自己已经受到了如此多的关注。他乐于公开分享探险计划的详细信息。他很容易接近,甚至可以说,他是世

---

① 英国的一项历史悠久、广受关注的赛马赛事。

界上最平易近人的人。不少勇敢的探险家自告奋勇,愿意与他共担风险,共享荣耀,但他拒绝了所有人,并且没有给出拒绝的理由。

许多发明家前来推荐各种机械设备,希望能为气球航行提供帮助,但他一个都没有接受。当有人询问他是否已经找到合适的设备时,他也没给出任何回答,只是更加专注于旅行的准备工作。

第三章

博士的朋友——友谊的起源——迪克·肯尼迪在伦敦——一个意料之外却令人不快的提议——一句并不鼓舞人心的谚语——几位非洲的殉难者——气球的优势——弗格森博士的秘密

弗格森博士有一个朋友——不是"另一个自己",而是一个和他完全不同的人。毕竟,两个完全相同的人是无法成为挚友的。

尽管迪克·肯尼迪和塞缪尔·弗格森在秉性、才能和气质方面完全不同,但他们的心思却是一致的。他们之间的差异并未给友情带来任何阻碍,反而让这份情谊更加深厚。

迪克·肯尼迪是个地地道道的苏格兰人——坦诚、果断、固执。他住在爱丁堡附近的利斯镇,一个名副其实的"老烟城"[1]郊区。他有时会打鱼,无论走到哪里,他都是个不折不扣的猎人,这对于一个喀里多尼亚[2]之子来说并不稀奇,他很擅长穿行于苏格兰高地的群山之中。他有神枪手的美名:他不仅能精准地让子弹击中刀刃,而且能让子弹恰好被刀刃分成两半,而且这两半的重量几乎没有什么差别。

---

[1] 爱丁堡的昵称。——原注
[2] 喀里多尼亚是苏格兰的拉丁语名称。

肯尼迪的相貌让人不禁想到沃尔特·司各特爵士①在《修道院》中刻画的赫伯特·格伦迪宁。他身高超过六英尺②，举止优雅，动作敏捷，似乎拥有无穷的力量。他的脸庞被太阳晒得黝黑，眼睛敏锐而深邃，天生带着一股勇敢无畏的气质。总之，他浑身散发着坚强、稳重、可靠的气息，让人一眼就能看出他是个健壮的苏格兰人。

这两位好友的交情始于印度，当时他们同属一个军团。迪克在外追猎老虎和大象，而塞缪尔则在收集植物和昆虫。两人在各自的

---

① 沃尔特·司各特，英国小说家、诗人、剧作家、历史学家，浪漫主义的代表人物。
② 1英尺为30.48厘米。

领域都是专家。弗格森博士的战利品中有许多稀有的植物标本,这对于科学界来说无疑是巨大的收获。

这两位年轻人从未救过对方的命,也没有过互相帮助的机会。正因如此,他们不依赖感恩的友情才更加坚固。命运有时会将他们分开,但彼此的默契总会让他们再次相聚。

回到英国后,由于弗格森博士经常进行长途探险,他们时常分开。但博士每次回来都一定会去拜访他的老朋友迪克,这并不是为了寻求食宿款待,而是为了与迪克共度几周的美好时光。

苏格兰人喜欢回顾过去,而博士则忙于展望未来。一个向后看,一个向前看。因此,弗格森代表了一种不安于现状的精神,而肯尼迪则体现了完美的冷静——这就是他们之间的鲜明对比。

西藏之旅后,博士有近两年的时间没有提及新的探险计划。迪克以为他的朋友终于放弃了旅行的天性和冒险的热情,这让他非常高兴。迪克认为,冒险总有一天会以不幸告终。无论一个人对人类社会有多少了解,他在食人族和野兽中的旅行也不可能总是平安无事。因此,肯尼迪劝说弗格森安享余生,他为科学付出的足够多了,也收获了足够多的爱戴和感激。

博士对此没有做出回应,只是沉浸于思考之中。他全心全意投入自己的想法,琢磨着自己的秘密。他整夜埋头于成堆的数字之中,并用奇怪的机器进行实验。除了他自己,没人知道他在干什么。然而,人们很容易猜到,他的脑海中正在酝酿着某种伟大的计划。

"他到底在计划什么?"当老朋友弗格森在一月份返回伦敦时,肯尼迪不禁感到好奇。

一天早上,肯尼迪在阅读《每日电讯报》,他终于找到了答案。

"天啊!"他惊叫道,"那个疯子!那个狂徒!竟然想乘气球穿越非洲!还有比这更离谱的事情吗!这就是他这两年一直在绞尽脑汁琢磨的事情!"

现在,读者们,试着把这些感叹号想象成强壮的拳头重重捶在桌子上的咚咚声,你们就能想象到迪克在说这些话时候的动作了。

当他的仆人老埃尔斯佩斯暗示他,这整件事可能是一个骗局时——

"绝不可能!"他说道,"我还不了解他吗?这不就是他的作风吗?想在空中旅行!噢,现在他看着老鹰也开始眼红了,下一步呢?不!我敢打赌,他做不成这件事!我会想办法阻止他的!他啊,如果对他放任自流,总有一天他会想飞到月亮上去的!"

当天晚上,又气又急的肯尼迪乘上火车,第二天一早便到了伦敦。

四十五分钟后,一辆出租马车将他送到了希腊街索霍广场上弗格森的简朴住所的门口。他立刻跑上台阶,重重地敲了五下门,宣告自己的到来。

弗格森亲自打开了门。

"迪克！怎么是你？"他惊呼道，但脸上的表情并没有特别惊讶。

"正是在下！"迪克回答。

"怎么了，亲爱的朋友，你居然来了伦敦，而且还是在冬季狩猎正进行到一半的时候？"

"对！我来了，来伦敦了！"

"那你来干什么？"

"来阻止有史以来最荒唐的事情。"

"荒唐？"

"报纸上说的那件事，是真的吗？"肯尼迪拿出一份《每日电讯报》问道。

"啊，你说的就是这个？报纸可真是爱传闲话啊。但你先请坐吧，亲爱的迪克。"

"不，我不会坐的！也就是说，你真的打算尝试这次旅行？"

"当然了！准备工作进展非常顺利，而且我——"

"你的行李在哪儿？我来让它们'一飞冲天'！我会把你的准备工作安排得井井有条的！"这些话表明，这位勇敢的苏格兰人真的大发雷霆了。

"好了，平静一下，我亲爱的迪克。"博士回应道，"你生我的气了，因为我没有告诉你我的新计划。"

"噢，你这家伙，还把这事儿称为'新计划'！"

"我现在很忙，"博士继续说着，"我有太多事情要忙。但请放心，出发之前，我一定会写信给你的。"

"噢，真的吗！我可真是荣幸之至啊！"

"因为我想带你一起去。"

听到这话，苏格兰人猛地跳了起来，那架势就连他家乡的石头山上的野山羊见了，也会觉得自愧不如。

"啊！真的吗？看来你想让人们把我俩都送到贝特莱姆[①]去！"

"我对你绝对信赖，我亲爱的迪克，我已经从所有人中选中了你。"

肯尼迪目瞪口呆地站在原地。

"听我讲十分钟，"博士说，"你会感谢我的！"

"你认真的？"

"非常认真。"

"那要是我拒绝和你一起去呢？"

"你不会拒绝的。"

"但是，假如我拒绝了呢？"

"嗯，那我就自己去。"

"我们坐下来好好聊聊吧。"肯尼迪说，"不要激动。等你抛开那些可笑的念头了，我们就能好好谈谈这件事情了。"

"那我们就谈谈这件事吧，一边吃早餐一边说。如果你没意见的话，我亲爱的迪克。"

两位朋友在一张小桌子两侧相对而坐，桌子上放着一盘烤面包和一个硕大的茶壶。

"我亲爱的塞缪尔，"猎人说道，"你的计划太疯狂了！这是不可能的！无论从哪个角度想，都不合理，不可行！"

"那得等到我们试过之后才知道。"

"但你根本不该去尝试。"

"为什么呢？能给我一个理由吗？"

"嗯，因为风险太大，困难太多。"

[①] 伦敦的精神病院。——原注

"说到困难，"弗格森严肃地回答道，"它们就是用来被克服的。至于风险和危机，谁又能自欺欺人地认为自己能避开它们呢？生活中的每件事都伴随着危险，甚至坐在自己的桌子旁，或是把帽子戴在自己的头上都可能有危险。此外，我们必须把将要发生的事情视为已经发生，在展望未来时，要把它当作现在来看待，因为未来不过是稍远一点的现在。"

"你又来了！"肯尼迪耸了耸肩喊道，"真是个不折不扣的宿命论者！"

"是的！但在这里，宿命论这个词是褒义的。那么，我们就不要为命运给我们准备的东西而烦恼了，也别忘了那句古老的英国谚语：'注定要被绞死的人永远不会被淹死！'"

肯尼迪无法反驳这一点，可这并没有阻止他继续提出一系列显而易见的反驳意见，但它们太长了，就不一一列举了。

"好吧，"经过一个小时的讨论后，肯尼迪说，"如果你真的决心要横穿非洲大陆——如果只有这样你才开心，那为什么不走普通的路线呢？"

"为什么？"弗格森博士高声回答，情绪有些激动，"因为，到目前为止，所有走普通路线的尝试都彻底失败了。因为，从在尼日尔被暗杀的芒戈·帕克，到在瓦代王国①失踪的福格尔②；从在穆尔穆尔去世的乌德内③和在萨卡图失踪的克拉珀顿，到被砍成碎块的

---

① 非洲古代王国名称，大部分领土位于现在的乍得。
② 爱德华·福格尔，德国探险家、天文学家，曾探索乍得湖和贝努埃河。在探索尼罗河谷时失踪，后被证实遇害。
③ 沃尔特·乌德内，苏格兰探险家、植物学家，完成南北穿越撒哈拉沙漠的欧洲人之一，在非洲探险途中病逝于博尔努王国的穆尔穆尔村。

法国人梅赞[1]；从被图阿雷格人[2]杀害的莱恩少校[3]，到1860年初死于杀戮的汉堡人罗舍尔[4]，非洲殉难者的名单上满是受害者的名字！因为，要成功地与自然环境抗争，与饥饿、口渴和发烧抗争，与野兽，或更野蛮的人抗争，是不可能的！因为当一种方式行不通时，就应该尝试另一种方式。总之，因为不能直接从中间通过，就必须绕路，或者干脆从头顶飞过去！"

"如果只是简单地飞过去，那就好了！"肯尼迪插嘴道，"但要从高高的天空中飞过去，这里面的麻烦可多了去了！"

"嗯，那又怎样，"博士说，"我又有什么好怕的？你得承认，我已经采取了预防措施，以确保我的气球不会坠落。即便气球的状态令我失望了，我也会像其他探险家一样，降落在地面上，然后发现自己处于正常的环境中。但是，我的气球不会让我失望，我们不需要做这样的打算。"

"好吧，但你必须考虑到这种可能性。"

"不，迪克。在抵达非洲西海岸之前，我不打算离开我的气球。有了它，我就拥有了无限可能；没有它，我会再次陷入非洲探险常见的危险、困境和自然界的重重阻碍中。有了它，无论是酷热、激流、暴风雨、热风、恶劣的气候、野生动物还是野蛮的人类，我都不必惧怕！如果觉得太热，我可以升高气球；如果觉得太冷，我可以下降。如果遇到山，我可以飞越；如果遇到悬崖，我可以掠过；

---

[1] 欧仁·梅赞，法国探险家，从桑给巴尔进入热带非洲，后被土著人谋杀。
[2] 图阿雷格人，非洲部族，生活在现在的利比亚、阿尔及利亚、尼日尔、马里和布基纳法索。
[3] 亚历山大·莱恩，苏格兰探险家，抵达非洲通布图的欧洲人，在通布图附近被谋杀。
[4] 阿尔布雷希特·罗舍尔，德国探险家、植物学家，于马拉维湖附近遇害。

如果遇到河流,我可以横渡;如果遇到风暴,我可以升到云层上方;如果遇到激流,我可以像鸟儿一样从上面掠过去!前进时我不会感到疲惫,休息时我也不必非要停下来!我可以翱翔在新兴城市的上空!我可以像龙卷风一样迅速前进,有时在高空,有时离地面只有一百英尺,而非洲的大地会在我眼前展开,就像我身处一张巨大的世界地图中一样。"

即便是固执的肯尼迪,也被这番话深深打动,然而,眼前想象出的这副奇景也让他感到一阵眩晕。他凝视着博士,目光中带着震惊和钦佩,但同时也带着恐惧,因为他已经感觉到自己仿佛在空中飘荡。

"来来来,"他终于开了口,"让我们来研究一下,塞缪尔。你已经找到了控制气球的方法了?"

"并没有。那是不可能的。"

"那么,你打算飞向——"

"任凭命运安排。但无论如何,我都会从东向西飞行。"

"为什么你确定能从东向西?"

"因为我打算利用信风①,信风的方向总是固定的。"

"啊!是的,确实!"肯尼迪一边思考,一边说道,"信风——对——确实——人们可以——确实有点道理!"

"确实有点道理——是的,我亲爱的朋友——应该说相当有道理。英国政府已经为我调配了一艘运输船,在我预计抵达非洲西海岸的时候,还会有三四艘船在那里巡航。最多三个月,我就能前往桑给巴尔,在那里给我的气球充气,我们就从那里出发。"

"我们!"迪克说。

---

① 赤道两侧的低空地区常年风向固定,北半球吹东北风,南半球吹东南风。因此被称为"信风"。

"你还有反对的理由吗?哪怕是一点点?说吧,我的好朋友肯尼迪。"

"反对意见?我有一千条!但先不说这些,你先给我解释一下,如果你想仔细参观一下某个国家,如果你打算随心所欲地上升和下降,那你是办不到的,除非你愿意放出一些气球内的气体。到目前为止,除了放气还没有其他方法,而这正是长期以来人们无法进行长途空中旅行的关键所在。"

"亲爱的迪克,我只用一句话回答——我不会损失一丝一毫的气体。"

"这样的话,你仍然可以随心所欲地降落吗?"

"只要我想降落,就可以降落。"

"你打算怎么做呢?"

"啊哈!这就是我的秘密所在。迪克,我的朋友,相信我吧,让我的追求也成为你的追求—— Excelsior!"

"那就 Excelsior 吧。"猎人说道,他其实根本不懂这句拉丁语的意思。

但他下定决心,要尽自己所能阻止朋友出发,于是,他假装让步,同时暗中观察弗格森的一举一动。而弗格森博士则继续勤奋地进行着准备工作。

第四章

非洲探险——巴尔特、理查森①、奥弗韦格②、韦内③、布伦-罗莱④、彭尼⑤、安德烈亚·德博诺⑥、米亚尼⑦、纪尧姆·勒让⑧、布鲁斯⑨、克拉普夫⑩和雷布曼⑪、梅赞、罗舍尔、伯顿和斯皮克

弗格森博士所规划的这条空中路线并非随意选择的。他的出发

---

① 约翰·理查森，英国探险家、医生、动物学家，曾前往非洲中部，但其更知名的旅程是三次前往北极地区的探险。

② 阿道夫·奥弗韦格，德国探险家、地理学家、天文学家，曾环绕乍得湖并为其绘制地图。

③ 费迪南德·韦内，德国外交官、哲学家、探险家，曾抵达尼罗河的支流白尼罗河源头。

④ 安托万·布伦-罗莱，法国探险家、商人。

⑤ 阿尔弗雷德·彭尼，法国医师、探险家。

⑥ 安德烈亚·德博诺，马耳他探险家、商人，曾试图溯源白尼罗河。

⑦ 乔瓦尼·米亚尼，意大利探险家。

⑧ 纪尧姆·勒让，法国探险家。

⑨ 詹姆斯·布鲁斯，苏格兰探险家，发现尼罗河的支流青尼罗河的源头。

⑩ 约翰·路德维希·克拉普夫，德国传教士、旅行家，曾在东非探险并传教。

⑪ 约翰内斯·雷布曼，德国传教士、探险家、语言学家，曾在东非传教、探险数十年。

点经过了仔细研究，如果不是有充分的理由，他不会选择桑给巴尔岛作为起点。这个岛屿位于非洲东海岸附近，地处南纬6度，也就是说，它位于赤道以南四百三十地理里的地方。

最近，一支探险队刚从该岛出发，经过大湖区探索尼罗河的源头。

不过，值得指出的是，弗格森博士希望通过这次探险将一些重要的探险活动联系起来。其中有两个主要的探险活动：1849年巴尔特博士的探险，以及1858年伯顿中尉和斯皮克中尉的探险。

巴尔特博士来自德国汉堡市，他为自己和同胞奥弗韦格获取了许可，加入了英国人理查森的探险队。理查森当时被派往苏丹执行一项任务。

这片广袤的地区位于北纬10度至15度之间。换句话说，探险家们必须深入非洲内陆约一千五百英里①才能到达这一地区。

---

① 1英里为1609.344米。

当时，人们对这个区域的了解，主要来源于德纳姆、克拉珀顿和乌德内在1822至1824年间的旅行。理查森、巴尔特和奥弗韦格急切地希望做出进一步探索，于是他们像前人一样，经过突尼斯和的黎波里[①]，之后抵达费赞[②]的首都穆尔祖克[③]。

然后，他们放弃了直行的路线，在图阿雷格向导的指引下，艰难地急转向西，朝向加特行进。在经过无数的劫掠、骚扰和袭击后，他们的队伍在十月到达了辽阔的阿斯本绿洲。在这里，巴尔特博士暂时离开同伴，前往阿加德兹镇[④]游历，一段时间后重新回到探险队。12月12日，探险队启程继续前行。最终到达了达梅尔古省[⑤]，三位旅行家在此地分头行动。凭借顽强的毅力，在支付了可观的贡礼后，巴尔特成功抵达了卡诺[⑥]。

尽管发着高烧，巴尔特还是于3月7日离开了卡诺，身边只有一名仆人陪同。他此行的主要目的是勘测乍得湖，而为了完成这项任务，他还需要跋涉三百五十英里才能到达湖区。于是，他继续向东前行，到达了祖里科罗镇。这座镇子位于非洲中部的大帝国——博尔努[⑦]。在那里，他得知了理查森因过度劳累和物资匮乏而去世的消息。随后，他抵达了博尔努的首都库卡[⑧]，这座城市位于乍得湖的

[①] 非洲北部港口城市，是古代和近代欧洲人前往非洲的重要落脚点之一，位于现在的利比亚。

[②] 北非的一个历史地区名称，位于今利比亚西南部。

[③] 非洲古地名，位于现在的利比亚，曾是前往乍得湖和尼日尔河商队的中转站，当时被称为"非洲的巴黎"。

[④] 非洲古城，位于现在的尼日尔。

[⑤] 非洲地名，位于现在的尼日尔中部。

[⑥] 非洲地名，位于现在的尼日利亚北部。

[⑦] 非洲古国名，国土包括现在的乍得、利比亚费赞地区、尼日尔东部、尼日利亚东北部和喀麦隆北部。

[⑧] 非洲城市名，现改名为库卡瓦，位于尼日利亚。

岸边。最终，在三周后，他于4月14日抵达了恩高努镇，此时他离开的黎波里已经有十二个月了。

我们再次听说巴尔特的消息是在1851年3月29日。当时他与奥弗韦格一同出发，前往乍得湖南部的阿达莫瓦王国①，并一路南下，直到约拉镇②。那里位于北纬9度稍南，是这位勇敢的旅行家旅途的最南端。

他于8月返回库卡，并从那里出发，相继穿过了曼达拉、巴尔吉米和克赖内姆等地区，最终抵达了旅途的最东端——位于西经17度20分的马塞纳镇③。

1852年11月25日，巴尔特博士启程向西进发，此时他的最后一位同伴奥弗韦格也已去世。他考察了索科托，渡过了尼日尔河，并最终抵达了通布图④。在那里，他不得不忍受着酋长对他的种种刁难和虐待，熬过了漫长的八个月。但是，身为基督徒，他仍旧无法长期住在城中，富拉尼人威胁要围攻通布图。因此，巴尔特博士于1854年3月17日离开通布图，逃往边境，在那里度过了三十三天极端贫困的生活。他设法在11月返回卡诺，再从那里前往库卡，在耽搁了四个月后，他重新踏上了德纳姆曾走过的路线。1855年8月底，他回到了的黎波里，并于9月6日抵达伦敦，成为他所在团队中唯一的幸存者。

这便是巴尔特博士的冒险之旅。

---

① 非洲古国，位于现在的尼日利亚和喀麦隆。
② 非洲城市，位于现在的尼日利亚。
③ 相对于英国格林尼治天文台的子午线而言。——原注
④ 通布图，位于现在的马里，西非历史名城。在12-16世纪前后成为马里帝国的贸易重镇，并成为西非地区的宗教和文化中心。后来因为摩洛哥人的入侵而走向衰败。

弗格森博士仔细地记下了这段历史：巴尔特曾抵达北纬 4 度、西经 17 度的地方。

接下来，让我们来看看伯顿中尉和斯皮克中尉在东非的经历。

许多探险队尝试勘探尼罗河的源头，却都未能成功。根据来自德国的费迪南德·韦内博士的叙述，一支穆罕默德·阿里^①赞助的探险队曾于 1840 年抵达北纬 4 度到北纬 5 度之间的刚多科洛^②。

1855 年，来自萨伏依^③的布伦-罗莱被任命为苏丹东部撒丁岛的领事，接替刚刚去世的沃迪。他从喀土穆^④出发，化名为雅库布，伪装成从事树脂和象牙贸易的商人，一直走到北纬 4 度以南的贝莱尼亚，但由于健康状况不佳，他不得不返回喀土穆，并于 1857 年在当地去世。

埃及卫生部的部长彭尼博士曾乘坐一艘汽艇抵达刚多科洛南边一个纬度的地方，随后返回喀土穆，因劳累过度在当地去世^⑤。威尼斯人米亚尼绕过刚多科洛南部的激流，抵达北纬 2 度。马耳他商人安德烈亚·德博诺沿着尼罗河溯源，向上游走得更远。但这些人都未能突破那道似乎无法逾越的界线。

1859 年，纪尧姆·勒让先生应法国政府的派遣，经红海抵达喀土穆。他率领二十一名雇员和二十名士兵沿尼罗河而上，但他未能越过刚多科洛。此时，黑人部落正处于全面叛乱之中，探险队面临

---

① 穆罕默德·阿里，奥斯曼帝国政治家、军事指挥官。曾任埃及总督，被视为现代埃及的奠基人。

② 非洲城市，位于现在的南苏丹。

③ 法国地名。

④ 非洲重要城市，位于现在的苏丹，是苏丹的首都。

⑤ 原文如此。但另外一些资料显示，彭尼逝世于刚多科洛。

着极大的生命威胁。由德埃斯凯拉克·德洛图尔[1]指挥的探险队也尝试前往尼罗河的源头，但同样未能成功。

每一位旅行家都在这条致命的界线前止步。远古时期，尼禄[2]的使节曾抵达北纬9度，但经过了十八个世纪，人类的足迹仅前进了五到六度，或者说，前进了约三百到三百六十地理里的距离。

许多旅行者也曾尝试从非洲东海岸出发，探索尼罗河的源头。

1768年至1772年间，苏格兰旅行家布鲁斯从阿比西尼亚的马萨瓦港口出发，横渡底格里斯河，探查了阿克苏姆城[3]的废墟，并找到了他们所宣称的尼罗河之源[4]，但实际上他们一无所获。

1844年，一位英国传教士克拉普夫博士在桑给巴尔岛海岸的蒙巴萨[5]创立了一个机构，并与可敬的雷布曼博士一同，在海岸三百英里之外发现了两座山脉——乞力马扎罗山和肯尼亚山。霍伊格林先生[6]和桑顿先生近期刚刚攀登过这两座山。

1845年，法国探险家梅赞独自一人登上了桑给巴尔对岸的巴加莫约[7]。他一路行至德热-拉-莫拉，却在那里被当地酋长以极其残忍的手段折磨致死。

1859年8月，来自汉堡的年轻旅行家罗舍尔与一队阿拉伯商人

---

[1] 德埃斯凯拉克·德洛图尔，法国探险家、地理学家、语言学家，曾多次前往非洲和亚洲探险，并著有多部探险书籍。
[2] 尼禄，古罗马皇帝。
[3] 阿克苏姆城，是东非古国阿克苏姆帝国的首都，在公元一世纪左右的非洲之角占据重要的战略地位，于公元七世纪前后毁于阿拉伯人入侵，位于现在的埃塞俄比亚。
[4] 布鲁斯找到的是尼罗河的支流青尼罗河的源头。
[5] 非洲古城，位于现在的肯尼亚，和桑给巴尔隔海相望。
[6] 德国探险家、鸟类学家。
[7] 非洲城市，位于现在的坦桑尼亚。

一同出发,他们抵达了尼亚萨湖①,但罗舍尔在睡眠中遭到暗杀。

最后是1857年,伦敦地理学会派遣了服役于孟加拉军队的军官伯顿中尉和斯皮克中尉去探索非洲的大湖。6月17日,他们从桑给巴尔岛启程,一路向西进发。

他们经历了千难万险:行李遭到多次抢劫,随行人员也遭到殴打和杀害。尽管如此,四个月后,他们终于到达了卡泽赫②,这里是个贸易中心,商人和商队在此聚集。他们身处"月亮之国"③的中心地带,在那里,他们收集了一些关于该地区的风俗、政府、宗教、动物和植物的珍贵资料。随后,他们前往第一个大湖——位于南纬3度到8度之间的坦噶尼喀湖④。1858年2月14日,他们抵达了坦噶尼喀湖,并考察了居住在湖岸的各个部落,其中大多数是食人族。

5月26日,他们再次启程,并于6月20日重返卡泽赫。在那里,伯顿由于筋疲力尽而病倒,卧床数月,而斯皮克在此期间向北行进了三百多英里,最远到达了乌克列维湖⑤。他在8月3日观测到了乌克列维湖,但他只能看到它位于南纬2度30分的位置的广阔湖面。

斯皮克于8月25日返回卡泽赫,与伯顿一同继续踏上返回桑给巴尔岛的旅程,并于次年3月抵达。这两位勇敢的探险家随后返回

---

① 尼亚萨湖,又名马拉维湖,世界第四大淡水湖,东非裂谷系统中最南端的湖泊,位于现在的马拉维、莫桑比克和坦桑尼亚之间。

② 非洲地名,在19世纪上半叶由斯瓦希里人和阿曼人的商队建立,旧址位于现今坦桑尼亚的塔波拉附近。

③ 坦桑尼亚的乌尼扬韦齐地区在当地被称为"月亮之国"。

④ 坦噶尼喀湖,非洲中部的一个淡水湖,位于现在的刚果(金)、坦桑尼亚、布隆迪和赞比亚的交界处,是非洲第二大淡水湖。

⑤ 乌克列维湖,现名维多利亚湖,非洲最大的淡水湖,是白尼罗河(尼罗河支流之一)的源头。

英国，巴黎地理学会授予他们年度奖章，以表彰他们的杰出贡献。

弗格森博士细心地注意到，他们并没有突破南纬2度，也没有越过东经29度。

因此，问题在于，如何将伯顿和斯皮克的探险区域与巴尔特博士的探险区域连接起来。这意味着要穿越超过十二个纬度的广阔地域。

第五章

肯尼迪的梦——复数形式的词语——迪克的暗示——在非洲地图上的一次漫步——圆规两脚之间的距离——当前正在进行的探险——斯皮克与格兰特——克拉普夫、德肯和霍伊格林。

弗格森博士积极进行着出发前的准备工作,他亲自监督气球的制造,而且对气球的设计做了一些改动,但他对具体的改动保持沉默。长期以来,他一直致力于学习阿拉伯语和各种曼丁哥方言,得益于精通多种语言,他在学习上进展迅速。

与此同时,博士的朋友,也就是那位猎人,始终没有离开过弗格森博士的视线——毫无疑问,他害怕弗格森博士会在不告知任何人的情况下就贸然启程。为了阻止这次冒险,他用最有力的论点劝说博士,然而,这些劝说并未打动弗格森,猎人的请求也完全没有效果。弗格森似乎只是略微表现得有一点点感动,但总的来说,猎人感觉博士正在从他手中溜走。

这位可怜的苏格兰人实在是引人同情。仰望蓝天时,他只感到压抑和恐惧。当他入睡时,他总是感觉摇摇晃晃,头晕目眩。而且每个晚上,他都会梦见自己在深邃的天空中随着风飘摇。

我们必须补充一下,在这些被噩梦折磨的深夜,他还真有一两次从床上掉了下来。醒来时,他总是第一时间向弗格森展示他在头颅上的严重淤青。"这些,"他激动地补充道,"只不过三英尺的高度——绝不夸张——就肿成了这样!你自己想想,如果更高呢!"

这种暗示,虽然充满了悲伤的意味,但似乎并没有触动博士的心。

"我们不会掉下来的。"他总是一成不变地回答。

"但是,如果我们真的掉下来了呢!"

"我们绝对不会掉下来!"

这话说得很坚决,肯尼迪无话可说了。

迪克特别恼火的是,博士似乎完全忽视了他的主观意愿,并且把他也要陪同出行这件事情视为命中注定一样。博士甚至从未有过一丝一毫的疑虑,而且对"我们"这个词的滥用简直让人无法忍受:

"'我们'进展顺利——""'我们'准备好——""'我们'出发——",诸如此类。

描述物品的时候也是一样:

"'我们的'气球""'我们的'吊舱""'我们的'探险队"。

其他词汇也同样如此:

"'我们的'准备""'我们的'发现""'我们的'升空"。

尽管迪克已经下决心不去了,但他一想到这些还是感到不寒而栗。然而,他又不想让他的朋友难受。我们还得透露一个事实:他已经派人去爱丁堡挑选了一些厚重的衣物,还有他最好的猎枪和其他装备,尽管他自己都不知道为什么要这么做。

一天,在承认他们在吉星高照的前提下确实有千分之一的机会获得成功后,他假装会完全遵从博士的意愿。但为了推迟旅行,他讲起了各种各样的托词。他又开始提出"这次探险是否有意义"或者"时机是否得当"之类的问题。发现了尼罗河的源头又有什么用处呢?这对人类的幸福生活又能有什么帮助?回过头来说,我们让那些非洲部落走入文明社会,他们就会更幸福吗?当地人在非洲居住是不是比在欧洲要更好一些?也许吧!那么,不能再等一小段时间吗?穿越非洲的旅行总有一天会实现的,而且风险也会更小。再过一个月,或者再过六个月,在年底之前,一定会有探险家去的……

这些暗示产生的实际效果与猎人期望的效果完全相反。博士很着急,甚至开始全身颤抖。

"那么,可怜的迪克,你愿意吗——你这个虚伪的朋友,你愿意让这份荣耀属于别人吗?那我岂不是要背叛我的过去?我要在这小小的障碍面前退缩,用懦弱和犹豫来回报英国政府,回报伦敦皇家地理学会对我的帮助吗?"

"但是——"肯尼迪打断了博士的话,他经常使用这个词来开始反驳。

"但是,"博士说,"你不知道,我的旅行正是要与其他探险队竞争吗?你不知道最近有些探险家已经在向非洲中心进发了吗?"

"就算这样——"

"听我说,迪克,好好看看你的地图。"

肯尼迪无奈地瞥了一眼地图。

"现在,假如我们沿着尼罗河,朝着上游走。"

"好的,我们已经走向上游。"苏格兰人顺从地回答。

"停在刚多科洛。"

"已经停在那里了。"

肯尼迪心想,在地图上,这样的旅行看起来是多么轻松啊!

"现在,拿一支圆规,把一只脚扎在那里,那些最大胆的探险家都几乎没去过的地方。"

"扎好了。"

"现在,沿着海岸线找到位于南纬6度的桑给巴尔岛。"

"找到了。"

"接下来,沿着这条纬线走,走到卡泽赫。"

"我到了。"

"再沿着33度经线向北走,直到乌克列维湖的入口,也就是斯皮克中尉不得不停下的地方。"

"我已经标好了,再多走一点,我可能就掉进湖里了。"

"很好!那么,基于湖边部落提供的信息,你知道我们可以得出什么结论吗?"

"我一点头绪都没有。"

"嗯,这个湖,它的南岸位于南纬2度30分,那么它的北岸也必定延伸到赤道以上2.5度的地方。"

"真的吗?"

"那么,如果从湖的北岸有河流流出,即便它不是尼罗河本身,它也必然会汇入尼罗河。"

"嗯,这确实很有趣。"

"那么,把圆规的另一只脚放在乌克列维湖的北端。"

"已经放好了,我的老朋友弗格森。"

"数一下,这两个点之间有多少度?"

"接近两度。"

"迪克,你知道这意味着什么吗?"

"一点也不知道。"

"嗯,这意味着它们之间只有大约一百二十英里——换句话说,几乎没有什么距离。"

"好,几乎没有,塞缪尔。"

"那么,你知道现在发生了什么吗?"

"不,我以我的名誉发誓,我什么都不知道。"

"好吧,那我来告诉你。地理学会认为,斯皮克瞥见的那个湖泊非常值得探索。在他们的赞助下，斯皮克中尉——现在已经是上尉了——与印度军团的格兰特上尉①合作，领导了一支人数众多、装备精良的探险队。他们的任务就是探索这个湖泊并返回刚多科洛。他们获得了超过五千英镑的补贴，好望角的总督还派出一队霍屯督②士兵供他们调遣。他们在1860年10月底从桑给巴尔出发。与此同时，喀土穆的英国领事约翰·佩瑟里克③从外交部获得了大约七百英镑的资助。他将在喀土穆准备好一艘蒸汽船，装上足够的物资，然后前往刚多科洛。他将在那里等待斯皮克上尉的探险队，并为探险队提供补给。"

---

① 詹姆斯·奥古斯塔斯·格兰特，苏格兰探险家、生物学家。
② 非洲南部地区人种，分布于现在的南非、纳米比亚和博茨瓦纳。
③ 约翰·佩瑟里克，威尔士探险家，驻非洲中东部领事，著有若干部描述非洲探险的书籍。

"计划很周密。"肯尼迪说。

"那么，你可以很容易地看出，如果我们想参与这些探险，时间是非常紧迫的。而且，这还不是全部，因为当这些人迈着坚定的步伐向尼罗河的源头进发时，另一些人也在深入非洲腹地。"

"一定是步行吧？"

"是的，步行。"博士回答说，他没有注意到肯尼迪话中的暗示，"克拉普夫博士计划向西前进，通过赤道下方的多博河。德肯男爵已经从蒙巴萨出发，考察了肯尼亚山和乞力马扎罗山，现在正在向非洲中心挺进。"

"一路上都是步行吧？"

"步行或者骑骡子。"

"在我看来，都一样。"肯尼迪脱口而出。

"最后，"博士继续说道，"奥地利驻喀土穆副领事霍伊格林先生刚刚组织了一次非常重要的探险活动，主要目标是寻找旅行家福格尔。福格尔于1853年被派往苏丹，与巴尔特博士的探险队会合。1856年，福格尔离开博尔努，去探索乍得湖和达尔富尔[①]之间的未知地区。从那以后，他就再也没有出现过。1860年，寄往亚历山大港[②]的信件称他已被瓦代国王下令杀害。但哈特曼博士写给福格尔父亲的信中则说，根据博尔努当地人的说法，福格尔只是被囚禁在瓦拉。总之，还有一线希望。于是，在萨克斯-科堡-哥达摄政王的主持下，成立了一个委员会，我的朋友彼得曼是委员会秘书。他们借助一项全国性的募捐，组织了探险队，几位学者自愿加入，增强了探险队的实力。霍伊格林先生于六月从马萨瓦出发。在寻找福格尔的同时，他还将探索尼罗河与乍得湖之间的地区，这样，斯皮克上

---

① 非洲地名，位于现在的苏丹西南部。
② 位于埃及北部的重要海港城市。

尉和巴尔特博士曾经走过的区域就连成了一片，从东到西，非洲将被彻底探明。"①

"好吧，"这位精明的苏格兰人说，"既然一切进展得如此顺利，那我们现在去非洲还有什么用呢？"

弗格森博士没有回答，只是意味深长地耸了耸肩。

---

① 弗格森博士离开后，人们得知，霍伊格林先生由于一些分歧选择了一条不同于探险队既定路线的道路，探险队指挥权已转交给蒙青格尔先生。——原注

第六章

一位完美的仆人——他能看到木星的卫星——迪克和乔的争论——怀疑与信任——称重——乔与惠灵顿公爵——他收到了半克朗

弗格森博士有一位仆人。每当博士呼唤"乔"这个名字时,他总是会立刻机敏地回应。乔是一位非常出色的仆人,他绝对信任主人的决定,对主人表现出绝对的忠诚,甚至能预先猜到主人的愿望和命令,并总能聪明地执行好。简而言之,乔就像是一个不会咆哮的迦勒①,总是保持着良好的情绪。他简直是为这个职务量身打造的,没有人比他更胜任。弗格森博士将日常生活中的一切事务完全交给了乔,而乔也做得无可挑剔。无与伦比、全心全意的乔!这位仆人会为你安排晚餐,和你有着共同的爱好,会为你打包行李而且不漏下一件袜子或内衣,负责保管你的钥匙,安排机密事宜,但绝不会利用这些为自己牟利!

与此同时,在尽心尽力的乔眼中,弗格森博士是多么了不起的人啊!乔对他所做出的每一个决定都充满了尊重和信任!弗格森说的话,任何质疑它的人都是愚蠢的。弗格森的想法永远是完全正确的,弗格森的话语永远充满了智慧,弗格森所下达的命令都切实可

---

① 迦勒,《圣经》里的人物,以忠诚能干著称。

行，弗格森所负责的任务都会马到成功，弗格森获得的成就都令人敬佩。即便把乔切成碎块——当然，这不是一件愉快的事情——他对主人的看法也永远不会改变。乔对弗格森的崇拜和信任已经达到了极致，他完全信任并依赖着博士。

因此，在乔的眼中，当博士构想出乘气球穿越非洲的计划那一刻，这件事就已经办成了。障碍已不复存在。从博士下定决心出发的那一刻起，他就已经到达了目的地——当然，乔作为忠实的随从陪伴在侧，虽然没有人明说，但这位高尚的小伙子知道自己一定会是队伍中的一员。

此外，乔的聪明才智和机敏灵活能为旅途提供极大的帮助。如果要为动物园里的猴子（它们本身就够机灵了）任命一位体操教练，乔肯定会是最佳人选。跳高、攀爬、飞跃——这些都是他的拿手好戏。

如果弗格森是探险队的头脑,肯尼迪是臂膀,那么乔就是手。他已经陪同主人完成了多次旅行,并掌握了一些简单实用的科学知识,但他最令人称道的是温和的处世哲学和迷人的乐观态度。在他看来,世界万物都简单、合理且自然,因此,他从不觉得自己有必要抱怨或者发牢骚。

除了这些天赋之外,乔还拥有令人惊叹的视力。他具备与开普勒的老师莫斯特林[①]相似的罕见才能,能用肉眼分辨木星的卫星,还能数出昴宿星团中的十四颗恒星,其中最暗的一颗仅为九等星[②]。但他从不因此自满,相反,他会在远远地看到你时就鞠躬致意,只有在需要的时候,他才会善加利用自己的卓越视力。

乔对弗格森的信任如此深厚,因此,他与肯尼迪之间不断发生争论,也就不足为奇了,尽管他对肯尼迪还是十分尊重的。

一个人持怀疑态度,另一个人则深信不疑;一个人保持谨慎并处处思虑,另一个人则带着盲目的自信。而博士则处在怀疑和自信之间的平衡位置——他不会因为对旅程产生怀疑或充满自信而困扰。

"嗯,肯尼迪先生——"乔常常这样说。

"怎么了,我的小伙子?"

"时候到了。看来我们要去月球旅行了。"

"你是说月亮山[③]吧,那里倒不像月球那么远。不过没关系,去月亮山和去月球一样危险!"

"危险!什么?和弗格森博士这样的人一起旅行会有危险?"

"我不想破坏你的幻想,我可爱的乔。但他的这项计划简直是疯

[①] 约翰内斯·开普勒和迈克尔·莫斯特林,均为德国天文学家。

[②] 星等为评价星星亮暗的指标,等级越大,星星越暗。视力正常的普通人肉眼能看清的极限为 6.5 等左右。

[③] 非洲地区山脉名称。

了。他去不了的！"

"他去不了，是吗？那您没见过他在伦敦伯勒镇①米切尔工厂的气球吗？"

"我才懒得去看那个东西！"

"唉，您错过了多么壮观的场面啊，先生。那是多么美妙的东西啊！多漂亮的形状啊！多漂亮的吊舱啊！我们在里面会多么舒适啊！"

"你真的打算和你的主人一起去？"

"我吗？"乔带着坚定的语气回答道，"无论他想去哪里，我都会跟着他！怎么能让他一个人去呢？他累了谁帮他？他翻山越岭时谁扶他？他生病了谁照顾他？不，肯尼迪先生，乔是一定会跟着博士去的！"

"你真是个好小伙子，乔！"

"但是，您也得和我们一起去！"

"哦！当然。"肯尼迪说，"但我的意思是，我会一直跟着你们到最后一刻，以防塞缪尔真的做出这样的蠢事！我会一直跟到桑给巴尔，如果可能的话，就在那里阻止他。"

"肯尼迪先生，恕我直言，您根本阻止不了任何事情。我的主人不是一个草率的人，他会花很多时间考虑清楚他要做的事，而一旦他开始行动，就连魔鬼也无法让他放弃。"

"好吧，我们拭目以待。"

"别那么自信，先生——但最重要的是，您得陪在我们身边一起出发。对于您这样的猎人来说，非洲是一块宝地。无论如何，您一定不会后悔这趟旅行。"

"是的，事实确实如此，我不会感到后悔，前提是我能让这个疯

---

① 伦敦南郊。——原注

子放弃他的计划。"

"顺便说一句,"乔说,"您知道吧,今天要进行称重。"

"称重?什么称重?"

"哎呀,我的主人,您和我,今天都要称重!"

"什么!像赛马骑手那样吗?"

"是的,就像骑手一样。不过,别担心,即便您体重重了一点,也不会要求您减肥的。"

"嗯,我可以告诉你,我不会去称重的。"肯尼迪坚定地说。

"但是,先生,看起来,博士的机器需要这个数据。"

"好吧,那看来他的机器只能没有这个数据了。"

"嗯哼!如果因为这个数据,气球不能升空怎么办?"

"啊哈!这正合我意!"

"来吧!肯尼迪先生!我的主人马上就会叫我们过去的。"

"我才不会去。"

"哦!您可别用这种方式惹恼博士!"

"我就要惹恼他。"

"好吧!"乔笑着说,"您这么说,是因为他现在不在这里。但是,当他站在您面前,对着您说,'迪克!'——当然,我对您是尊敬的,先生[①]——'迪克,我想知道你确切的体重是多少。'我敢打赌,您一定会去的。"

"不,我不会去的!"

这时,弗格森博士走进书房,也就是他们正在讲话的地方。博

[①] 按照当时的社交礼仪,乔作为弗格森博士的仆人,对弗格森的朋友肯尼迪需要使用尊称,称他为"肯尼迪先生"。而"迪克"是肯尼迪名字的昵称,只有社会地位相同的朋友之间才可以如此称呼肯尼迪(如弗格森),乔在这里模仿弗格森称呼肯尼迪的语气称呼其为"迪克",因此才需要补充说"我对您是尊敬的"。

士进来时瞥了肯尼迪一眼,肯尼迪感到有些不自在。

"迪克,"博士说,"和乔一起来,我想知道你俩的体重。"

"但是——"

"你可以戴着帽子。来吧!"于是肯尼迪跟着去了。

他们一同来到米切尔先生的车间,那里已经准备好了一台罗马秤。顺便说一句,博士需要知道同伴的体重,以便调整气球的平衡,所以他让迪克站上了秤台。迪克没有做任何抵抗,只是低声说道:

"哦,好吧,这不会改变我的想法。"

"一百五十三磅[①]。"博士说。他在本子上记下了这个数字。

"我是不是太重了?"

"哦,没有的事,肯尼迪先生!"乔说,"而且,您知道的,我很轻,可以平衡您的重量。"

---

① 1磅为0.4536千克。

说着，乔兴奋地站到了秤上，由于他太急于站上去，差点把秤弄翻了。他摆出了海德公园入口处惠灵顿公爵模仿阿喀琉斯的姿势①，虽然没有盾牌，但看起来依然非常威风。

"一百二十磅。"博士记下了数字。

"啊哈！"乔满意地笑了。但他为什么笑呢？他自己也说不清楚。

"现在轮到我了。"弗格森说。他记下了自己一百三十五磅的体重。

"我们三个，"他说，"加起来大概四百磅。"

"但是，先生，"乔说，"如果为了探险的需求，我可以让自己瘦二十几磅，我可以少吃点。"

"不用，孩子！"博士回答说，"你可以放心吃，这里有半克朗，去买点吃的把肚子填满吧。"

---

① 海德公园为英国伦敦的一座皇家公园，其南门有一座第一代惠灵顿公爵阿瑟·韦尔斯利的雕塑。阿喀琉斯，为古希腊神话中的人物形象，擅长格斗，英勇无畏，被称为"希腊第一勇士"。

第七章

几何上的细节——气球容量的计算——双层气球——覆盖物——吊舱——神秘装置——食物与物资——最终的计算

长期以来，弗格森博士一直忙于筹划他的探险计划中的细节。气球——那个将带他飞越天空的神奇飞行器——一直是他关注的重点。

为了避免气球过于笨重，他一开始就决定用氢气填充气球，因为氢气的密度只有普通空气的十四点五分之一。氢气比较容易制造，并且在迄今为止的气球飞行实验中，氢气的效果最让人满意。

考虑到旅途中必不可少的物品和设备，弗格森博士在精确计算后发现，他必须携带的物品总重量将达到四千磅。因此，他需要确定能承载四千磅的气球所需的上升力，并计算出气球需要充入多少气体。

要让四千磅的重量升空，气球需要排开四万四千八百四十七立方英尺[①]的空气。换句话说，四万四千八百四十七立方英尺的空气重约四千磅。

将一个容积为四万四千八百四十七立方英尺的气球填满氢气，

[①] 1661 立方米。——原注

而不是普通空气——这些氢气的重量只有空气的十四点五分之一，因此只重二百七十六磅——这样就有了三千七百二十四磅的重量差。气球内气体重量与同体积的周围大气的重量之差为气球提供了上升力。

然而，如果将四万四千八百四十七立方英尺的氢气全部充入气球并且将气球完全充满，是行不通的。因为当气球继续上升，大气层会变得更稀薄，气球内的气体就会膨胀，很快就会撑破气球外皮。因此，气球内部通常只充满三分之二的体积。

但出于某个只有他自己知道的原因，弗格森博士决定只充满气球的一半体积。这样，他需要携带四万四千八百四十七立方英尺的气体，并且气球必须有近乎双倍的容量。最终，他设计了一个细长的椭圆形气球，这种形状后来成为气球的首选。气球的横直径为五十英尺，纵直径为七十五英尺[①]，这样，他就得到了一个容量大约为九万立方英尺的椭球体气球。

如果弗格森博士使用两个气球，成功的概率可能会更高。因为如果一个气球在空中破裂，他可以通过丢弃压舱物的方法，操控另一个气球维持原来的飞行高度。但是，同时操作两个气球将会非常困难，因为需要让两个气球保持相同的上升力。

经过仔细考虑，弗格森博士设计了一个巧妙的方案，结合了双气球方案的优势，同时避免了它的缺点。他制造了两个大小不同的气球，并将较小的气球放入了较大的气球内部。外层气球按照前文提到尺寸制造，内含一个形状相同但更小一些的气球，其横直径仅为四十五英尺，纵直径为六十八英尺。这个小气球的容量只有

[①] 这个尺寸并不稀奇。1784年，蒙戈尔菲耶先生在里昂建造了一架容量为340000立方英尺（约20000立方米）的浮空器，它可以负载20吨（即20000千克）的重量。——原注

六万七千立方英尺，它将在周围的氢气中浮动。两个气球之间有一个阀门相通，这样气球的操纵者就可以一次操控两个气球。

这种设计的优势在于，如果需要释放气体以便下降，那么就首先释放外层气球中的气体。如果外层气球完全排空，内层的小气球仍能保持完整形状。此时，外层的气球已经无用，可以丢弃，而内层的小气球仍可以保持完整，不会像半充气的气球那样容易受到气流的影响。

此外，如果外层气球发生意外，比如被撕裂，那内层气球也能保持完整。

这两个气球的气球皮由坚固且轻便的里昂丝绸制成，表面涂有橡胶。这种黏性的树脂状物质是完全防水的，同时也能很好地抵抗酸性物质的腐蚀并防止气体泄漏。在椭球形气球的顶部，也就是受力最大的地方，还用了双层的丝绸。

这样的气球能够长时间保持气体不泄漏。每九平方英尺气球皮的重量为半磅。外层气球的表面积约为一万一千六百平方英尺，其重量为六百五十磅。内层气球的表面积约为九千二百平方英尺，重量约为五百一十磅。两个气球的总重量约为一千一百六十磅。

悬挂吊舱的网是由非常结实的麻绳制成的，而两个阀门则受到了尤为细致的关注，因为它们就像轮船的舵一样重要。

吊舱是圆形的，直径十五英尺，由柳条编织而成，并包着薄铁片用来加固。吊舱底部设有弹簧系统，用来减轻落地时的冲击力。吊舱及附带的网的总重量不超过二百八十磅。

除了上述设备，弗格森博士还让人用两线①厚的铁皮做了四个箱子。这四个箱子通过装有旋塞的管道相连，箱子上面还安装了一个直径为两英寸的螺旋管，螺旋管的末端分为两个长度不等的直管，

---

① 线，英制长度单位，1线约为2.12毫米。

其中较长的为二十五英尺，而较短的只有十五英尺。

这四个铁皮箱子被巧妙地嵌入吊舱内，以最大限度地节省空间。由于螺旋管目前还不需要安装使用，因此被单独打包存放。一起打包的还有一个电力强劲的本生电池。这些设备的设计相当巧妙，即使额外加上一个存了二十五加仑①水的容器，总重量也超不过七百磅。

为了这次旅行，弗格森博士还准备了一些仪器，包括两个气压计、两个温度计、两个指南针、一个六分仪、两个精密计时器、一个人造水平仪和一个地平经纬仪——用于测量远处或者难以接近的物体的高度。

格林尼治天文台愿意向弗格森博士提供必要的支持。然而，博士并不打算进行物理实验，他只想知道自己当前的前进方向，并确定主要河流、山脉和城镇的位置。

此外，他还准备了三个经过仔细测试的铁锚，以及一个轻便且坚固的丝绸软梯，长度为五十英尺。

博士还仔细计算了他会携带的食物的重量，包括茶叶、咖啡、饼干、咸肉和干肉饼——这是一种压缩得很紧并包含多种营养成分的食物。除了充足的纯白兰地外，他还准备了两个水箱，每个水箱装有二十二加仑②的水。

食物会随着旅行消耗，因此吊舱中物品的重量会逐渐减轻，必须特别注意的是，悬浮在大气中的气球处在非常敏感的平衡之中。微不足道的重量损失就足以产生非常明显的上下移动。

博士没有忘记为吊舱准备遮阳篷，也没有忘记准备旅行中所需的床上用品，包括被子和毯子。他还准备了一些猎枪和步枪，以及

---

① 加仑，体积单位，1加仑约为4.55升。
② 大约100升。——原注

必需的弹药。

通过计算，博士得出了各项物品及其重量的汇总，如下所示：

弗格森——135 磅

肯尼迪——153 磅

乔——120 磅

外层气球皮重量——650 磅

内层气球皮重量——510 磅

吊舱及网——280 磅

铁锚、工具、遮阳篷、枪支、覆盖物等——190 磅

咸肉、干肉饼、饼干、茶叶、咖啡、白兰地——386 磅

水——400 磅

仪器——700 磅

氢气重量——276 磅

压舱物——200 磅

合计：4000 磅

这些就是弗格森博士打算带上的所有负重，总重为四千磅。他仅携带了两百磅的压舱物，以备"不时之需"，正如他所说，由于他的设备设计得非常精巧，他并不认为自己真的会用到这些压舱物。

第八章

乔的重要性——"坚毅"号指挥官——肯尼迪的军火库——相互的礼遇——告别晚宴——2月21日启程——博士的科学讲座——迪韦里耶和利文斯通——空中旅行的细节——肯尼迪沉默不语

2月10日前后,准备工作已经基本完成,两个气球也已经准备就绪。一个气球套在另一个气球内,紧紧固定在一起。气球的每个部位都经受住了强大的气压测试,测试结果充分证明它们异常坚固,也证明了制造它们所付出的心血。

乔高兴得忘乎所以。他在希腊街的房子和米切尔工厂之间来回奔波,忙忙碌碌。他总是兴高采烈,不停给遇到的人讲旅行的准备工作的细节,尽管那些人并没有问他。他最引以为豪的,便是能和主人同行。笔者很怀疑,他甚至会带着别人来参观气球,讲解博士的计划和设想,通过半开的窗户偷偷瞥一眼博士,或者在博士出门的时候指别人看。甚至可以想象,这个聪明的小伙子靠着这些行为赚了几枚半克朗的硬币。但我们也不能因此责怪他。他和任何人一样,都有权利用人们的钦佩和好奇来赚点小钱。

2月16日,"坚毅"号抵达格林尼治①附近。这是一艘依靠螺旋

---

① 位于伦敦东南,著名的格林尼治天文台坐落于此,0度经线穿过该天文台。

桨推进、载重八百吨的快船，曾被派往北极，为詹姆斯·罗斯爵士[1]上一次探险的探险队补充给养。"坚毅"号由本内特船长指挥，他和蔼可亲，对弗格森博士的探险很感兴趣，而且对博士本人也仰慕已久。虽然本内特是一位军官，但他更像是一位科学家，尽管如此，他的船上还是装备了四门大炮。这些大炮当然没有伤害过任何人，只是为了执行和平的任务。

为了装下那两个气球，"坚毅"号的船舱经过了改造。2月18日，气球以最谨慎的方式运上了船，然后被小心地放置在船舱底层，以免发生意外。吊舱和吊舱的部件、锚、绳索、补给品、水箱（这些水箱将在到达时加满水）等设备都在弗格森本人的监督下装船并得到了妥善安置。

一同装船的货物还有十吨硫酸和十吨铁屑，用来制造氢气。物资的总量已经远远超过需求，但多做准备总好过发生意外时措手不及。同时，氢气生产设备也被妥善存放在船舱里，其中包括大约三十个空桶。

2月18日傍晚，所有准备工作都已就绪。两个精心装修的客舱已经备好，随时可以迎接弗格森博士和他的好友肯尼迪入住。尽管肯尼迪发誓他绝不会参与旅行，但他仍然在登船时携带了一组完整的狩猎枪械，其中包括两支双管式后膛猎枪和一支经过珀迪-穆尔和爱丁堡的迪克森[2]试验的步枪，该步枪经过了各种测试，性能非常出色。凭借如此精良的武器，一个射击老手能在两千步开外准确地将子弹射进一只羚羊的眼睛。除了这些狩猎武器，肯尼迪还带了两把柯尔特六发左轮手枪，以备不时之需。他随身携带了一些火药、弹药筒、铅弹和子弹，其总重量没有超过博士规定的限度。

---

[1] 英国探险家，曾多次前往北极探险。
[2] 均为当时知名的枪械制造者。

2月19日白天，三位旅行者登上"坚毅"号，并受到船长和全体军官的热烈欢迎。弗格森博士保持着一贯的矜持，心中只想着他的探险。迪克看上去似乎有点被现场的气氛感染了，但他不愿意表现出来。乔高兴得手舞足蹈，时不时说几句玩笑话来逗大家开心。这位出色的小伙子很快就成了大家的开心果，水手们在水手舱给他留了一个铺位。

2月20日，皇家地理学会为弗格森博士和肯尼迪举行了一场盛大的告别晚宴，本内特船长和他的军官们也出席了这次活动。晚宴上，大家举杯畅饮，频频祝酒，次数之多，足以保证每位宾客确信这是百年一遇的晚宴。弗朗西斯·M爵士以严谨庄重的态度主持了晚宴。

让迪克·肯尼迪感到极为尴尬的是，在当晚的欢乐祝福中，许多祝福竟然都集中在了他身上。在大家为"英勇无畏的弗格森，英国的荣耀"举杯之后，大家又共同举杯，为"同样勇敢的肯尼迪，他的无畏伙伴"祝福。

迪克的脸红得厉害，大家将其误解为谦逊，于是掌声再次响起，结果他脸上的红晕更深了。

正当宾客们品尝甜点时，一封来自女王的信件被送到了。女王陛下向两位旅行者表达敬意，并预祝他们旅途平安，探险成功。听到这个消息，人们再次举杯，向"最仁慈的陛下"致敬。

午夜时分，在依依惜别和热情握手之后，客人们才散去。

"坚毅"号上的小艇已在威斯敏斯特大桥附近的码头等候。船长跳上小船，他的军官和乘客们紧跟其后，划桨人有力的臂膀借助泰晤士河湍急的水流，迅速将他们带到了格林尼治。一小时后，所有人都在船上进入了梦乡。

第二天清晨，也就是2月21日的凌晨三点，船上的锅炉已经发出轰鸣。五点时，"坚毅"号起锚，在螺旋桨的强力推动下破浪前

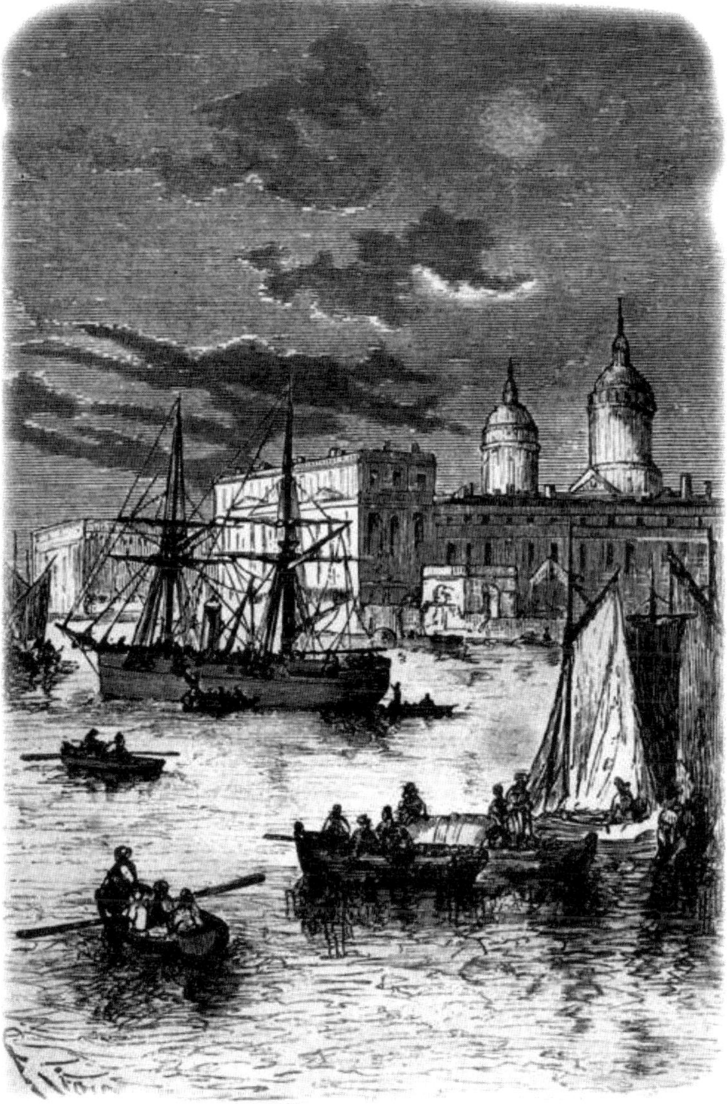

行，驶向泰晤士河口。

自不必说，船上的话题一直都是弗格森博士的探险。大家看到弗格森本人，听过他讲话后，都对他充满了信心。很快，除了那位持有怀疑态度的苏格兰人外，船上没有其他人再对弗格森的计划是否能够成功表示疑虑。

在漫长的航程中，弗格森博士利用空闲时间在军官餐厅进行定期讲座，内容主要是地理科学。这些年轻的船员对过去四十年里在非洲的发现与探险充满了浓厚的兴趣。弗格森博士向他们讲述了巴尔特、伯顿、斯皮克和格兰特的探险经历，并描绘了这片广阔而神秘的土地上的奇异风光，如今，这片土地已向科学探索全面开放。在北方，年轻的迪韦里耶[①]正在穿越撒哈拉沙漠，并带领图阿雷格部落的首领前往巴黎。在法国政府的支持下，两支探险队正准备从北方和西方出发，在通布图会师。在南方，不知疲倦的利文斯通仍在向赤道挺进。自1862年3月以来，他就与麦肯齐[②]一起沿着罗福尼亚河溯流而上。弗格森博士断言，就在十九世纪结束之前，非洲就将向世界敞开六千年来一直尘封的秘密。

当弗格森博士向他们详细介绍起自己为旅行做的准备时，听众们的兴趣达到了最高点。他们热衷于验证并讨论他的计算，而弗格森博士也真诚地参与了每一次讨论。

然而，博士仅携带如此有限的给养，还是让大家感到有些惊讶。有一天，一名军官提出了疑问。

"这个不寻常的地方让你们感到惊讶，是吗？"弗格森说道。

"确实如此。"

"但是，你们认为我的旅行会持续多久呢？好几个月吗？如果是

[①] 亨利·迪韦里耶，法国探险家、地理学家，以探索撒哈拉沙漠而闻名。
[②] 亚历山大·麦肯齐，苏格兰探险家、毛皮商人。

这样的话，那可就大错特错了。如果旅行时间过长，我们就会迷路，再也回不来了。需要知道的是，从桑给巴尔到塞内加尔海岸的距离只有三千五百英里——就算四千英里吧。那么，如果我们的气球以每十二小时行驶二百四十英里①的速度前进——虽然这远不及火车的速度——但日夜兼程的话，穿越非洲也只需要七天！"

"但是那样的话，你就什么也看不到了。你没时间做地理观测，也不可能去勘察地表。"

"啊，"弗格森博士回答道，"如果我能控制我的气球——如果我能随心所欲地上升和下降，那么我就会在任何需要的时候停下来，特别是当强烈的气流试图把我吹离预定航线时。"

"你确实会遇到这样的气流的。"本内特船长说，"有些龙卷风的速度超过二百四十英里每小时。"

---

① 博士总是以 60 英里为单位来计算距离。——原注

057

"你看，要是有这样的速度，我们十二个小时就能穿越非洲。早上在桑给巴尔起飞，晚上就能在圣路易①睡觉了！"

"可是，"军官反驳道，"哪个气球能承受这么高的速度带来的撕扯？"

"历史上有过类似的例子。"弗格森回答道。

"那个气球承受住了？"

"完全承受住了。那是在1804年拿破仑加冕的时候。那天晚上大约十一点钟，飞行家加尔纳里安②在巴黎放飞了一个气球。气球上写着金色的字：'巴黎，共和十三年霜月二十五日③，皇帝拿破仑由教皇庇护七世加冕'。第二天早上，罗马的居民看到同一个气球飘在梵蒂冈上空，然后气球穿过坎帕尼亚，最后飘落在布拉恰诺湖。所以，先生们，你们知道了，气球是可以承受这样的风速的。"

"气球可以承受，但是人呢？"肯尼迪说。

"人当然也可以！气球相对于周围的大气是静止的，移动的只是大气本身。举例来说，如果你在吊舱里点燃一根蜡烛，火焰甚至都不会晃动。如果加尔纳里安的气球里有一位驾驶员，他根本不会觉得那样的速度有什么不适。但我并不打算尝试如此高的速度。如果晚上我能把气球固定在某棵树上，或者地面上某个合适的凸起处，我一定会这么做的。此外，我们毕竟还是准备了两个月的给养，而且，在降落时，我们这位熟练的猎人肯定能为我们提供丰富的猎物。"

"啊！肯尼迪先生。"一位年轻的海军少尉用羡慕的眼神看着肯尼迪，"您要大显身手了！"

---

① 非洲港口城市，位于现在的塞内加尔。
② 法国热气球飞行员。
③ 此处的日期采用法国共和历，共和历是法兰西第一共和国时期开始采用的历法，共和十三年霜月二十五日为公历的1804年12月2日。

"不止如此,"另一个人说,"在享受射击的乐趣时,您还会获得荣耀!"

"先生们。"猎人结结巴巴地回答道,显得有些尴尬,"我非常——感激——你们的赞美——但它们——并不——属于我。"

"啊!"每个人都喊道,"您不打算去吗?"

"我不去!"

"您不会陪弗格森博士一起去吗?"

"我不仅不会陪他一起去,而且我特意留在这里,就是为了在最后一刻阻止他出发。"

现在,所有人的目光都转向了弗格森。

"不要在意他说的话。"博士平静地说,"我们没必要和他争论。他心里很清楚自己是要去的。"

"以圣帕特里克之名发誓!"肯尼迪说,"我发誓——"

"别发誓了,我的好朋友。你甚至都称重了。你的火药、枪支、子弹也都打好包,称了重量了。所以我们就别再说这件事了。"

事实上,从那天起,直到抵达桑给巴尔,肯尼迪再也没有开口说过话。他既不谈论这件事,也不谈论其他任何事情。他完全陷入了沉默。

第九章

绕过海角——船头甲板——"乔教授"的宇宙学课程——控制气球的方向——如何寻找气流——"找到了!"

"坚毅"号迅速驶向好望角,天气一直晴好,但海上的风浪却愈加汹涌。

3月30日,也就是离开伦敦后的第二十七天,好望角的桌山[①]在地平线上逐渐显现,船上的人们已能通过望远镜清晰地辨认出群山环绕的开普敦市。没过多久,"坚毅"号就在开普敦港口停泊下来。然而,船长只需在此短暂停留以补充煤炭储备,这项工作一天即可完成。第二天,他便下令继续向南航行,绕过非洲最南端,进入莫桑比克海峡。

这并不是乔第一次出海航行,因此他很快就在船上找到了家的感觉。他性格直率、幽默风趣,深受大家喜爱。作为弗格森博士的得力助手,他也赢得了很高的声誉。乔的意见对于船员来说就像预言家说出的话一样,预言出错的次数也并不比预言家要多。

当博士在军官餐厅里进行精彩的讲座时,乔则在船头甲板上吸引着船员们的目光,他以独特的方式滔滔不绝地讲述着,并根据自己的喜好编造历史——顺便说一句,古往今来的伟大历史学家一直

[①] 桌山,好望角附近山峰,因其山顶扁平而得名。

都在使用相同的叙述方式。

自然，话题总是围绕着这次空中航行展开。乔花费了很多精力，才让那些固执的水手相信这件事。但是，一旦水手们接受了这种旅行方式，他们的想象力就立刻被乔的演讲所激发，他们马上就认定任何事情都不是不可能的。

我们这位光彩夺目的叙述者让他的听众相信，在这次旅行之后，还会有更多更奇妙的旅行即将展开。事实上，这仅仅是一系列传奇探险的开端。

"你们看，朋友们，当一个人尝试过这种气球旅行后，他就再也无法忍受其他的旅行方式了。所以，在我们的下一次探险中，我们

不会朝着左右拐弯，而是会一直向前，同时不断上升。"

"哈！那你们岂不是要去月球了！"人群中有人惊讶地瞪大了眼睛说道。

"去月球！"乔大声说道，"去月球！哼！那太普通了。每个人都可能以那种方式去月球。不过，月球上没有水，你们得带上好多好多水。而且还得带上瓶装空气来呼吸。"

"啊！啊！你说得对！但是人们能在那里找到一滴真正的好酒吗？"一个喜欢喝朗姆酒的船员说道。

"一滴都没有！"乔回答道，"老兄，月球上可没有酒。但是我们要在那些闪闪发光的小东西之间穿梭——就是星星——还有那些我和我的主人经常谈论的漂亮行星。比如，我们从土星开始——"

"那个带环的？"舵手问道。

"是的！就像结婚戒指——只不过没人知道它的新娘去哪儿了！"

"什么？你们要去那么高的地方吗？"一个在船上干活的小男孩惊讶地张大了嘴巴说道，"天哪，你的主人一定是个魔鬼。"

"哦！不是，他可是个好人。"

"但是，在土星之后——你们会去哪里呢？"等不及的听众们接着问道。

"土星之后？嗯，我们会去木星。那是一个很有趣的地方，白天的时间只有九个半小时——这对懒汉来说是个好消息。而那里的一年，你们相信吗？一年有我们地球上的十二年那么长，这对那些只能活半年的人来说是个好消息。他们可以多活一点时间。"

"十二年！"男孩惊叹道。

"是的，小伙子。所以在那里，你还在你妈妈身后蹒跚学步，而那边那个看起来五十多岁的老家伙，其实才只有四岁半。"

"天啊！这真是个好消息！"船头的人一起喊道。

"这些事千真万确。"乔坚定地说。

"你们能想到，还会发生什么吗？当人们只能停留在地球上时，他们什么也不学习，像熊一样无知。但是只要来到木星，你们就会看到很多奇妙的东西了！但是必须小心，因为木星有卫星，这些卫星可不是那么容易就可以从中间穿过去的。"

所有人都笑了，但他们或多或少已经开始相信乔的话。接着，他又开始讲海王星，在那里，船员会受到热烈欢迎。还有火星，在那里，军人的地位至高无上，平民的生活简直难以忍受。最后，乔谈到了金星，他把金星描述成一个天堂一般的美丽星球。

"当我们从那次探险回来后，"这位不知疲倦的叙述者说，"他们会给我们颁发南十字勋章，就像天空中闪耀的南十字星座一样耀眼。"

"是啊，你们当之无愧！"水手们说道。

就这样，大家在船头愉快地交谈着，度过了每个漫漫长夜，与此同时，博士也在继续他很有教育意义的讲座。

有一天，话题转到了操纵气球飞行的方法上，于是大家询问博士的看法。

"我认为，"他说，"我们不太可能找到一种操纵气球飞行的方法。我熟悉所有的实验和方案，但是没有一个能成功，它们都不可行。你们应该不难想到，我一直都在思考这个问题，这个问题不但很有用，而且很有趣。但是，这个问题还无法用人类已知的机械学知识来解决。我们必须找到一种发动机，能提供超乎寻常的动力，同时又极为轻便，而且即便如此，我们仍然无法抵抗大气中的强气流。到目前为止，人们一直在试图控制吊舱，而不是控制气球，这是一个巨大的错误。"

"但是，气球和船还是有很多相似之处的，而人们可以随意控制船只。"

"根本不是，"博士反驳道，"这两者之间几乎没有相似之处。空气比水稀薄得多，船只是部分沉浸在水中，而整个气球都飘浮在大气中。相对于四周的气体而言，气球是静止不动的。"

"那么，您认为航空器的研究已经到达穷途末路了吗？"

"完全不是！完全不是！但我们必须换个角度来看待这个问题，如果我们不能完全控制气球，至少应该尝试让它飘浮在有利的气流中。随着我们上升，气流变得更加均匀，并且更加稳定地流向一个方向。它们不再受到地球表面那些纵横交错的山脉和峡谷的干扰，你们知道的，这些地形是风力和风向变化的主要原因。因此，一旦避开这些区域，我们就可以让气球一直处在最有利的气流中。"

"但是，"本内特船长接过话头，"为了到达这些区域，您必须不断上升或下降。这才是真正的难题，博士。"

"为什么呢，亲爱的船长？"

"让我再解释一下。这个问题主要针对长途旅行，用气球进行短途空中旅行不成问题。"

"那么，能请您解释一下为什么吗？"

"因为您只能通过丢弃压舱物来上升，通过释放气体来下降。压舱物和气体会很快耗尽。"

"亲爱的先生，这就是问题的关键所在。这是当前科学需要解决的唯一难题。问题不在于如何操控气球，而在于如何在不消耗气体的情况下使气球上升或下降。如果允许我比喻一下的话，这些气体就是气球的力量、生命、灵魂。"

"您说得对，亲爱的博士。但这个问题还没有解决，人们还没有发现不消耗气体的方法。"

"不好意思打断一下，其实人们已经发现了这个方法。"

"谁发现的？"

"我！"

"您？"

"您应该明白,如果不解决这个问题,我是不会冒险用气球穿越非洲去探险的。在二十四小时内,氢气就用光了!"

"但,您在英国的时候什么都没说?"

"没有!我不想成为公众关注的焦点,那毫无意义。我秘密地做了一些实验,实验结果让我很满意。我不会从公众那里获得什么益处的。"

"那么,博士,我能否打听一下,诀窍到底是什么?"

"就是这个,先生们——这是世界上最简单的事情!"

博士用平静的语气解释着自己的发明,听众们的注意力完全被博士吸引了。

第十章

先前的实验——博士的五个容器——汽缸——加热设备——操纵系统——成功指日可待

"先生们,"弗格森博士说,"过去,很多人也曾尝试过在不损失压舱物和气体的情况下,让气球随意升降。法国航空家默尼耶先生曾试图使用一个容器,来压缩气球内部的空气。比利时的范赫克博士想通过机翼和桨获得垂直动力,理论上这些方案足以产生升力,但实验结果显示,这些方法的效果并不显著。

"因此,我决定采取更直接的方式来解决这个问题。从一开始,我就完全没有考虑压舱物。除非在特殊的紧急情况下我才会使用它,比如设备损坏,或者需要非常迅速地上升以避开事先没有看到的障碍。

"我控制气球升降的方法很简单,那就是通过不同温度下气球内气体的膨胀或收缩。下面我会详细谈谈实现这个效果的具体方法。

"你们都看到了,我带了几个箱子到船上来,你们可能还不知道它们的用途。一共有五个箱子。

"第一个箱子里装有大约 25 加仑的水,我加入了几滴硫酸,以增加其导电能力,然后我用一个强电压的本生电池将水分解。你们知道,水可以分解成氢气和氧气,比例为二比一。

"通过电池的分解作用，氧气会聚集在电池正极，并进入第二个容器。第三个容器放置在第二个容器的上方，容量是其两倍，其中收集了第一个电池的负极产生的氢气。

"这些容器之间通过旋塞连接，其中一个旋塞的孔是另一个的两倍大。它们与第四个容器相连，第四个容器的名字是混合储气罐。在这里，通过水分解得到的两种气体混合在一起。第四个容器的容量约为四十一立方英尺。

"在这个容器的顶部配有一个带旋塞的铂管。

"先生们，你们现在应该能够理解，我向你们描述的装置实际上是一个氧气和氢气的汽缸和燃烧管，气体燃烧产生的温度比炼铁的锻炉还要高。

"我继续介绍装置的第二部分。气球的底部是密封的，两根相距不远的管子从这里伸入气球中。一根管子伸入气球上部的氢气中，另一根则伸入气球下部的氢气中。

"这两根管子上，每隔一段距离就装了一个坚固的橡胶接头，使它们能够适应气球的摆动。

"这两根管子一直向下延伸到吊舱，并通入一个圆柱形的铁容器中，我将这个容器命名为'热罐'。热罐的两端由两块坚固的同种金属板封口。

"从气球下部伸出的管子穿过下部的金属板，进入这个圆柱形容器，穿透容器，并在容器内盘绕成螺旋状，绕着圈，一圈又一圈地上升，直到几乎占据整个容器。管子再次从容器中伸出去之前，会通向一个小圆锥体中。这个圆锥体有一个凹进去的底面，其形状像一个倒置的球形盖子。

"正如我前面所说，第二根管子从这个圆锥体的顶部伸出，并伸入气球的上部区域。

"小圆锥体的球形盖是铂制的，目的是防止它被汽缸和燃烧管的高温火焰熔化。燃烧管位于铁罐底部的螺旋管中间，它们的火焰尖端稍微接触到这个铂盖。

"先生们，你们都知道用于加热房间的热交换器是什么，也知道它的工作原理。房间的空气通过热交换器的管道，加热到更高的温度后被释放。其实，我刚才向你们描述的，就是一个热交换器。

"那么，启动这个装置后会发生什么呢？当汽缸中的气体被点燃时，螺旋管和圆锥体内的氢气被加热，并迅速通过管道上升到气球的上部。这样气球底部就是真空状态，吸引了下部区域的氢气。这些氢气随后也被加热，并不断地补充上来。因此，在管道和螺旋管中形成了极快的气流，这些气体从气球中流出，然后又流回气球，并被不断地加热。

"气体的温度每增加一度，体积就会膨胀四百八十分之一。那么，如果我使温度增加十八华氏度①，气球内的氢气体积就会膨胀四百八十分之十八，也就是一千六百一十四立方英尺②，相当于排挤出一千六百一十四立方英尺的空气，这将增加约一百六十磅的上升力，换句话说，相当于抛出了相应重量的压舱物。如果我将温度增加一百八十华氏度③，氢气体积将膨胀四百八十分之一百八十，即排挤出一万六千七百四十（原文如此。但根据本段数据推算，此处应为16140。）立方英尺的空气，上升力将增加一千六百磅。

"先生们，你们应该可以看出来了，我可以很轻易地改变气球的平衡状态。气球的体积已经过计算，以确保在气球充满一半气体时，它所排开的空气重量正好等于包含氢气的气球皮、乘客乘坐的吊舱以及所有设备和附件的总重量。在这个充气状态下，气球与空气处

---

① 即10摄氏度。每升高1摄氏度，气体体积就会增加1/267。——原注
② 约62立方米。——原注
③ 约100摄氏度。——原注

于精确的平衡状态,既不会上升也不会下降。

"要让气球上升,我只需要通过汽缸加热氢气,使其温度高于周围空气。通过加热,氢气会膨胀,气球随之变大,我继续加热氢气的话,气球也会升得更高。

"当然了,降低汽缸温度,气球就可以下降。通常来说,上升会比下降更迅速,但这种情况正是我想要的。因为我不需要快速下降,我需要的只是快速上升,这样我可以避开障碍物。真正的危险在下面,而不是上面。

"此外,正如我所说,我携带了一些压舱物。在必要时,我也可以扔掉压舱物来快速上升。气球顶部的阀门仅仅是一个安全阀,气球的氢气总量始终是不变的,只需通过调整气体的温度,就能轻松控制气球的升降。

"现在,先生们,我要补充一点实际操作中的细节。

"在汽缸内,氢气和氧气燃烧产生水蒸气。因此,我在圆柱形铁盒的下部安装了一个带有阀门的排气管道,当阀门受到两个大气压的压力时,就会自动打开。因此,一旦达到两个大气压,水蒸气就会自动排出。

"以下是精确的数据:二十五加仑的水在分解后,会产生二百磅的氧气和二十五磅的氢气。在一个大气压下,这相当于一千八百九十立方英尺的氧气和三千七百八十立方英尺的氢气,总共是五千六百七十立方英尺的混合气体。当汽缸以最大的效率燃烧气体时,每小时会消耗二十七立方英尺的气体,产生的火焰强度至少是街道照明用的大型路灯的六倍。为了将气球保持在合适的高度,每小时平均烧掉的气体不会超过九立方英尺。所以,二十五加仑水意味着我可以在空中航行六百三十小时,比二十六天还要长一点点。(原文如此,与现代计算有较大偏差。)

"当然,气球可以随时下降,补充水源,所以我的旅行时间几乎

069

是无限的。

"先生们,这就是我的秘密。它很简单,而简单的事情往往不可能失败。我用来调节气球的方式就是气体的热胀冷缩,既不需要笨重的翅膀,也不需要其他机械动力。一个用来调节温度的换热器和一个用来产生热量的汽缸就够了,它们既不麻烦也不重。因此,我认为我已经具备了取得成功的所有前提条件。"

弗格森博士结束了他的演讲。他收获了热烈的掌声。没有人提出反对意见,所有的问题都已经预见到,并想到了解决方案。

"尽管如此,"船长说,"还是会很危险。"

"那又有什么关系呢?"博士回答道,"只要可行就够了。"

第十一章

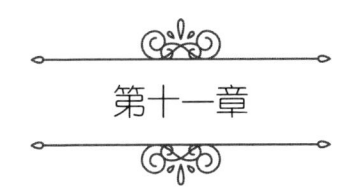

到达桑给巴尔——英国领事——不友善的本地人——库布尼岛——祈雨巫师——气球充气——4月18日启程——最后的告别——"维多利亚"号

一路顺风,"坚毅"号迅速驶向目的地。在莫桑比克海峡的航行平静而愉快。大家认为,这是空中旅行将会成功的吉兆。每个人都期待着到达的那一刻,并尽力为博士的准备工作做最后的完善。

终于,桑给巴尔镇出现在人们的视线中。城镇位于同名的桑给巴尔岛上,"坚毅"号于4月15日上午十一点抵达港口。

桑给巴尔岛是马斯喀特的伊玛目的领土,他是法国和英国的盟友,桑给巴尔岛也无疑是他最理想的居住地。岛上的港口经常有大量来自邻近国家的船只光顾。

岛屿与非洲大陆之间只隔着一道海峡,其最宽处也不过三十海里。

桑给巴尔有着规模庞大的橡胶和象牙贸易,但那里最重要的贸易货物其实是所谓的"黑檀木"——桑给巴尔岛是一个巨大的奴隶交易市场。非洲内陆的酋长们将他们在连年战争中俘获的战俘送到这里。整个非洲东海岸,甚至远至尼罗河地区,都在进行着奴隶买卖。纪尧姆·勒让甚至声称自己曾经目睹有人在法国所属的船只上公然交易奴隶。

"坚毅"号抵达后,英国驻桑给巴尔领事登上船,向弗格森博士表示他愿意提供所需的帮助。过去一个月,欧洲的报刊一直在报道弗格森的计划,领事对此已有所了解。但在此之前,他一直是诸多怀疑者中的一员。

"我原本有所怀疑,"他向弗格森博士伸出手来,"但现在我不再怀疑了。"

他邀请博士和肯尼迪,当然还有忠诚的乔,一同前往他的住所。在领事的热情介绍下,博士得知领事已经收到了斯皮克上尉寄来的多封信件。在抵达乌戈戈人①的地区之前,斯皮克上尉和他的同伴们遭遇了饥饿和恶劣天气。他们只能艰难前行,在相当长一段时间内,他们已经不指望能再次与外界通信。

"我们会想办法避免这种物资缺乏的情况。"博士说。

三位旅行者的行李已被运到领事的住处。领事计划将气球安置在桑给巴尔海滩上。靠近信号杆的地方有一个理想的地点,附近有一座高大的建筑,可以有效地保护气球免受东风的影响。这座高大的塔楼如同一个竖立的酒桶,相比之下,著名的海德堡酒桶②看上去就像一个非常普通的木桶了。塔楼实际上是一座堡垒,楼顶平台上站着手持长矛的俾路支人③。这些俾路支人总是吵吵嚷嚷的,但其实并不善于战斗。

然而,就在气球即将被搬运到岛上时,领事得知岛上的民众打算暴力反对这一行动。没有什么比狂热的激情更为盲目了!一名基

---

① 乌戈戈,非洲种族名称,生活在现在的坦桑尼亚中部。
② 位于德国海德堡市海德堡城堡的巨大酒桶,高约7米,用来储存征税所得的葡萄酒,现已成为旅游景点。
③ 西亚、南亚地区民族,主要生活在现在的巴基斯坦、伊朗、阿富汗境内。

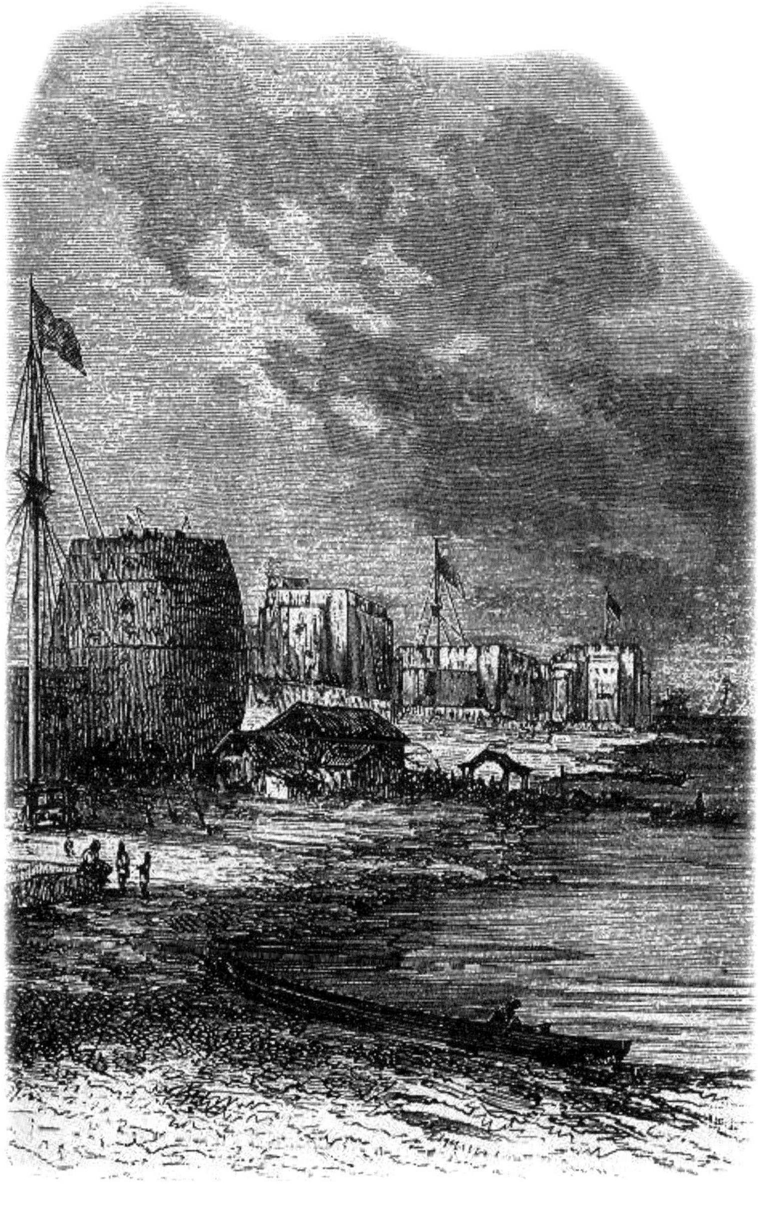

督徒来到这里，而且还打算飞上天空，这个消息引发了愤怒。黑人比阿拉伯人更加愤慨，他们认为这一计划侮辱了他们的宗教信仰，认为这是对太阳和月亮的不敬，而太阳和月亮正是他们崇拜的对象。因此，他们决定反对这种亵渎神明的行为。

得知此事，领事立刻找弗格森博士和本内特船长商议。本内特虽然不愿向民众屈服，但他的朋友劝告他不要使用暴力。

"我们一定会赢。"他说，"如果我们有需要，伊玛目的士兵也会帮助我们。但是，亲爱的船长，意外事故往往在一瞬间发生。只要遭遇一次攻击，气球就可能受到无法修复的损伤，整个旅行计划也会因此破产。所以，我们必须谨慎行事。"

"但是我们要怎么做？如果我们把气球放在非洲大陆的海岸，还是会遇到同样的困难。我们该怎么办？"

"这再简单不过了。"领事回答道,"您注意到港口外的那些小岛了吗?找一个岛,把气球放在上面,然后派几个海员把守,就没有风险了。"

"太好了!"博士说,"这样我们就可以安心去做准备工作了。"

船长接受了这个建议,"坚毅"号驶向库布尼岛。4月16日上午,气球被安全地运下船,放置在岛上森林中的一片空地上,空地上零星点缀着些许花草。

人们竖起了两根高达八十英尺的桅杆,桅杆之间的距离也是八十英尺,每根桅杆的顶部都配备了滑轮和绞车,人们通过一根横跨过去的绳索就能把气球吊起来。此时,气球尚未充气。内层气球已固定在外层气球上,这样内层气球也可以同时被吊起。每个气球的底部都装有管道,用于通入氢气。

17日,大家花了一整天的时间来安装产生气体的设备。这套设备由大约三十个木桶组成,木桶中的水通过大量铁屑和硫酸的反应被分解[①]。经过净化后,反应产生的氢气流入放在当中的一个巨大的木桶内,然后通过导管流入气球中。最终,两个气球都精确地充满了所需体积的氢气。为了完成这项任务,人们用去了一千八百六十六加仑硫酸、一万六千零五十磅铁和九百六十六加仑水。充气工作从次日凌晨三点开始,持续了近八小时。第二天,覆盖了保护网的气球在吊舱上方轻轻摆动,许多装满沙土的袋子将吊舱固定在地面上。加热气体的装置已经小心组装好,从气球中伸出的管道也牢固地连接到圆柱形汽缸上。

铁锚、绳索、仪器、铺盖、遮阳篷、食物和武器都被放置在吊舱中预定的位置。水是在桑给巴尔岛采购的。二百磅压舱物被分装

[①] 原文如此,但铁和硫酸的反应无法直接分解水,氢气的产生来源于铁和硫酸产生的氢离子的反应。

在五十个袋子中，放置在吊舱底部，伸手可及。

直到傍晚五点左右，准备工作才算完成，哨兵一直在岛屿四周严密监视，"坚毅"号上的小船也在海峡巡逻。

土著人在做着怪相、扭动身体，表达他们的不满。巫师在愤怒的群众中来回穿梭，为他们狂热的情绪火上浇油。一些尤为愤怒、胆大包天的暴徒试图游到岛上，但士兵轻易地就把他们赶走了。

巫师开始施展巫术，吟诵咒语。那些自称能控制乌云的"降雨师"祈求风暴和"石头雨"①来帮助他们。为了施展巫术，他们采集了桑给巴尔岛上所有种类的树木的叶子，并用文火熬煮，还用长针刺入羊的心脏。尽管他们举行了仪式，但天空依然晴朗，献祭的羊和扮出的丑陋鬼脸没有带来任何效果。

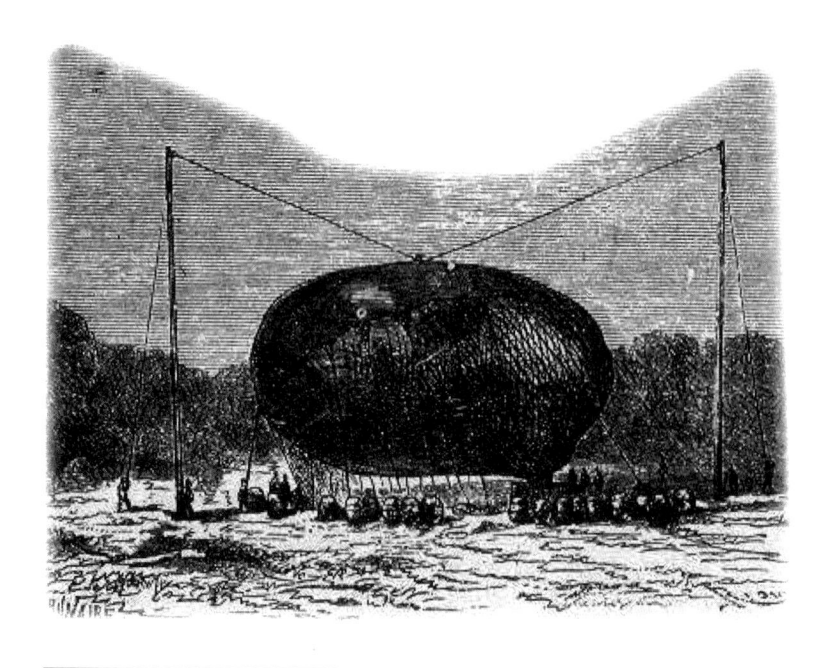

---

① 土著人对冰雹的称呼——原注

此后，土著人开始放纵狂欢，他们饮用"汤波"，烂醉如泥。"汤波"是一种从椰子树中提取的烈酒，还有一种被称为"托格瓦"的烈性啤酒。土著人的圣歌虽然缺乏旋律，但节奏感极佳，歌声一直持续到深夜。

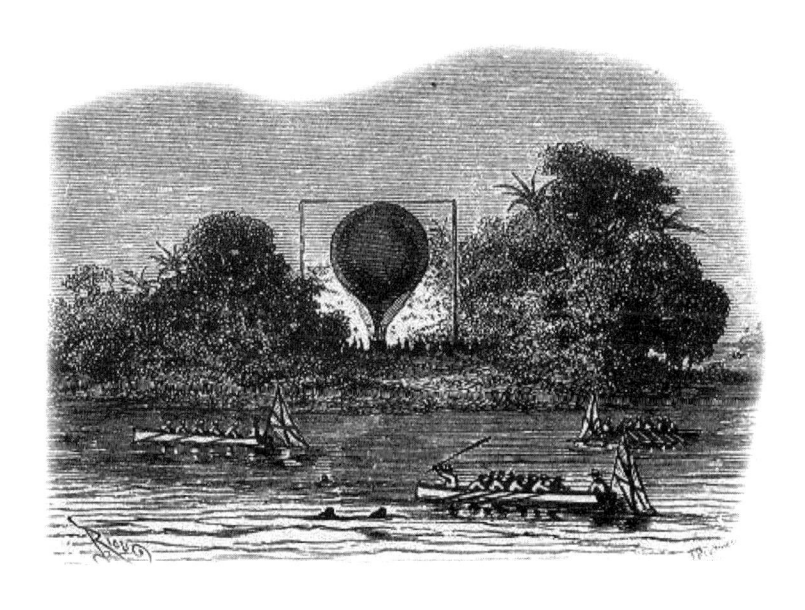

傍晚六点左右，本内特船长邀请三位旅行家和军官们来到船长室，举行了一场告别晚宴。现在没有人敢去和肯尼迪搭话，他双眼紧盯着弗格森博士，喃喃地重复着模糊不清的话语。即使不考虑肯尼迪，这顿晚宴的气氛依然沉闷。告别时刻临近，每个人都陷入了最严肃的沉思。这些勇敢的探险家将遭遇怎样的命运？他们是否还能再度与朋友团聚，安坐在家中的炉火旁？如果他们的旅行设备出现故障，在从未被探索过的地区，在凶残的野蛮部落之中，或者在无垠的沙漠中，他们又将何去何从？

此前，这些想法只会偶尔闪现在人们的脑海中，但在离别的时刻，它们似乎扎根于每个人的头脑，不断激发出令人不安的想象。

弗格森博士仍然保持着冷静，谈论着一些无关紧要的事情，试图抑制忧郁情绪的蔓延，但显然没有成功。

为了避免有人对博士和同行者的人身安全构成威胁，三人在"坚毅"号上过夜。第二天早上六点钟，他们离开船舱，登上库布尼岛。

气球在晨风中轻轻摇曳，原本用来固定气球的沙袋已经被二十名强壮的水手取代，本内特船长和他的军官们也在场，庄严地目送他们的朋友离开。

就在这时，肯尼迪走到博士面前，握住他的手，问道：

"塞缪尔，你真的下定决心要走了吗？"

"我下定决心了，亲爱的迪克。"

"我已经尽我所能阻止这次探险了，是吗？"

"你已经尽了一切努力。"

"好吧,那么我可以问心无愧了,我会和你一起去。"

"我就知道你会去的!"博士说,激动的表情在他的脸上一闪而过。

告别时刻终于来临。船长和他的军官们深情地拥抱了他们勇敢的朋友,连乔也不例外。这个忠诚的家伙像王子一样自豪和快乐。每个人都坚持要与博士握手告别。

九点钟,三位旅行者进入吊舱。博士点燃了汽缸,调整火焰强度,气体被快速加热。几分钟后,在地面上保持着完美平衡的气球开始缓缓升起,水手们把绳子放松了一些。吊舱立刻升空,停在他们头顶大约二十英尺的地方。

"朋友们!"博士站在两位同伴之间,摘下帽子喊道,"让我们给我们的飞行器起一个能带来好运的名字吧!让我们称它为'维多利亚'号吧!"

"女王万岁！英国万岁！"下方的人群用雷鸣般的欢呼声回应。

气球的升力正快速增大，弗格森、肯尼迪和乔向朋友们挥手告别。

"放手吧！"博士喊道。话音刚落，"维多利亚"号迅速冲向天空，"坚毅"号上的四门加农炮齐声轰鸣，为气球送行。

第十二章

跨越海峡——姆里马[1]——迪克的评论与乔的提议——制作咖啡的配方——乌扎拉莫——不幸的梅赞——杜苏米山——博士的地图——仙人掌上空的夜晚

空气清新,风力适中,气球垂直上升,达到了大约一千五百英尺的高度,气压计的示数下降了约两英寸[2]。

在这个高度上有一股强劲的气流,将气球带向了西南方向。旅行者们眼前的景象多么壮观啊!整个桑给巴尔岛尽收眼底,从高空看去,岛屿的颜色比周围的海域更深。田野像是一块块色彩斑斓的拼图,浓密的绿色则代表着树林和灌木丛。

岛上的居民看起来就像昆虫一样小。欢呼和叫喊声渐渐远去,只能听到气球下方隐约传来船上的炮声,似乎在追着气球一般。

"太美了!"乔率先打破沉默赞叹道。

没有人回答他。博士正忙着观察气压计的变化,并详细记录气球上升过程中的各项数据。

肯尼迪看着下方的景色,美丽的风光让他目不暇接。

太阳的光芒为汽缸提供了额外的热量,气体提供的浮力增加,

---

[1] 姆里马,非洲地名,位于现在的肯尼亚和坦桑尼亚一带。
[2] 大约5厘米。海拔每升高100米,气压计示数下降约1厘米。——原注

"维多利亚"号升到了二千五百英尺高。

"坚毅"号看起来就像一个小小的贝壳,西边的非洲海岸被一圈白色泡沫围绕,清晰可见。

"你们怎么不说话?"乔再次问道。

"我们正在看呢!"博士说着,将望远镜对准非洲大陆。

"可是我忍不住,真想说点什么!"

"随你便,乔,想说什么都行!"

于是,乔自顾自地发出一连串惊叹。"哦"和"啊"的叫喊声从他口中不停地爆发出来。

横跨海峡时,博士认为最好保持当前的高度,这样可以观察到更远处的海岸线。温度计和气压计挂在半开的遮阳篷内,始终保持在博士的视线范围之内。另一个气压计则悬挂在遮阳篷外,用于夜间观察。

大约两个小时后,"维多利亚"号以略高于八英里每小时的速度飞行,气球已经明显接近非洲大陆的海岸。博士决定稍微让气球下降一些,接近地面。他调节了汽缸的火焰,过了一会儿,气球便下降到了离地面仅三百英尺的高度。

这时,他们发现气球刚好飞越了姆里马地区,这是非洲东海岸的一部分。茂密的杧果树林围绕着这个区域,在印度洋潮水的冲刷和侵蚀下,它们粗壮的树根暴露在外。早些年的海岸线如今已经变成了沙滩,一直延伸到远处的地平线。在西北方向,尖锐的恩古鲁峰[①]高耸入云。

"维多利亚"号从一个村庄旁边飞过,博士对照地图,认出这里是考勒村[②]。全村的人都聚集在一起,发出愤怒和恐惧的叫喊声,向

---

① 恩古鲁峰,山峰名称,位于现在的坦桑尼亚。
② 考勒村,位于现在的坦桑尼亚,现已废弃,其遗址今为旅游胜地。

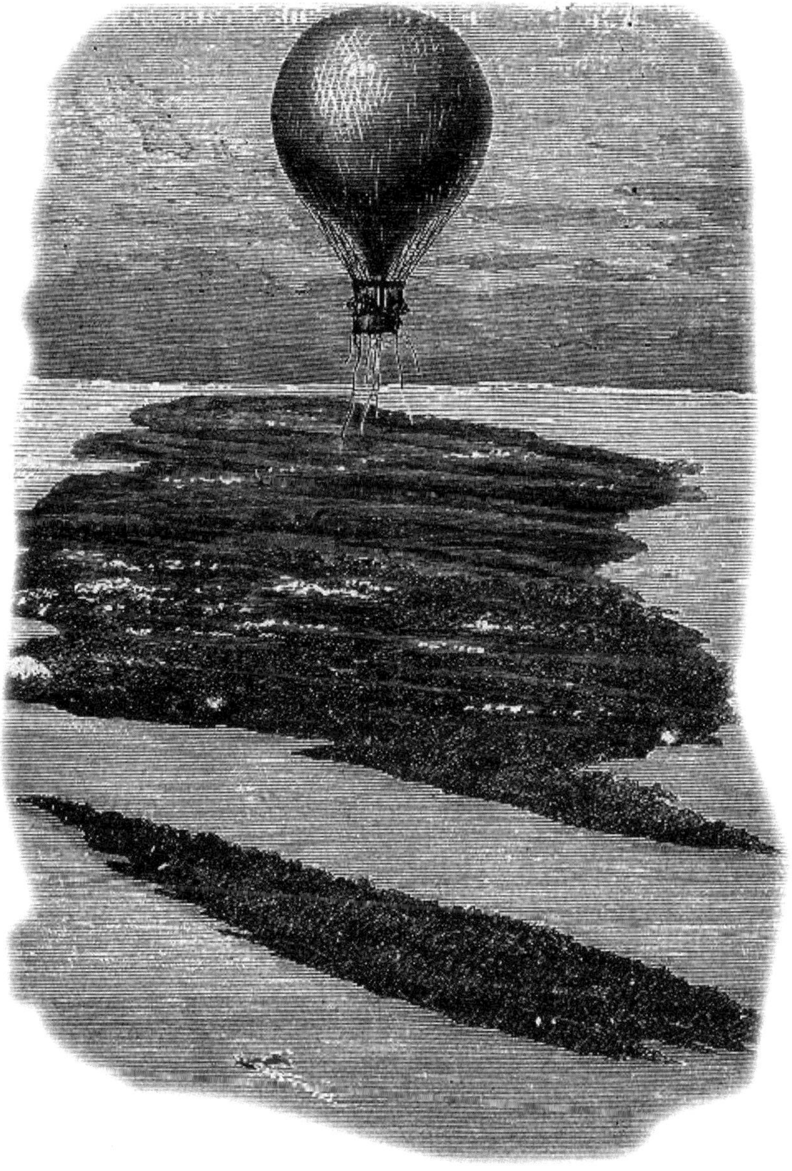

气球射出箭矢，但庞大的气球庄严地在空中飞掠而过，下面的攻击显得无力且徒劳。

风朝着南方刮去，博士并不担心，因为这正好让他们能沿着伯顿和斯皮克的路线前进。

终于，肯尼迪开始和乔一样忍不住寂寞，两人不断地发出赞叹和惊呼，一唱一和。

"马车算什么！"一个人说。

"轮船又算什么！"另一个人说。

"火车？哈哈！也和废物一样！"肯尼迪评论，"坐火车旅行，根本看不见沿途的风光！"

"气球！这才是最适合我的！"乔补充道。"你都感觉不到自己在动，风景自动在你的眼前铺开！"

"多么壮观的景象！多么美丽的风景！多么令人愉悦！就像躺在吊床上做着美梦！"

"吃不吃早餐？"乔终于打破了充满诗意的赞叹，清新凛冽的空气大大激发了他的食欲。

"好主意，我的小伙子！"

"哦！准备早餐不会花太长时间的——饼干和肉罐头怎么样？"

"想喝多少咖啡都可以。"博士说，"你们可以用汽缸的热量来煮咖啡。热量足够，甚至还有富余。说到这一点，我们得小心，不要发生火灾。"

"火灾也太可怕了！"肯尼迪惊叫道。"就好像有个火药库悬在我们头顶一样。"

"那倒也不至于。"弗格森说，"如果氢气着火，它会缓慢燃烧，不会爆炸。我们会降落到地面上。这的确也令人不悦，但不必害怕——我们的气球密封得很好。"

"那我们先吃点东西吧。"肯尼迪说。

"先生们，"乔插话道，"虽然我也要吃东西，但让我先为你们煮上一杯咖啡吧,我敢保证你们一定会喜欢。"

"确实如此。"博士补充道,"乔身上有许多绝活,其中最了不起的便是他调制的美味咖啡。他把各种咖啡豆混合在一起,但从未向我透露过他的配方。"

"好吧,主人,既然我们离地面这么远,我可以偷偷告诉您这个秘密。秘诀就是等量混合摩卡、波旁咖啡和里奥-纽内咖啡。"

几分钟后,三杯热气腾腾的咖啡端了上来,为丰盛的早餐画上了完美的句号,三人言笑晏晏、谈天说地,更是为早餐增添了额外的风味。早餐后,每个人都回到了各自的观察岗位上。

他们飞越的土地以肥沃著称。狭窄蜿蜒的小径消失在茂密的树丛之下,精心耕作的田地一望无际,田里的烟草、玉米和大麦已经成熟。偶尔出现的广阔稻田里,稻秆茁壮生长,紫色的花朵点缀其间。他们还看到了羊群,被圈养在高大的笼子里面,以防它们成为豹子利爪下的猎物。土地肥沃,植被繁茂,绿意盎然。

"维多利亚"号飞过一个又一个村庄,村子里总是会响起恐惧和震惊的叫喊声,弗格森博士小心地让气球保持在土著人弓箭的射程之外。沮丧的土著人从拥挤的棚屋里跑出来,徒劳地咒骂着,但气球很快飞出了他们的视线。

中午时分,博士查阅了地图,认出他们正在飞越乌扎拉莫[①]。这里生长着茂密的椰子树、木瓜树和木棉树,气球像一只翱翔的鸟儿,仿佛在树林上空自在地飞翔。乔觉得这些植被并不令人惊奇,毕竟他们已经在非洲了。肯尼迪发现了一些野兔和鹌鹑,他可以用猎枪来一场完美的射击,但这样做只会浪费弹药,因为他没有时间捡起猎物。

三位旅行者以十二英里每小时的速度继续前行,不久便飞越了

---

① 在当地语言中,"乌"表示"国家"。——原注

东经 38 度 20 分处的汤达村。

"就是在那儿，"博士说，"伯顿和斯皮克染上了严重的疟疾，一度以为他们的探险队要完蛋了。他们离海岸其实很近，但由于疲劳和物资匮乏，陷入了困境。"

实际上，这里常年流行疟疾。炽热的阳光蒸发出有毒的蒸汽，因此弗格森博士决定升高气球，以避开这片潮湿地区散发的瘴气。偶尔，他们能看到有商队在"克拉"中休息，等到傍晚时分，天气转凉后再继续前行。"克拉"是篱笆和丛林围起来的广阔空地，商人们在这里避难，不仅是为了躲避野兽，而且是为了防止本地部落抢劫。土著人在看到"维多利亚"号时纷纷惊慌逃窜，四散奔逃。肯尼迪很想近距离看看他们，但博士并不赞同这个想法。

"那些酋长有火枪。"博士说,"而且,我们的气球太显眼了,很容易被子弹打中。"

"子弹会把我们打下来吗?"乔问。

"不会立刻打下来,但一个小洞很快就会变成大裂口,导致气体泄漏。"

"那我们最好和这些不法之徒保持点距离。看到我们在空中航行,他们会怎么想?我敢肯定他们一定崇拜我们!"

"那就让他们崇拜吧。"博士回答,"但要保持距离。尽量离他们远一些,不会有坏处。看!这片土地已经开始发生变化了:村庄变得更少,散布得更开,杧果树也逐渐消失了,因为它们无法在这个纬度生长。地面开始起伏不平,这意味着不远处就有山脉。"

"是的,"肯尼迪说,"我似乎能看到地面有些地方开始突出。"

"西边——那里应该是乌里扎拉山脉离我们最近的山峰——肯定是杜苏米山①。我希望能在那里找到一个适合过夜的地方。我要把汽缸加热一点,我们必须保持在五六百英尺的高度。"

"您真是个天才,先生。"乔说,"气球操作起来很简单,您转动一下旋塞,就完成了。"

"啊!现在感觉轻松多了。"随着气球升高,肯尼迪说道,"那些红沙会反射阳光,让人太难以忍受了。"

"多么壮观的树啊!"乔喊道,"它们完全是自然生长的,太壮观了!十几棵这样的树,就能组成一片森林!"

"那是猴面包树。"弗格森博士回答说,"看,那棵树的树干周长足足有一百英尺。也许,1845年的时候,法国旅行家梅赞就是在那棵树下去世的。我们现在已经到了德热-拉-莫拉村,他当时独自一

---

① 乌里扎拉山脉,位于现在的坦桑尼亚。其中的杜苏米山位于现在的坦桑尼亚滨海区。

人来到这里探险,被当地的酋长俘获后,被绑在了一棵猴面包树下。残暴的土著杀了他。这位可怜的法国人当时只有二十六岁。"

"如此残暴的罪行!法国政府没有报仇吗?"肯尼迪说。

"法国确实要求严惩凶手,而且桑给巴尔苏丹也竭尽所能想要捉拿凶手,但徒劳无功。"

"我们快走,不要停在这里!"乔催促道,"先生,让我们上升一些吧,尽量飞得更高些。"

"我也想这么做,乔,杜苏米山就在我们前面。如果我的计算没错的话,今晚七点之前我们就能飞越它。"

"那我们晚上不旅行了吗?"苏格兰人问道。

"不,尽可能不。只要小心谨慎,晚上我们也是可以安全飞行的,但仅仅从非洲上空飞过去是不够的,我们要好好看看这片大陆。"

"到目前为止,我们没什么好抱怨的,主人。这里是世界上最肥沃、最适合耕作的土地,没有沙漠!从此以后,谁还相信那些地理学家的话!"

"话可别说得太早,乔,等着瞧吧!"

傍晚六点半左右,"维多利亚"号抵达了杜苏米山正前方。为了飞越这座山,气球必须攀升到三千多英尺的高度,为此,弗格森博士只需将汽缸的温度提高十八华氏度[1]。可以毫不夸张地说,他就像把气球握在手中一样。肯尼迪向弗格森指出他要绕过的障碍,"维多利亚"号迅速穿过空气,掠过山脊。

晚上八点,气球沿着山峰另一侧下降,那边的山坡平缓了很多。他们将锚从吊舱中抛出,其中一个锚碰到了一株巨大的仙人掌的侧枝,并牢牢地挂在了上面。乔立刻顺着绳子滑下去,将锚固定好。

---

[1] 10摄氏度。——原注

丝绸制成的梯子从吊舱上放了下来，乔敏捷地爬回了吊舱。现在，气球避开了东风，稳稳地停住了。

晚餐准备好了，经过一整天的飞行，三位旅行者异常兴奋，开始大吃大喝起来。

"我们今天飞了多远？"肯尼迪一边狼吞虎咽，一边问道。

弗格森博士通过观察月亮的方位，准确地确定了他们的位置，并查阅了随身携带的精美地图。这张地图是《非洲最新发现图集》的一部分，由他学识渊博的朋友彼得曼博士在哥达出版。彼得曼博士将地图赠送给他，以便他在旅途中使用，因为地图记录了伯顿和斯皮克前往大湖的路线、巴尔特博士描述的苏丹王国、纪尧姆·勒让描述的塞内加尔南部以及贝基博士[1]描述的尼日尔河三角洲。

弗格森还随身携带了一本书,书中汇集了所有已知的与尼罗河有关的知识。书名是《尼罗河的源头:尼罗河及其主要支流流域的一般概况,以及尼罗河发现的历史》,作者是查尔斯·蒂尔斯通·贝克博士[2]。

他还带着一卷制作精良的地图,由伦敦地理学会出版。在目前已经探明的地区,任何一点地貌特征都逃不过他的眼睛。

通过仔细查看地图,弗格森博士发现他们已经向西飞行了两度,相当于一百二十英里。

肯尼迪指出,他们的航线有些偏向南边,但博士对此方向十分满意,因为他希望尽可能多地探索前人的足迹。经过讨论后,他们把夜晚分成三段来轮流值班,这样每个人都可以守护其他人的安全。博士负责从九点开始值班,肯尼迪负责从午夜开始值班,乔负责凌晨三点开始值班。

于是,肯尼迪和乔裹着毯子,在遮阳篷下伸直身体,安静地睡着了,而弗格森博士则负责守夜。

---

[1] 威廉·鲍尔弗·贝基,苏格兰探险家、博物学家、语言学家。曾多次前往非洲探险,并在尼日尔河和贝努埃河的交汇处购买了一块土地,建立了欧洲人的定居点。

[2] 查尔斯·蒂尔斯通·贝克,英国旅行家、地理学家,主要研究领域为与尼罗河相关的内容,曾发表多篇学术论文。

第十三章

天气变化——肯尼迪发烧了——博士的药——陆地旅行——伊曼热盆地——鲁别奥山[①]——海拔六千英尺——白天的一次休息

夜幕降临，万籁俱寂。可是到了周六清晨，肯尼迪一醒来就开始抱怨，表示自己浑身乏力，还发着烧，打着寒战。天气也开始变化，空中布满阴云，看起来正在酝酿着一场暴雨。曾戈梅鲁地区气候阴沉，除了每年一月的两周时间可能会不下雨，其他时间都是阴雨绵绵。

不久，一场暴雨便浇透了三位旅行者。他们脚下的道路被"努拉斯"切割得支离破碎。"努拉斯"是一种在很短时间内形成的洪流。四周荆棘丛生、藤蔓缠绕，道路变得异常难行。旅行者们闻到了恶臭的硫化氢气味，伯顿船长曾经提到过这一点。

"我认为，伯顿的说法是对的。"博士说，"这里确实让人有种感觉，每一片灌木丛后面都藏着一具尸体。"

"真是个可怕的地方！"乔叹了口气说，"我觉得，经过这一夜，肯尼迪先生的身体状况可能更糟了。"

"说实话，我已经发高烧了。"猎人说。

[①] 鲁别奥山，位于坦桑尼亚中部的山脉。

"这并不意外,亲爱的迪克,现在我们正处在非洲的恶劣地区,健康状况会受影响。但我们不会在这里待太久,我们现在就走吧。"

乔动作灵巧,很快解开了铁锚,然后顺着梯子迅速爬回吊舱。博士很快就让气球中的氢气膨胀起来,在一阵强风的帮助下,"维多利亚"号离地起飞。

穿过弥漫的毒雾,旅行者们只能看到几座散落的茅屋。但不久,周围的地形就发生了变化。在非洲,最不适宜生存的地区通常和气候宜人的地方相接壤。

肯尼迪明显很难受,高烧正在摧残着他强健的体魄。

"不管怎么说,生病可不是什么好事。"他嘟囔着,边说边裹上毯子,躺在遮阳篷下。

"别着急,迪克,你很快就会挺过去的。"博士说。

"挺过去?天哪,塞缪尔,如果你旅行箱里有什么药,能让我马上恢复如初,那就赶紧拿出来。我会毫不犹豫地吞下去!"

"哦,迪克,我的朋友,我能做得更好。我可以给你一剂退烧良方,而且不花一分钱。"

"你要怎么做?"

"很简单。我只要带你飞到乌云之上,让你远离这些有害的大气。只需要十分钟,我来让氢气膨胀。"

十分钟还没到,旅行者们就已经穿过了这个多雨的地带。

"稍等一会儿,迪克,你就会感受到清新空气和灿烂阳光的疗效了。"

"这就是您的治病良方啊!"乔说,"哎呀,太神奇了!"

"不,这只是自然的力量。"

"哦!自然的力量。是的,毫无疑问!"

"我只是把迪克带到了清新的空气中,欧洲的医生每天都在这么做，或者说，就像我会把马提尼克岛①的病人送到比顿山②一样，这就可以让他们远离黄热病。"

"啊！天哪，这个气球简直就是天堂！"肯尼迪感叹道，此刻他已经感觉好多了。

"至少，气球可以把我们带到天堂。"乔认真地回答。

此时，三位旅行者下方的乌云像群山一样堆积着，景象美不胜收。水汽翻滚交织，令人眼花缭乱，云彩闪耀着太阳的光芒，如同镶嵌着闪光的金边。"维多利亚"号已经到达四千英尺的高度，温度计显示气温有所下降。下面的陆地已经看不见了。向西五十英里处，矗立着鲁别奥山，它的山顶闪闪发光，标志着乌戈戈地区的边界，那里是东经36度20分。风以二十英里每小时的速度吹拂，但旅行者们并没有感觉到加速，也没有感到颠簸，甚至几乎没有感觉到气球在运动。

三个小时后，博士的预测得到了证实。肯尼迪不再有一丝一毫发烧的感觉，也不再打寒战，而是胃口大开，享用着早餐。

"这比奎宁片还管用！"这位精力充沛的苏格兰人生气勃勃地说，显得十分满意。

"确实，"乔说，"等我老了就来这里养老！"

大约上午十点钟，天气放晴，云层散开，地面的景色再次映入眼帘。"维多利亚"号迅速下降。弗格森博士开始寻找一股能将他带向东北方向的气流。在离地面大约六百英尺的高度，他找到了想要的气流。地形开始变得越来越崎岖不平，山脉也开始逐渐显现。在这个纬度，曾戈梅鲁地区和最后几棵椰子树一起消失在东方。

不久，一片山脉与几处尖峰突然闯入眼帘。高耸的山峰星罗棋

---

① 马提尼克岛，位于加勒比海地区的小岛，现为法国海外领土。
② 马提尼克岛的高山。——原注

布，旅行者必须时刻警惕，小心那些似乎随时都会从下面冒出来的尖锐山峰。

"我们简直是在刀山里！"肯尼迪说道。

"冷静，迪克。我们不会碰到它们的。"博士平静地回答。

"无论如何，这趟旅程实在是太刺激了！"乔一如既往地精神抖擞。

事实上，博士技术娴熟，将气球控制得非常好。

"如果我们现在不得不徒步穿越那片泥泞的土地，"他说，"我们恐怕只能在瘟疫蔓延的泥潭中挣扎。从桑给巴尔到这里，估计我们一半的负重牲畜都已经死掉了。我们也会活得像鬼一样，心情绝望不堪。我们会和向导、搬运工不断争吵，忍受他们的放肆和暴力。白天，闷热的潮气浸透衣衫，难以忍受，夜晚又冷得令人绝望！我们还会遇到一种苍蝇，可以穿透最厚的布料叮人，让人简直要发疯！而且，这还没算上野兽和凶猛的土著部落！"

"我建议我们还是不要尝试这样走！"乔滑稽地说道。

"我可一点没有夸张，"弗格森继续说，"当你读到那些勇敢的旅行者的书，阅读他们进入这些地区的经历时，你一定会泪流满面。"

大约十一点钟时，他们飞越了伊曼热盆地，附近山丘上散布的部落土著徒劳地举起武器，试图威胁"维多利亚"号。随后，气球疾驰而去，来到了鲁别奥山前的最后一片丘陵地带。这里是乌萨加拉①山脉最后的一道山，也是最高的一道山。

旅行者们仔细而完整地记录了这个地区的地貌特征。乌萨加拉山脉有三个分支，这些分支被沿着经线分布的辽阔平原隔开。第一个分支是杜苏米山脉。高耸的山峰呈圆锥形，其间散落着杂乱无章的石头和砾石。最陡峭的山坡朝向桑给巴尔海岸，而西侧则是平缓

---

① 乌萨加拉，坦桑尼亚北部地区名。

的坡地。山谷覆盖着油黑肥沃的土壤，生长着茂盛的植被。众多河流蜿蜒曲折，向东方流淌，最终汇入金加尼河①，沿途生长着大片密林，有西克莫无花果树、罗望子树、猴面包树和棕榈树。

"注意！"弗格森博士说道，"我们正在接近鲁别奥山，在当地语言中，这个名字的意思是'风的通道'，我们最好升高一点，绕过那片崎岖的山脊。如果我的地图没错，我们需要升到五千英尺。"

---

① 金加尼河，坦桑尼亚河流。

"我们以后还会常常升这么高吗?"

"很少。比起欧洲和亚洲的山脉,非洲的山脉相对较低。但无论如何,我们优秀的'维多利亚'号在飞越它们时都不会有任何困难。"

过了一会儿,氢气受热膨胀,气球开始迅速上升。氢气的膨胀并没有带来任何危险。气压计的水银柱下降了八英寸,这表示气球已经达到六千英尺的高度,此时氢气只填满了巨大气球容积的四分之三。

"我们要在这个高度停留很久吗?"乔问道。

"地球的大气层有六千英寻[①]高。"博士说,"如果气球足够大,人们可以飞得很高。比奥先生和盖伊-吕萨克先生[②]就是这么做的。但鲜血很快就从他们的口腔和耳朵喷出,稀薄的空气也导致他们呼吸困难。几年前,两位勇敢的法国人,巴拉尔先生和比克肖先生[③],也冒险飞到了很高的地方,但他们的气球爆炸了——"

"那他们掉下来了?"肯尼迪突然问道。

"当然掉下来了。但是,知识渊博的人总会意识到,自己在冒险时,随时可能会掉下来——也就是说,他们没有受伤。"

"好了,先生们。"乔说道,"如果你们愿意的话,可以试着再来一次那样的坠落。但我是个没什么知识的傻瓜,我宁愿保持在中等高度——既不太高,也不太低。太冒险可不好。"

在六千英尺的高度,大气已经相当稀薄。声音传播困难,旁边

[①] 1英寻等于6英尺或1.829米。

[②] 让-巴蒂斯特·比奥,法国天文学家、物理学家。盖伊-吕萨克,法国物理学家、化学家。二人于1804年乘坐热气球上升到五千米左右的高度。但此处原文将Biot的名字误写作Brioschi。

[③] 巴拉尔,法国农业学家。比克肖,法国医生、政治家。二人于1850年进行了两次气球升空实验。

的人说话也不太容易听清。地面的景色变得模糊不清，只有一些巨大的、难以分辨的色块。地面上的人和动物完全不可辨认，道路和河流看起来像细线一样，湖泊看起来像小池塘。

博士和他的伙伴们意识到，自己正在经历一场非同寻常的冒险。一股速度极快的气流带着他们穿越荒芜的群山，山顶空旷而辽阔的雪原震撼人心。山峰扭曲的轮廓仿佛诉说着这个世界最初诞生时的极端环境。

太阳高悬于天顶，阳光垂直地照射在孤傲耸立的山峰上。博士精确地绘制出这些山脉的轮廓，四条山脊几乎排成一条直线，最北端的山脊最长。

"维多利亚"号很快飞到了鲁别奥山另一侧，气球在山坡上逐渐下降，山坡上覆盖着茂密的树林，树林中点缀着深绿色的树木。接着，他们飞越了山脊和山谷，而后是一片沙漠，这意味着他们已经进入了乌戈戈地区。再往下是黄色的平原，土地被强烈的阳光晒得干裂，到处都是盐碱植物和多刺的灌木丛。

几片灌木丛向前延伸，变成了森林，点缀着地平线上的风景。博士已经让气球降到了地面附近，他们抛下铁锚，其中一个铁锚很快就钩住了一棵巨大的西克莫无花果树的树枝。

乔灵活地沿着树干滑下，小心地将锚固定好，博士则让汽缸继续保持一定程度的燃烧，以便保留足够的升力使气球在空中停稳。此时，风突然停了。

"现在，"弗格森说，"带上两把枪，迪克，我的朋友——你一把，乔一把——你俩去打点美味的羚羊肉回来，当作晚餐一定很好。"

"该打猎了！"肯尼迪高兴地喊道。

他敏捷地从吊舱里爬出来，然后跳了下去。乔已经从一个树枝荡到另一个树枝，张开双臂，正在下面等他。

"别丢下我们飞走了,博士!"乔喊道。

"不用担心,孩子!我绑得很紧。我得花点时间整理笔记。祝你们打猎愉快!但要注意安全。另外,我可以从这里观察四周,一旦发现任何可疑的情况,我会开枪示警,到时候你们一定要赶紧回来。"

"好!"肯尼迪说。然后他们就出发了。

第十四章

>桉树林——蓝羚羊——集结信号——突如其来的袭击——卡尼姆——露宿之夜——马本古鲁——吉乌-拉-姆科阿——水源供给——抵达卡泽赫

这个地区干旱炎热,地表的黏土在滚滚热浪之下开裂,看上去如同沙漠。随处可见骆驼队留下的痕迹。被啃噬过的人骨和兽骨混在一起,腐烂化尘。

半个小时后,迪克和乔钻进了一片桉树林,他们警惕地环顾四周,手指紧扣扳机。他们不知道周围会突然出现什么。乔虽然不是一名专业猎人,但他也能熟练地使用枪械。

"走走确实对身体有好处,肯尼迪先生,但这里可不是什么好走的地方。"他一边说,一边踢开地上的一些石英碎片,地上到处都是这样的碎片。

肯尼迪示意他的同伴保持安静,停下脚步。目前,他们没有猎犬,而无论乔有多么机敏,他都不可能有塞特犬或灵缇犬那样的嗅觉。

一群羚羊,有十几只,正在一条河床的积水处饮水。这些优雅的生灵在风中嗅到了危险的气息,开始有些慌乱不安。它们美丽的头颅不时地探出草丛,突然扬起,用灵活的鼻孔嗅着从两位猎人那

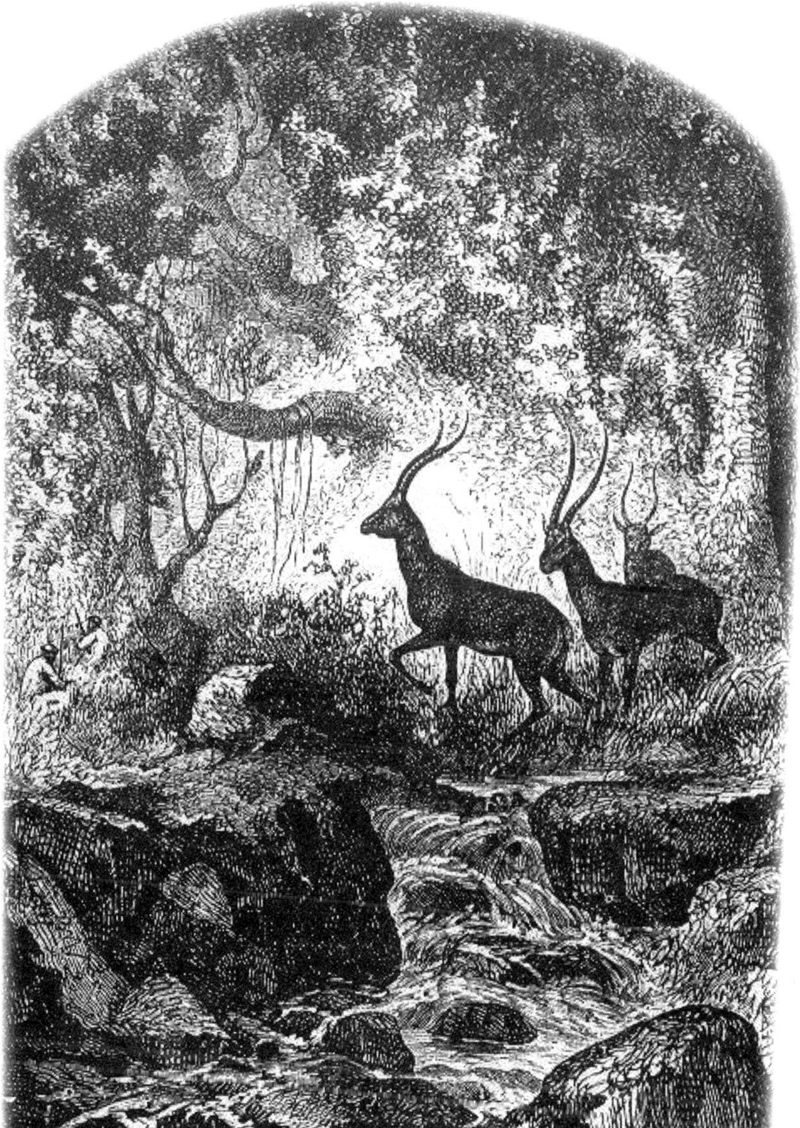

里吹来的风。

肯尼迪悄悄绕到一丛灌木后面,而乔则停在原地。终于,羚羊群进入了肯尼迪的射程。他开枪了。

羚羊群瞬间四散而逃,消失在视野中。只有一只雄性羚羊被击中。它肩部中弹,猛地倒在地上。肯尼迪立刻扑向猎物。

这是一只蓝羚羊,这种美丽动物的灰色皮毛闪着淡蓝色的微光,但腹部和腿内侧却像雪一样白。

"这一枪打得真准!"猎人喊道,"这是一种罕见的羚羊,我想把它的皮剥下来,保存起来。"

"真的吗!"乔说,"您真的要这么做吗,肯尼迪先生?"

"当然!看看,多么漂亮的皮毛啊!"

"但弗格森博士不会允许我们带上这么重的额外负担!"

"你说得对,乔。不过,扔掉这么珍贵的猎物,实在有些可惜。"

"全都扔掉?哦,我们不会这样做的,先生。我们会把能吃的好肉都带走。如果您允许的话,我会把它分割好,保证手艺和伦敦屠夫公会的主席一样熟练。"

"随你便吧,孩子!但你要知道,作为一名猎人,我也可以剥下它的皮,把肉切成块,就像打死它一样轻松。"

"我完全相信,肯尼迪先生。嗯,您可以用几块石头搭个炉灶吗?这里有不少干木头,几分钟之后我就需要用到热炭了。"

"哦!不用那么久。"肯尼迪边说边开始搭炉灶,不到一两分钟,炉灶里面就燃起了熊熊火焰,噼啪作响。

乔从羚羊身上切下了一些上好的羊排和最嫩的里脊,它们很快就变成了香喷喷的烤肉。

"噢,博士一定会很满意的!"肯尼迪说。

"您知道我在想什么吗?"乔问道。

"想什么?当然是在想你正在烧烤的羊排了!"迪克回答道。

"根本不是这个。我在想如果我们找不到气球怎么办。"

"天哪,这是什么想法!你觉得博士会抛下我们吗?"

"不。但如果他的锚松了怎么办?"

"不可能!而且,博士操控气球得心应手,气球想再降落也不难。"

"但如果风把气球吹走了,他无法回到我们这里怎么办?"

"得了,乔!别再胡思乱想了!这些'假如'一点也不愉快。"

"啊!先生,在这个世界上,发生什么意外都很正常。但既然什么意外都可能发生,我们就应该提前做好准备。"

就在这时,空中传来了一声枪响。

"什么声音?"乔喊道。

"是我的步枪,我认得它的声音!"肯尼迪说。

"信号!"

"是的。我们有危险!"

"也可能是他有危险。"

"快走吧!"

猎人们连忙收起探险的收获,迅速原路返回,他们来时折断树枝和灌木,做了标记。尽管密集的灌木让他们暂时看不到气球,但他们应该离目标不远了。

这时,又传来了一声枪响。

"我们得快点!"乔说。

"听!第三声枪响!"

"听起来,我觉得他好像是在自卫。"

"我们得加快速度!"

他们开始以最快的速度奔跑。刚刚跑出树林,就看到了气球和吊舱上的博士。

"出了什么事?"肯尼迪喊道。

"天哪！"乔突然惊呼道。

"你看到了什么？"

"看下面！一群土著人正围着气球！"

确实，距离他们两英里的地方，大约三十个土著人聚在一起，在西克莫无花果树下大喊大叫，手舞足蹈，做着古怪的动作。一些人甚至已经爬上了树，正朝着树梢爬去。危险迫在眉睫。

"我的主人有危险！"乔喊道。

"冷静点，乔，我们先看看情况如何。我们一开枪就可以要了他们的命。继续往前跑！"

他们向前急速狂奔了一英里，这时，吊舱里又传来了一声枪响。显然，这一枪击中了一个大块头的黑色恶棍。他之前正在攀着锚绳往上爬。一具毫无生气的尸体从树枝间坠落，挂在离地面约二十英尺的地方，四肢在空中晃荡着。

"哈哈！"乔停下脚步说，"那家伙怎么会挂在树上？"

"管他呢！"肯尼迪说，"快跑！快跑！"

"啊！肯尼迪先生。"乔再次大笑着喊道，"它的尾巴！是它的尾巴挂在了树上！是只猴子！都是些猴子！"

"嗯，它们比人类还可怕！"肯尼迪边说边冲进了这群嗥叫的猴子中。

确实，这是一群非常可怕的、像狗一样的生物。它们残忍、凶猛、恐怖，长着狗的尖嘴和鼻子，面目狰狞。然而，几枪过后，它们就惊慌失措、四处奔逃，只在地上留下几具尸体。

不一会儿，肯尼迪就爬上了梯子，而乔则爬上树梢，解开了锚绳。吊舱下降到乔的面前，他轻松地爬了进去。几分钟后，"维多利亚"号缓缓上升，在微风的吹拂下向东飞去。

"真是一场突然袭击！"乔说。

"我们还以为你被土著人包围了呢。"

"嗯，幸运的是，它们只是猴子。"博士说。

"从远处看，也没太大区别。"肯尼迪评论道。

"近处看也一样。"乔补充道。

"好吧，不管怎样，"弗格森继续说，"这些猴子的袭击可能会带来严重后果。如果它们一直捣乱，弄断了锚链，谁知道风会把我吹到哪里去？"

"肯尼迪先生，我之前和您说什么来着？"

"你说得对，乔。但你说这话时，可是在准备羚羊肉排呢，光是看着就让我垂涎三尺。"

"我完全相信！"博士说，"羚羊肉可是鲜美极了。"

"先生，您现在可以亲自品尝一下，晚餐已经准备好了。"

"我以猎人的身份发誓，这些羚羊肉排有一种相当浓郁的风味，可不能把它们当成普通肉排。"

"太棒了！"乔说着，嘴里满是食物，"我可以吃一辈子羚羊肉，如果能再配上一杯好酒就更完美了。"

说完，这位可爱的小伙子立刻动手，给大家倒上香醇的美酒，每个人都满意地品尝着美食。

"到目前为止，一切都很顺利。"他说。

"确实非常顺利！"肯尼迪赞同道。

"那么，肯尼迪先生，您后悔和我们一起来吗？"

"我倒是要看看谁敢不让我来！"

现在已经是下午四点了。"维多利亚"号遇到了一股湍急的气流。沿途的地势逐渐升高，不久，气压计显示海拔已经达到了一千五百英尺。因此，博士不得不让气球内的氢气迅速膨胀，以保持气球的高度，汽缸也一直在全力运转。

大约七点钟时，气球飞越了卡尼姆盆地。博士立刻认出了一块广阔的平原，它绵延十英里，有一座村落隐藏在猴面包树和炮弹果树之中，那是乌戈戈地区一位苏丹的住所。这里的文明可能不如其他地方发达，但当地人并不像其他地方一样热衷于贩卖家庭成员。然而，当地居民和动物仍然生活在简陋的圆形小屋中，那些小屋没有仔细设计过，看起来和干草堆没什么区别。

越过卡尼姆盆地后，土壤变得干燥起来，还出现了碎石。然而，在飞行一个小时后，气球来到了靠近姆达布鲁的低洼地带，土壤开始变得肥沃，植被焕发新生。随着夜幕降临，风也停了，大气似乎陷入了沉睡。博士调整了气球的高度，寻找新的气流，但并未成功。

最后，看到大自然中的一切都归于平静，他决定飘在空中过夜。安全起见，他飞到了海拔一千英尺的高度，气球在那里保持静止。在高空中，夜色壮丽，星空闪烁，万籁俱寂。

迪克和乔躺在舒适的睡床上放松，很快进入了梦乡，而博士则负责守夜。午夜时分，肯尼迪接替了守夜工作。

"一旦发生任何意外，请叫醒我。"弗格森说，"最重要的是，不要忘了看气压计。对我们来说，它就是指南针！"

晚上很冷，昼夜温差高达二十七华氏度①。随着夜幕降临，饥渴迫使动物们走出藏身之所，开始了夜间音乐会。青蛙用女高音一般的歌喉放声歌唱，豺狼的嗥叫声与之呼应，而非洲狮一直用雄浑的男低音为这场交响乐伴奏。

清晨，博士回到岗位后立刻查看了指南针，发现风向在夜间发生了变化。气球在过去的两个小时里向西北方向移动了大约三十英里，飞越了马本古鲁，那是一个盛产石料的地区，地面散布着光滑的正长岩石块，到处是巨大的圆形石头和棱角分明的山脊。圆锥形的巨石就像凯尔纳克神庙②里的石柱一样，点缀在大地上，宛如德鲁伊信徒③建造的巨石墓群。已经风化变白的野牛骨和大象骨随处可见。这里几乎没有树木，只有东方生长着一片密林，几个半掩的村庄散布其中。

将近七点时，他们看到了一块巨大的圆形岩石，约有两英里长，就像一只庞大的海龟。

"我们走的路线没问题。"弗格森博士说。"那就是吉乌-拉-姆

---

① 14摄氏度。——原注
② 凯尔纳克神庙，古埃及神庙，其中有许多石柱。
③ 德鲁伊为一种诞生于古代凯尔特文化的宗教信仰，曾有说法认为英国著名景点巨石阵为古德鲁伊教的产物，但现在的研究已经不太倾向这种观点。

科阿,我们必须在那里停留几分钟,我要给汽缸补充足够的水。我们试着找个地方降落吧。"

"这里的树太少了。"猎人回答说。

"没关系,我们试试吧。乔,放出锚!"

气球的升力逐渐减弱,缓缓向地面降落。锚索伸展出去,最终一个锚钩住了一块岩石裂缝,气球停了下来。

如果读者以为博士可以在气球停泊时熄灭汽缸,那就错了。气球的受力平衡是基于海平面高度计算的。由于地势一直在上升,现在旅行者们已经处在了海拔六七百英尺的地方,如果继续按照原有的平衡,气球会下降到地面以下。因此,博士必须让气球中的氢气保持一定程度的膨胀,以保持升力。但如果在没有风的时候,博士让吊舱接触到地面的话,那么气球就等于减少了相当一部分的负重,可以不借助汽缸保持竖立,停在那里。

地图显示,吉乌-拉-姆科阿的西坡有一片广阔的池塘。乔独自带着一个能装十加仑水的桶去那里。他毫不费力地找到了目的地,就在一个废弃的村庄附近。乔打满了水,不到三刻钟就回来了。除了看到一些巨大的捕象陷阱外,他并未遇到什么其他事。事实上,他差点掉进其中一个陷阱里,里面躺着一具已经半腐烂的尸体。

他带回来一种果子,猴子非常喜欢吃这种果实。博士认出这是"姆帮布"树的果实——这种树在吉乌-拉-姆科阿西部大量生长。当乔回到气球旁时,弗格森感到有些焦虑,因为在这片荒凉的地方,即便短暂停留,也总让人感到一丝不安。

由于吊舱几乎贴着地面,水很容易就被运了上去。接着,乔轻松地解开锚,轻盈地跳回博士身边。博士重新点燃汽缸的火焰,气球重新升入空中。

此时,他们距离非洲内陆的重要城镇卡泽赫约有一百英里。多亏了一股东南偏南的气流,旅行者们有希望能当天就到达那里。他们的飞行速度是十四英里每小时，但由于地面平均海拔已经高达三千英尺，他们不敢让气球再升高太多，否则气体就膨胀得太厉害了。这使得驾驶气球变得困难起来。因此，博士没有强行加热气体，而是巧妙地沿着一条陡峭倾斜的曲折路线行进，低空飞过滕博村和图赖-韦尔斯村。图赖-韦尔斯村是乌尼扬韦齐①的一部分，这是一个风景壮丽的地区，生长着参天大树，庞大的仙人掌点缀其间。

大约两点钟，天气晴朗，但炎炎烈日似乎让空气都凝固了。气球飘浮在距离海岸约三百五十英里的卡泽赫镇上空。

"我们早上九点钟从桑给巴尔出发。"博士一边查阅笔记一边说，"经过两天的航程，考虑到我们走偏的路线，我们已经航行了近五百地理里。伯顿和斯皮克上尉花了四个半月的时间才走完同样的距离！"

---

① 乌尼扬韦齐，非洲古地名，大致位于现在坦桑尼亚。

第十五章

卡泽赫——喧闹的市场——气球的出现——"旺冈加"——月亮之子——博士的出行——当地人——"皇家腾贝"——苏丹的妻妾——嗜酒的国王——乔成为崇拜的对象——他们在月亮上如何跳舞——一片天空下的两个月亮——神圣的荣誉并不稳当

卡泽赫是中非的枢纽,但它并不是一座城市。事实上,非洲内陆根本没有真正意义上的城市。卡泽赫不过是由六个巨大的地洞组成的集合体。这里有几座房屋和奴隶棚屋,周围是小小的庭院和精心打理的小花园,里面种着洋葱、土豆、西葫芦和蘑菇,这些蔬菜味道绝佳,长势茂盛。

乌尼扬韦齐被称为"月亮之国",这里比其他地区都要宜居,是非洲富饶美丽的花园。其中心是乌尼亚南贝区,这是一个宜人的地方,居住着一些拥有纯正阿拉伯血统的阿曼人,他们过着奢侈闲散的生活。

长期以来,这些阿曼人一直主导着非洲内陆与阿拉伯世界之间的贸易:他们经营橡胶、象牙、精美的布料和奴隶。他们的商队穿梭在赤道附近的各个地区,甚至前往海岸,寻找富商们梦寐以求的珠宝和玩物。而这些富商们则带着妻妾和仆人,在这个迷人的小国度里过着最安逸、最悠闲的生活——他们总是懒洋洋地躺着,谈笑、抽烟,或是打个盹。

地洞周围有许多土著的民居,还有宽阔的露天市场、美人蕉和曼陀罗田地,壮观的大树和凉爽的树荫——这就是卡泽赫!

这里也是各路商队的集散地——来自南方的商队带来奴隶和象牙,来自西方的商队则带来棉花、玻璃制品和装饰品,向大湖附近的部落出售。

因此,市场上总是熙熙攘攘、热闹非凡。搬运工和脚夫的叫喊声、鼓声、号角声、骡子的嘶鸣、驴子的叫声、女人的歌声、孩子的哭闹声都交织在一起。"杰玛达尔"①挥舞着长长的鞭子,啪啪的声音似乎在为这首"田园交响乐"打着拍子。

市场上的商品朝着四面八方毫无秩序地铺展开来,展示出一种令人眼花缭乱、目不暇接的混乱景象——华丽的布料、玻璃珠子、象牙、犀牛角、鲨鱼牙、蜂蜜、烟草和各地产出的棉花。这里讨价还价的方式非常古怪,商品的价格往往取决于它们能激起买家多大的占有欲。

突然间,这些骚乱、躁动和喧嚣戛然而止,就像是有人施了魔法一样。气球突然出现在人们的视野中,缓缓沿着垂直方向下降。无论是男人、女人、孩子、商人、奴隶、阿拉伯人还是土著人,都突然消失了,躲在叫作"腾贝"的草棚和茅屋里。

"亲爱的博士,"肯尼迪说,"如果我们继续制造这样的震撼场面,与本地人建立商业关系可能会遇到些麻烦。"

"倒是有一桩生意,我们做起来很方便。"乔说,"我们悄悄地降下去,把最好的货物都拿走,不要管那些商人,我们就发财了!"

"啊!"博士说,"那些本地人一开始可能会有些害怕,但无论

---

① 意为"商队首领"。——原注

是出于怀疑还是好奇,他们很快就会回到市场来的。"

"博士,您真的这么认为吗?"

"嗯,我们很快就会知道了。但靠他们太近不是明智之举,气球也没有铁甲包裹,无法抵挡箭矢和子弹的攻击。"

"那你打算和这些土著人谈谈?"

"如果我们能安全地谈一谈,为什么不呢?在卡泽赫,肯定有一些阿拉伯商人比其他人更有眼界,而且不那么野蛮。我记得伯顿和斯皮克对这些人的描述,除了赞美他们热情好客之外,没做过任何别的评价,所以我们至少可以试一试。"

说话间,气球已经逐渐接近地面,一个铁锚钩住了市场附近一棵树的树顶。

这时,所有人都已经悄悄地从藏身之处走了出来。他们先是探出头来,之后有几位"旺冈加"大胆地走上前来,他们的特点是都佩戴着圆锥形贝壳做成的徽章。"旺冈加"是当地的巫师,他们的腰带上挂着涂有动物油脂的小葫芦和其他几件巫术用品,顺便说一句,这些东西都极为肮脏,完全符合他们职业的特征。

人群逐渐围聚到他们周围,妇女和孩子们紧紧围在外围,鼓声再次响起,震耳欲聋,人们激烈地拍着手,然后双手举向天空。

"这是他们祈祷的方式。"博士说,"如果我没猜错的话,我们得扮演重要角色了。"

"好吧,先生,那么就开始吧!"

"你也要演,亲爱的——说不定你要扮演上帝!"

"好啊,主人,我不介意扮演上帝。我喜欢听一点奉承话!"

就在这时,其中一个巫师——当地人称他为"米扬加"——做了个手势,所有的喧闹声戛然而止,现场瞬间变得安静下来。他对这些陌生来客讲了几句话,但他用的是一种客人们听不懂的语言。

弗格森博士无法理解巫师的话,于是试着用阿拉伯语喊了几句,立刻得到了阿拉伯语的回应。

气球下方的回应者随后发表了一番篇幅冗长、措辞华丽的演讲，听众认真聆听着。博士从演讲中得知，气球被误认为是月之女神的降临。仁慈和蔼的月之女神正带着她的三个儿子亲临此地——对于这片深受日之神喜爱的土地来说，这是一个将永载史册的荣耀时刻。

博士以十分庄重的语气回应说，月之女神每隔一千年便会巡游一遍，她认为有必要和信徒们近距离接触。因此，他恳请当地人不要因为女神的到来而感到惶恐，而应当借此机会表达他们的需求和愿望。

接下来轮到巫师回应。巫师回复说苏丹——即"木瓦尼"——已经病了很多年，他祈求上天的援助，并邀请月亮之子去探望苏丹。

博士将邀请转告给同伴们。

"你真的要去拜访这位国王吗？"肯尼迪问道。

"当然要去。这些人看起来很友好，天空平静无风，我们不用担心气球的安全。"

"但是，你去了之后打算怎么办呢？"

"这个就不用担心了，我亲爱的迪克。只要带上一些药，我就能搞定！"

接着，他向人群说道：

"月之女神怜悯乌尼扬韦齐的子民所爱戴的国王，已派遣我们前去恢复他的健康。让他准备好迎接我们的到来吧！"

呼喊声、歌声以及各种声音瞬间提高了一倍，无数人的脑袋如同一群蚂蚁一般，沸腾起来。

"现在，朋友们，"弗格森博士说，"我们必须提前做好准备。我们随时可能因为意外而必须撤离，且需要极快的速度。因此，迪克最好留在吊舱中，保持汽缸一直处在燃烧状态，以确保气球有足够的上升力。锚已经牢牢固定，这方面不用担心。我要下去，乔会跟

113

我一起，但他必须待在梯子底部。"

"什么！你要一个人去那些人的老巢吗？"

"怎么！博士，我不能跟您一起去吗？"

"不！我一个人去。这些天真的人们以为月之女神来看他们了，他们的迷信思想会保护我。所以不用担心，每个人都待在我分配的位置上。"

"好吧，既然你希望如此。"肯尼迪叹了口气。

"密切关注气体的膨胀情况。"

"明白了！"

这时，土著人的呼喊声已经加大了一倍，他们恳切地祈求上天赐予帮助。

"听听，听听。"乔说，"他们竟然如此粗鲁地对待尊敬的月之女神和她神圣的儿子们。"

博士带上了他的便携药箱，在乔的引领下降落在地上。乔一直保持着威严的姿态，看上去神色庄重而又充满智慧，完全符合此刻应展现的风范。随后，他按照阿拉伯人的方式，盘腿坐在了梯子底部。周围的人出于尊重，和他保持着一定距离，绕着他围成一圈。

与此同时，在土著乐器声和狂野的宗教舞蹈的陪伴下，博士缓缓向皇家"腾贝"走去，那里位于城外，还有一点点远。此时大概是下午三点，太阳发出耀眼的光芒，恰好配得上如此盛大的场合。

博士迈着高贵的步伐向前行进，"旺冈加"们簇拥在他的身旁，将人群挡在外面。不久，苏丹的私生子加入了队伍，他是一位相貌英俊的年轻人，根据当地习俗，他是父亲财产的唯一继承人，而老苏丹的合法子女将不得继承财产。他跪倒在月之女神的儿子面前，女神的儿子优雅地扶着他站起身来。

四十五分钟后，这支热热闹闹的队伍穿过茂密的热带植被掩盖下的林荫小路，抵达了苏丹的宫殿——一座被称为"伊蒂特尼亚"

的方形建筑物，坐落在小山坡上。

一种类似于凉廊的结构装饰在宫殿外面，屋顶覆盖着茅草，由雕了花纹的木柱支撑，花纹雕得还算精细。墙壁上装饰着暗红色黏土勾勒的长长线条，尽力描绘出人和蛇的样子，当然了，蛇看上去比人要逼真很多。这座居所的屋顶没有直接和墙壁连成一体，因此空气可以自由流动，但房子没有窗户，门也实在是简陋得过分。

弗格森博士受到苏丹卫队和宠臣们的隆重接待。这些人就是所谓的乌尼扬韦齐人，属于中非地区的纯正族群，高大强壮、体格健美、精力充沛。他们的头发分成许多细小的辫子，披散在肩上。他们的脸颊上刺着文身,刺出的蓝黑色图案从鬓角一直延伸到嘴角。他们的耳朵被拉得很长,挂着木片和树脂做成的圆片。他们穿着艳丽的布衣服,士兵们手持着带有锯齿的棍棒,弓箭的箭头也带着倒钩,淬了大戟汁做成的毒液,他们还装备了弯刀和一种叫作"西姆"的军刀(刀刃也有锯齿),还配了一些小型的战斧。

博士走进宫殿。尽管苏丹身患重病,但宫殿内依旧热闹非凡,而在博士抵达之后,喧闹声愈发震耳欲聋。博士注意到,宫殿的门楣上悬挂着兔子尾巴和斑马鬃毛,用来驱除邪祟。苏丹的妻妾们纷纷前来迎接博士,和谐的乐声为欢迎仪式伴奏。伴奏的乐器有"乌帕图",即一种用铜制水壶的壶底做成的铙钹,还有"吉兰多",这是一种五英尺高的鼓,用挖空的树干做成,需要两位皮肤黝黑的演奏大师同时用长满老茧的拳头来敲打发声。

宫廷中的大部分女子都相当美貌,她们用巨大的黑色烟斗抽着烟草和一种叫"唐"的东西,欢声笑语不断。她们的身材优美,长袍优雅地披在身上,展示出窈窕的身姿,炮弹果纤维编织成的短褶裙紧紧系在她们腰间。

有六位女人同样在欢快地享乐,但她们被单独隔开,即将面临悲惨的命运。苏丹死后,她们将会被活埋陪葬,供苏丹在永恒而孤独的死后世界继续使唤。

弗格森博士迅速扫视四周,走近苏丹躺卧的木榻。他看到一位四十岁左右的男人躺在榻上,因纵欲彻底弄垮了身体,已经几乎无药可救。多年来折磨他的疾病不过是长期酗酒。这位尊贵的酒鬼几乎彻底失去意识,就算用上全世界的氨水[①]也无法刺激他重新站起来。

在这庄严的会面仪式上,苏丹的宠臣和妻妾们一直跪伏在地,

---

① 氨水有浓烈的气味,当时的欧洲人用氨水作为刺激病人苏醒的兴奋剂。

借助几滴强效兴奋剂，博士让这具被兽性驱使的躯体暂时醒了过来。苏丹微微动了动，对于一个在几小时前就失去了生命迹象的"尸体"来说，这点动作引发了无尽的欢呼和高喊，众人向博士致以敬意。

博士早就看厌了这些，他迅速摆脱了那些过度热情的崇拜者，走出宫殿，径直向气球走去，因为此时已是傍晚六点钟。

博士离开时，乔一直静静地等候在梯子下面，身边的人群表现得至为卑微，向他表达着崇敬之情。乔就像一个真正的月神之子那样，任由他们顶礼膜拜。对于这些崇拜，他表现得聪明而又谦逊，甚至对那些年轻的姑娘表现得很友善。那些姑娘们看着乔，似乎永远也看不够。乔甚至和她们亲切地聊了起来。

"崇拜我吧，姑娘们！崇拜我吧！"他对女孩们说，"尽管我是女神的儿子，我也是个聪明的小伙子呢！"

女孩们纷纷给乔带来了祈福的礼物，这些礼物通常要放在神龛（或者叫"姆吉木"）里面。礼物由大麦的麦穗和"彭佩"组成，也就是当地的一种很烈的啤酒。乔觉得自己应该尝一尝"彭佩"。虽然乔能习惯金酒和威士忌的味道，却无法忍受这种新品种啤酒的烈度，他做了个痛苦的表情，但那些黑皮肤的朋友们却把这当成了善意的笑容。

于是，那些年轻的女孩们齐声唱起了拖着长音的歌谣，开始围着他庄重地跳起舞来。

"啊！你们在跳舞，是吧？"乔说，"好吧，在礼貌方面我不会落在你们后面的，我来给你们跳一支我们国家的里尔舞[①]。"

说完，乔开始跳起舞来，他的舞步狂野无比。他扭着、转着，朝着四面八方摇晃着身体。他的手在舞动，身躯在舞动，膝盖在舞动，脚也在舞动。他夸张地扭着身子，放肆地踩着舞步，舞出的姿

[①] 爱尔兰传统舞蹈。

势出人意料，做出的怪相难以想象。总之，他给他那些野蛮的仰慕者们留下了一种奇怪的印象，似乎月亮上的神灵就是这么跳芭蕾的。

这些人天生就和猴子一样善于模仿，他们立刻模仿起了乔的每个姿态、每个动作，他们蹦蹦跳跳、晃着身子、扭来扭去，没有遗漏任何一点动作，没有忘记任何一个姿势。现场立刻一片混乱，舞动的人群、嘈杂的声音、兴奋的情绪交织在一起，简直无法用语言来描述。就在这一片欢腾之中，乔看到博士正朝这边走来。

博士正在全速前进，身边围着一群大喊大叫、吵吵嚷嚷的人群。酋长和巫师看上去都很激动，他们跟在博士身后，围绕着他，似乎在威胁着他。

这真是奇怪的反应！到底发生了什么事？难道苏丹不幸死在了这位来自星空的医生手里？

肯尼迪在他的岗位上已经察觉到了危险，但不知道问题究竟出在哪儿。气体在膨胀，气球动力十足，拉扯着系住它的绳索。绳索绷得紧紧的，仿佛迫不及待地想要腾空而去。

博士已经走到了梯子底部。迷信导致的恐惧仍然让人群保持距离，他们无法对博士施加暴力。博士迅速爬上梯子，乔也像往常一样敏捷地跟在他后面。

"一刻也不能耽误！"博士说，"来不及解开锚了！割断绳子！跟我来！"

"但到底是怎么回事？"乔一边往吊舱里爬一边问。

"发生了什么？"肯尼迪手握步枪问道。

"看！"博士指着地平线回答道。

"看什么？"苏格兰人喊。

"看那个！月亮！"

确实，月亮正在升起，又大又红，宛若蓝色天幕中的一团火球！月亮和气球正处在同一片天空之中！

要么就是有两个月亮,要么这些陌生人就是骗子,狡猾的骗子,假冒的神灵!

人群自然会产生这些想法,这也导致了他们在情绪上的反扑。

即便是正在逃命,乔也忍不住放声大笑。卡泽赫的居民们意识到他们的敌人正从他们手中逃走,发出长长的号叫声,同时把弓箭和火枪对准了气球。

但一位巫师做了个手势,所有人都放下了武器。接着,他开始往树上爬,打算抓住绳子,把气球拽到地上。

乔手中握着斧子,身体探出吊舱。"要我砍断绳索吗?"他问。

"不。等一等。"博士回答说。

"但这个巫师正往上爬呢。"

"也许我们能保住我们的锚——在我看来这很重要。砍断绳子又不用花时间。"

巫师爬到了合适的位置,动作迅速有力,立刻把铁锚从树上拉了下来。而就在这时,气球猛然启动,锚剧烈地晃动了一下,卡在巫师的双腿之间,巫师跨坐在锚上,铁锚带着他飞向空中。

树下的人们愣在那里,难以置信地看着他们的一位"旺冈加"被带上天空。

"万岁!"乔大喊道,气球在上升力的作用下,以越来越快的速度冲向高空。

"他抓得很紧,"肯尼迪说,"一点小小的旅行对他有好处。"

"我们要不要让他摔下去?"乔问。

"哦,不,"博士回答说,"我们会轻轻地放他下去。而且我敢保证,经过这次冒险,在他的同伴们看来,他的魔力会大大提升。"

"哎,他们说不定会把他当成神来崇拜呢!"乔笑着说。

这时,"维多利亚"号已经升到了一千英尺的高度,巫师正拼尽全力抓着绳子。他一言不发,眼睛睁得大大的,恐惧中夹杂着惊奇。一股轻微的西风正推动气球径直飞过城镇,然后越飞越远。

半小时后,博士看到周围一片荒凉,便减弱了汽缸的火焰,气球缓缓向地面降落。在离草地二十英尺高的地方,惊恐的巫师突然下定决心,跳了下去,双脚着地,然后以疯狂的速度向卡泽赫奔去。气球的重量猛然变轻,再次升上高空。

第十六章

暴风雨的征兆——月亮之国——非洲大陆的未来——最后的机器——当地日落的景色——动植物——暴风雨——火光区域——星空

"看吧,"乔说,"没得到月之女神的允许就冒充她的儿子,结果就是这个下场!她真是给我们开了个大玩笑。不过,主人,您作为医生的名声是不是也要受损了?"

"确实如此。"猎人附和道,"那位卡泽赫的苏丹到底是个什么样的大人物?"

"一个半死不活的老酒鬼。"博士回答,"他要是死了,我倒也不会特别惋惜。这个故事的教训是,荣誉和地位都是短暂的,我们不该过度沉迷于此。"

"那太糟糕了!"乔回应道,"我喜欢那种感觉——被崇拜!——可以尽情扮演神的角色!嗯,还有比这更吸引人的吗?顺便说一句,月亮已经完全升起来了,而且红彤彤的,好像很生气。"

三位朋友继续聊着闲话时,乔换了个角度,开始观测夜空中的璀璨星辰。北方的天空渐渐被厚重的云层遮蔽,阴沉沉的,给人一种充满危险的感觉。离地面大约三百英尺的高度有一股相当强劲的风,推动着气球向东北偏北方向飞去。气球上方的蓝天依然晴朗,但大气却显得沉闷压抑。

大约晚上八点,几位旅行家确定自己已经到达北纬4度17分、东经32度40分的位置。不远处的一场风暴影响了大气气流,使他们以每小时三十到三十五英里的速度向前飞行。姆富托[①]地区高低起伏、土壤肥沃的平原在他们下方迅速掠过。眼前的景象令人赞叹——三位旅行家也确实在赞叹。

"我们现在正身处月亮之国。"弗格森博士说,"这个名字从远古流传至今,无疑是因为这里的人们一直崇拜月亮。这里确实是个好地方。"

"很难找到比这更茂盛的植被了。"

"如果我们在伦敦周围发现这样的风光,可能会觉得有些不正常,但这样的景象确实令人愉悦。"乔插话道,"为什么这么野蛮的地方,却能拥有这么多美好的事物呢?"

"谁能肯定,"博士说,"将来某一天,这里不会成为文明的中心呢?当欧洲为养活居民而耗尽资源时,未来的人们或许会选择迁移到这里。"

"你真的这么认为吗?"肯尼迪问道。

"当然了,亲爱的迪克。只要你留意事物的发展规律,回顾一下人类的迁徙史,你就会得出相同的结论。亚洲是人类的摇篮,不是吗?人类在亚洲孕育,诞生,成长,经历了大约四千年。但正如荷马[②]的诗歌所描述的那样,当能长出金黄谷物的沃土被碎石覆盖时,亚洲的孩子们便离开了她那贫瘠匮乏的怀抱。接下来,你看到的是,他们涌入年轻而充满活力的欧洲。过去的两千年里,欧洲一直滋养

---

① 非洲地名,位于现在的坦桑尼亚。
② 荷马,古希腊诗人,著作《荷马史诗》记载了公元前12世纪到公元前9世纪左右的历史。

着他们。但欧洲的土地也已经开始贫瘠，欧洲的活力正日渐衰退。每年都会侵袭农作物的新疾病、日益下降的产量、逐渐匮乏的资源，都是欧洲的生命力正迅速衰减耗竭的迹象。因此，我们可以看到，数百万人已经涌向丰饶的美洲寻求新生。美洲还没有被耗尽，但迟早有一天，这片新大陆也会老去。原始森林将在工业化的砍伐之下消失，土壤会因为过度种植变得贫瘠，曾经一年能收获两季的土壤，在耗尽肥力后，连一季都很难保证有收成。然后，非洲将会把她几个世纪以来孕育的财富奉献给未来的人类。现在看来对于异乡人有致命危害的气候，将会通过耕种和排污得到净化，分散的水体会被集中到同一条河道，形成一条能够通航的交通动脉。这片我们正在飞越的土地，将比其他地方更为肥沃、富饶、充满生机。这里将成为某个伟大的王国，在这里，将会诞生比蒸汽机和电力更伟大的奇迹。"[1]

"啊！先生，"乔说道，"我真想亲眼看看这一切。"

"孩子，你出生得太早了！"

"但是，"肯尼迪说，"那也许是一个极其乏味的时代。工业界为了追逐利益，可能会吞噬一切。人们不断发明机器，最终可能会被机器吞噬！我一直觉得，地球的末日应该是这样的：一个巨大的锅炉，内部被加热到足足三十亿个大气压，最后把我们的地球炸得粉碎！"

"我要补充一句，"乔说，"美国人在制造这种机器方面，绝不会落在后头！"

"确实，"博士表示赞同，"他们是制造锅炉的行家！不过，我们不必为这样的推测而烦恼，既然我们有幸目睹月亮之国的美景，就

---

[1] 弗格森博士在这一段论述中提到的人类历史和农业方面的内容，符合当时欧洲人的认知，但从现代的视角来看，存在诸多不准确之处。

尽情享受吧。"

在层层云朵的遮蔽下，太阳投射出最后几缕阳光，照耀着下方的大地，为地表微微隆起的地方戴上了一座座金冠。参天的大树、繁茂的灌木、覆盖大地的苔藓——一切都沐浴在这片璀璨的光辉下。缓缓起伏的地面上，零星散布着锥形的小山丘。地平线上看不到任何山脉。巨大的灌木丛栅栏、无法穿透的树篱、荆棘丛生的森林将空地分隔开来，其中点缀着一些村庄。高大的大戟类植物环绕着村庄，树干与珊瑚一般的低矮灌木交织在一起，形成了一道天然的防线。

没过多久，马拉加拉西河——流入坦噶尼喀湖的主要河流——就出现在旅行家的眼前，它在茂密的灌木丛间蜿蜒流淌，给周围的水域提供了新的水源，那些水域大多是发洪水时形成的溪流或在黏土土壤中挖出来的池塘。从空中俯瞰，马拉加拉西河宛如一张瀑布般的网络，横跨整个月亮之国的西部。

牛群在茂盛的草原上觅食，偶尔它们也会半隐在高高的草丛中。浓密的森林散发着扑鼻的香气，仿佛一束束巨大的花朵在怒放。狮子、猎豹、鬣狗和老虎蜷缩在这些"花束"中，躲避着夕阳最后的炙热光芒。时不时会有一头大象，摇晃着灌木丛高高的树顶，巨大的树枝在沉重的象牙下断裂，你可以听到断裂时的噼啪声。

"真是个打猎的好地方！"迪克忍不住喊道，"天哪，随便往那些森林里开一枪，就能打到值钱的猎物。我们为什么不试试呢！"

"不，亲爱的迪克，天色已晚。今晚将是一个充满威胁的夜晚，暴风雨已经迫在眉睫。在这片地区，暴风雨非常可怕，因为炙热的土壤就像一个巨大的蓄电池。"

"您说得对，先生。"乔说，"天气热得让人窒息，微风也停了。确实能感觉到，似乎有什么事情快要发生了。"

"大气中充满了电荷。"博士回复道，"每个生物都能感觉到，现在的空气状态预示着电力正在大气中酝酿,实话说,我从未体验过这样的感觉。"

"嗯,那么,"迪克建议说,"我们降落下去是不是更好?"

"正相反,迪克,我觉得应该升高一点,我担心我们会被大气中的对流带离航线。"

"那你有没有考虑过,改变我们自从离开海岸线以来一直前进的方向?"

"如果能做到的话,"博士回答说,"我会直接往北转,转大概七八度,试着飞向我推测的尼罗河源头所在地。也许我们能发现斯皮克上尉或者霍伊格林先生的探险队留下的踪迹。如果我没弄错的话，我们现在位于东经32度40分，我想直接向北飞越赤道。"

"看那边！"肯尼迪突然喊道，"看那些河马，从池塘里探出来——就像血红色的肉团，还有那些大声喘着气的鳄鱼！"

"它们快窒息了！"乔喊道，"啊！这种旅行方式多棒啊，根本不用去在乎那些猛兽！博士！肯尼迪先生！看那边，成群结队的动物挤在一起往前跑呢，足足有二百多只。那是狼！"

"不！乔，不是狼，是野狗。它们是一种非常有名的动物，甚至敢攻击狮子。旅行者最害怕的事情就是遇到这种动物，因为它们转眼间就会把人撕成碎片。"

"好吧，还好不需要乔去给它们戴上嘴套！"那位可爱的小伙子回答道，"不过，既然这是它们的天性，我们也没办法太责怪它们！"

暴风雨即将来临，四周逐渐宁静下来。空气似乎变得浓稠，不再适合传播声音，大气层仿佛被什么东西罩住了，就好像挂满了壁毯的房间一样，失去了回响。所谓的"游鸟"，也就是那些长着冠子的野鸡、红松鸡、蓝松鸡，画眉、鹡鸟，都消失在了参天大树的枝叶间，自然界的种种迹象都表明，某种灾难即将逼近。

九点钟，"维多利亚"号悬停在姆谢内①地区上空，那里有一片村庄，但在昏暗的天气下已经难以辨认。死气沉沉的水面上偶尔会反射出一道波光，隐约可以分辨出整齐排列的沟渠。在最后一缕微光之下，棕榈树、西克莫无花果树和巨大的大戟树静静矗立，黑黢黢的轮廓若隐若现。

"我快憋死了！"苏格兰人说，他拼尽全力吸了一大口稀薄的空气，"我们现在一点都动不了了！我们降落吧！"

"但风暴来了！"博士不安地回复道。

---

① 非洲地名，位于现在的坦桑尼亚。

"如果你担心被风卷走,那我看我们别无选择。"

"也许风暴今晚不会爆发,"乔说,"云层很高。"

"这正是让我犹豫是否要越过云层的原因。我们需要飞得比云层还高,这样就看不见地面,整晚我们都没法知道自己是在前进还是原地踏步,也不知道自己会飞向哪个方向。"

"博士,快做决定吧,时间紧迫!"

"风停了真可惜,"乔又说,"本来风可以带着我们远离风暴的。"

"确实可惜,朋友们,"博士回答说,"这些云层对我们来说很危险。它们包含相反拂动的气流,可能会把我们卷入旋涡,还有闪电可能会让气球烧起来。另外,即使避开了这些危险,当我们用铁锚停泊在树梢时,风暴也可能把我们猛地摔到地面。"

"那我们怎么办?"

"嗯,我们必须让气球升入大气层的中间层,并且悬浮在那里,避开来自地表和空中的危险。我们有足够的水来操控汽缸,而且两百磅的压舱物也还没动,万一有紧急情况,就动用它们。"

"我们会和你一起守夜的。"猎人说。

"不,我的朋友们,把食物储存好,躺下休息吧。如果有必要,我会叫你们的。"

"但是,主人,您现在不需要休息一下吗?毕竟我们现在暂时没有危险。"可怜的乔坚持道。

"不,谢谢你,好小伙子,我还是保持清醒比较好。我们目前处于静止状态,如果情况没有变化,明天我们还会在同一个地方。"

"晚安,先生!"

"晚安,能做到的话,尽量睡个好觉!"

肯尼迪和乔裹着毯子躺了下来,留下博士独自面对浩瀚的天宇。

然而,乌云渐渐聚集在他们头顶,并明显开始下沉,天色变得越来越阴沉。黑色的天幕笼罩了大地,仿佛要和大地合为一体。

突然，一道猛烈、迅疾、刺眼的闪电划破了黑暗，还没等闪电的光芒完全消失，一声可怕的雷鸣便在天际上回荡。

"起床！起床！快出来！"弗格森喊道。

陷入沉睡的两个人早就被可怕的雷声惊醒，听到博士的呼喊，立刻跳了起来。

"我们要下降吗？"肯尼迪问。

"不！气球承受不住。在那些云变成大雨，风开始变急之前，我们得升上去！"说着，博士迅速调整着汽缸里的火焰，让火焰对准了螺旋管的部分。

热带的暴风雨进展迅猛，烈度也不遑多让。又是一道闪电撕裂黑暗，随后就有几十道闪电接踵而至。天空中的电光纵横交错，就如同斑马的皮毛，大滴大滴的雨水和闪电交织在一起，倾泻而下。

"我们耽误太久了。"博士喊道，"现在我们必须穿过这片雷电区，但气球里满是易燃气体！"

"那我们还是下降吧，下降吧！"肯尼迪催促。

"下降时被雷击中的风险也一样大，而且我们很快就会被树枝撕成碎片！"

"我们正在上升，博士！"

"还需要更快，再快一点！"

在非洲的这部分地区，每当赤道风暴出现时，一分钟劈下三十到三十五条闪电是很常见的。天空几乎像是在燃烧，雷声此起彼伏。

灼热的大气中，狂风以令人畏惧的猛烈之势呼啸而来。狂风扭曲着闪着火光的云朵，就像是一个巨大的风箱在鼓着风，让火势朝着四面八方蔓延。

弗格森博士将汽缸的火焰调整至最大，气球膨胀，向上飞去。而肯尼迪则跪在吊舱里，紧紧抓着篷布。气球疯狂地旋转着，让他们头晕目眩，旅行者们随着气球摇摇晃晃，心中七上八下。风猛烈地将气球吹弯，气球的两层丝绸之间形成巨大的空洞，而当丝绸在压力的作用下反弹回来时，竟发出像枪声一样的爆鸣。冰雹呼啸着穿过空气，打在"维多利亚"号表面，发出隆隆巨响。然而，"维多利亚"号仍在继续上升。闪电沿着气球表面掠过，但气球径直穿过闪电组成的火海，一直向上飞去。

"上帝保佑我们！"弗格森博士虔诚地说，"我们的命运掌握在上帝手中，只有上帝能拯救我们——不过，我们也得为任何意外做好准备，哪怕气球着火了——我们不会这么容易就被击败。"

博士的同伴们几乎听不到他的声音，但他们能看到，即便在电光照射下,博士依然面色平静。他注视着圣埃尔莫之火①的磷光,磷光正在包着气球的网上闪耀着。

气球旋转着,摇摆着,但仍然在持续上升。不到一小时,气球就穿过了风暴带。电光已在气球之下,像一顶烟火组成的巨大皇冠,悬挂在吊舱下方,闪着光芒。

这时,他们目睹了大自然展现给人类最壮丽的景象。在他们下方是肆虐的风暴,他们上方是宁静、沉默、永不可及的繁星,月亮向怒号的云朵投下平和的光芒。

弗格森博士查看了气压计,显示他们已升至一万二千英尺。此时已是夜里十一点。

"感谢上帝,所有的危险都过去了。我们现在要做的就是保持这个高度。"博士说道。

"太可怕了!"肯尼迪感叹。

"哦!"乔说,"旅行是多了一点变数,但能在这么高的地方近距离目睹一场风暴,我并不觉得遗憾。那景象太棒了!"

---

① 一种自然现象。在风暴中航行的海员常常发现桅杆附近出现蓝白色闪光。其原理为风暴时空气中存在强大电压,可能击穿空气并产生火光。

第十七章

月亮山——青翠的植物之海——他们抛锚停泊——拉着气球的大象——持续开火——巨兽之死——野外烤炉——草地上的大餐——地上度过的夜晚

星期一，凌晨六点左右，太阳再次出现在地平线上。云层散去，清新的微风让清晨的空气格外宜人。

大地弥漫着芬芳的气息，重新展现在旅行者眼前。气球在对流的作用下不停转动，几乎没有离开原地。博士让气体收缩，使气球下降，以便朝更北的方向前进。很长一段时间里，他的尝试都徒劳无功，风一直把气球吹向西方，直到他看见了著名的月亮山。那座山脉围成一个半圆，环绕着坦噶尼喀湖的尽头。山脊起伏平缓，在青色的地平线上清晰可见，宛如大自然雕刻的防御工事，阻挡着探险者进入非洲腹地。在这些山脉中，有几座孤立的圆锥形山峰，山顶积雪终年不化。

"我们终于到了。"博士说，"我们抵达了一个未被探索的地区！伯顿上尉曾向西走得很远，但他未能到达这些著名的山脉，他甚至认为它们并不存在，尽管他的同伴斯皮克坚信这些山脉是真实的。伯顿认为那些山脉只是斯皮克的幻想，但如今我们知道，月亮山确实存在，毫无疑问。"

"我们要翻过这些山吗?"肯尼迪问道。

"如果上帝愿意帮助我们,就不需要翻过去。我正在寻找一股能带我们回到赤道的风。如果有必要,我会等下去,让气球像抛锚的船一样停在那里,直到我们迎来理想的风。"

博士的深谋远虑很快就得到了回报,尝试了几个不同的高度后,"维多利亚"号终于以适当的速度向东北航行。当斯皮克上尉出发去探索乌克列维湖时,他是从卡泽赫出发沿着正东方向前进的。

"那我们要这样一直飞下去吗?"苏格兰人问道。

"也许吧。我们的目标是向尼罗河源头方向行进。如果我们想到达先前从北方出发的探险家所到的地方,至少还得飞行六百多英里。"

"脚一直不沾地?"乔嘟囔着,"腿都要抽筋了!"

"哦,当然,我的好乔。"博士安慰他说,"你知道的,我们必须节省粮食。另外,迪克,在路上你得给我们搞来一些鲜肉。"

"随时都可以,博士。"

"我们还得补充水源。谁知道我们会不会来到一些干旱地区呢?我们不能掉以轻心。"

中午时分,"维多利亚"号已经抵达南纬3度15分,东经29度15分。它飞过了乌约辅①村,那是乌尼扬韦齐地区的北部边境,正对着乌克列维湖的方向。旅行者们目前还看不到乌克列维湖。

居住在赤道附近的部落似乎稍微文明了一些,他们生活在君主的绝对统治下,君主拥有不受限制的权力。这些部落联合组成了卡拉格瓦②。

---

① 非洲地名,位于乌尼扬韦齐的最北方。

② 卡拉格瓦,位于现在的坦桑尼亚,是班图人的部落自1450年前后开始形成的政府组织,后发展为卡拉格瓦王国,1963年并入坦桑尼亚。

旅行者们决定，一旦找到合适的地方，就立刻着陆，因为他们发现需要停下来仔细检查一下气球。因此，他们调小了汽缸中的火焰，从吊舱中抛下铁锚。不久后，铁锚就在一片广阔的草原上拖行而过，从空中看，这片草原如同修剪过的草坪，但实际上草的高度足有七八英尺。

气球掠过这片高草组成的草丛，但没有把草压折，如同一只巨大的蝴蝶。眼前没有任何障碍物，绿色的海洋没有一丝波澜。

"我们可能得这样前进很长时间。"肯尼迪说，"我没看到一棵树能停得住我们，打猎计划恐怕得泡汤了。"

"别急，迪克，这片草地比人还高，你本来也没办法打猎，我们很快就会找到合适的地方的。"

事实上，他们的旅程还挺愉快——这是一次真正的航行。气球下，绿得几乎透明的"海洋"在微风的吹拂下泛起涟漪，小小的吊舱就像是在乘风破浪。时不时会有一群毛色艳丽的鸟儿，从草丛中猛然飞起，欢快地唱着歌，又急速远去。铁锚落入了花草之湖中，如同船尾溅起的波纹一样，在地面上拖出一道痕迹，很快又消失。

突然，一阵剧烈的震动传来——锚卡在了隐藏在高草丛中的岩石裂缝里。

"我们被卡住了！"乔喊道。

话刚出口，空气中就传来了一声尖锐的叫声，三位旅行者异口同声地惊呼起来。

"什么声音？"

"好奇怪的叫声！"

"看！哎呀，我们在动！"

"锚松了！"

"不，它没松，还抓得很紧呢！"正拽着绳子的乔说道。

"那就是石头在动！"

草丛中传来巨大的沙沙声,接着,一个长长的、扭曲的东西从草丛中露了出来。

"蛇!"乔喊道。

"蛇!"肯尼迪一边喊着,一边举起了步枪。

"不,"博士说,"那是大象的鼻子!"

"大象?塞缪尔?"

肯尼迪说着,把步枪举到了肩上。

"等等,迪克。等等!"

"没错!这动物在拖着我们走!"

"而且方向是对的,乔——方向是对的。"

大象正在奋力前行,很快就到达了一片空地,整个身躯显露了出来。根据它庞大的体形,博士判断这是一头雄性大象,血统纯正。两颗洁白如雪的象牙呈现出优雅的弧线,大约有八英尺长,而锚就牢牢地卡在了这两根象牙之间。大象徒劳地甩着鼻子,试图解开束缚它与吊舱之间的绳索。

"起来——往前走,老伙计!"乔兴奋地喊道,他竭尽全力驱使着这个颇为新奇的"象车","一种全新的旅行方式!我再也不需要马了。请给我一头大象!"

"但它要带我们去哪里呢?"肯尼迪握着步枪,手痒痒地想开枪。

"它正带我们去我们想去的地方,亲爱的迪克。耐心点!"

"就像苏格兰乡下人说的,'驾!驾!'"乔兴高采烈地喊道,"驾!驾!"

大象开始飞奔。它左右甩动着长鼻,猛地跳了几下,吊舱剧烈地颠簸起来。此时,博士站在那里,手持斧头,随时准备在必要时砍断绳索。

"但是,"他说,"不到最后一刻,我们绝不放弃我们的锚。"

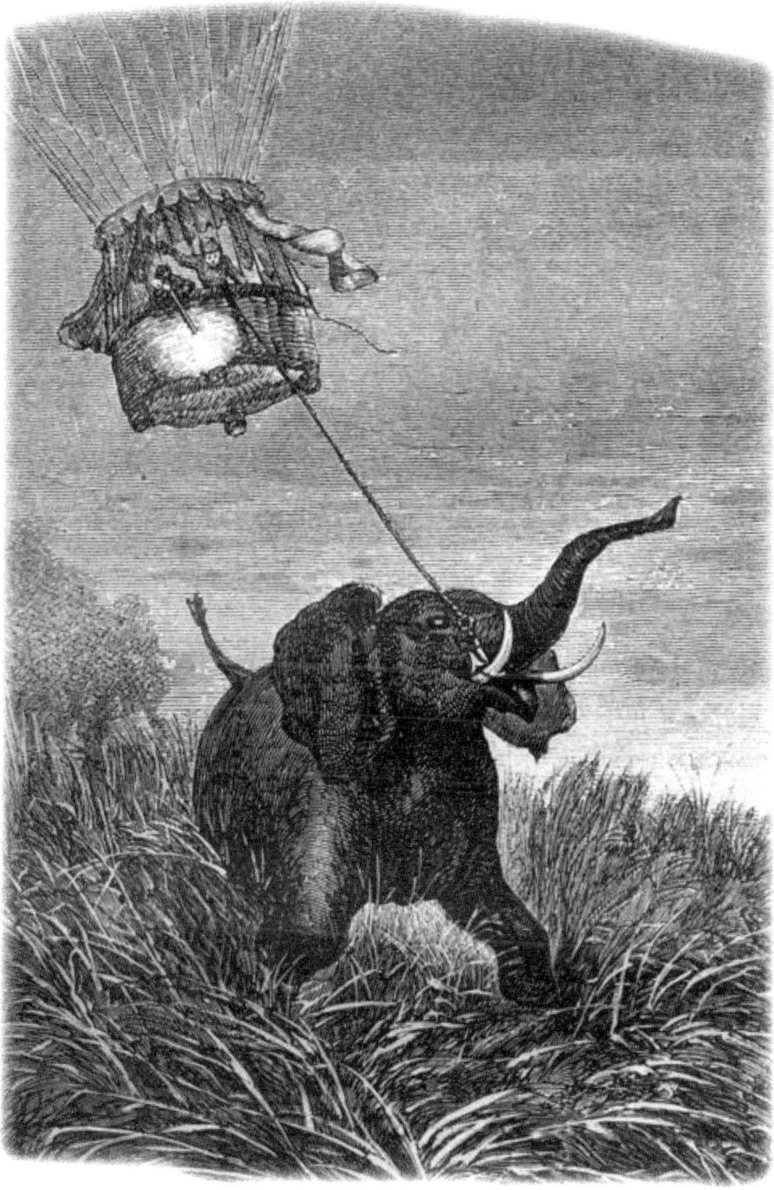

大象拉着气球，跑了大约一个半小时，但它似乎一点也不觉得疲倦。这种庞大的生物能走很长的路程，只需要一天，它们就能走到很远很远的地方。它们的重量和速度都可以与鲸鱼相媲美。

"真的。"乔说，"我们就像是捕到了一头鲸鱼一样，我们也只是在做捕鲸人出海捕鱼时做的事情。"

但地貌发生了变化，博士不得不改变前进的方式。草原北方的地平线上出现了一片茂密的树林，距离气球大概有三英里远。现在必须把气球和拉着它的大象分开了。

肯尼迪负责让大象停下来。他把步枪举到肩上，但他的位置并不适合射击。因此，第一发子弹擦着大象的头皮而过，就像擦在铁板上一样，子弹偏了。这个庞然大物似乎根本没有被这一枪干扰到，只是在枪声响起时加快了速度，现在大象跑得和一匹全速奔跑的马一样快。

"见鬼！"肯尼迪惊叫道。

"这脑袋可真硬啊！"乔评论道。

"我们试试往肩关节后面打些圆锥子弹。"肯尼迪说着，小心翼翼地重新装填了步枪。不一会儿，他又开了一枪。

大象发出了一声可怕的嗥叫，但跑得比刚才还快。

"一起来！"乔说着，拿起另一把枪瞄准，"我得帮您，否则我们永远都摆脱不了它。"两颗子弹穿透了大象的侧腹。

大象停下了脚步，扬起长鼻，然后又以最快的速度朝树林奔去，摇晃着巨大的脑袋，鲜血开始从伤口喷涌而出。

"肯尼迪先生，我们继续开火。"

"而且要持续开火。"博士催促道，"我们离树林很近了。"

他们又打出了十来枪。大象猛地一跃，吊舱和气球发出咔嚓咔嚓的声音，仿佛要碎裂一般，强烈的震动让博士的斧头掉在了地上。

局势因此变得非常危急。锚绳牢牢抓住大象，旅行者们既无法解开它,也无法用刀割断,而气球正急速向树林靠近。就在这时,大象抬起头,一颗子弹立刻击中了它的眼睛。大象停下了脚步,跟跄了一下,膝盖弯了下来,把整个侧腹暴露给了气球上的人。

"射它的心脏!"肯尼迪说着,打出了最后一枪。

大象发出了一声漫长而恐怖的哀号,随后挣扎着爬起来,坚持着站了一会儿,长鼻子在空中甩了甩,最后,它倒了下来,整个身体的重量都压在了一根象牙上,象牙折断,它死了。

"它的象牙断了!"肯尼迪惊呼,"在英国,每一百磅这样的象牙,能卖到三十五基尼呢!"

"这么多?"乔一边说,一边顺着锚索爬到了地上。

"迪克,你叹什么气啊?"博士说,"我们是象牙商人吗?我们来这里是为了赚钱吗?"

乔检查了锚,发现它牢牢地绑在另一根未断的象牙上。博士和迪克跳到了地面上,气球此时只充了一半的气,在庞大的大象尸体上方盘旋。

"真是头壮硕的野兽!"肯尼迪说道,"多么大一只啊!我在印度从没见过这么大的大象!"

"这并不奇怪,亲爱的迪克。中非的大象是世界上最棒的。安德森家族和卡明家族一直在开普敦附近猎杀大象,导致这些大象迁徙到了赤道附近,人们在这里常常能遇到成群结队的大象。"

"此时此刻,"乔补充道,"我希望我们能尝尝这家伙的肉。我来负责让你们吃上一顿美味的晚餐,就用它的肉来做。肯尼迪先生可以打上一两个小时的猎,博士检查一下气球,在你们两个忙的时候,我来做饭。"

"不错的安排!"博士说,"就按你说的来做吧,乔。"

"至于我,"猎人说道,"我会好好利用乔慷慨留给我的这两个小时。"

"去吧,我的朋友,但要小心!别走得太远。"

"别担心,博士!"说着,迪克扛起枪,一头扎进了树林。

随即,乔也开始忙活起来。他先是在地上挖了一个两英尺深的洞,然后在里面填上干木柴。这里的木柴到处都是,是象群路过时碰下来的,地面上还清晰可见象群穿越森林时候的足迹。把洞填满后,他又在洞口堆起一英尺高的柴火堆,并点燃了它。

接着,他回到大象尸体旁。大象倒在了离森林边缘约一百英尺的地方。他麻利地割下了大象的鼻子,象鼻根部足有两英尺粗,他挑选了其中最嫩的一块。接着,他又割下了柔软的象脚,这一部分的肉是大象身上最美味的,就像野牛脊背、熊掌和野猪头一样。

柴火堆已从内到外完全燃尽,乔清理掉了灰烬,洞内的温度依旧很高。乔将清香的叶子包裹好的象肉放进这个临时的烤炉里面,上面再盖上烧热的炭。接着,他又在上面堆起第二堆柴火,等火烧完时,肉也正好烤熟。

乔从烤炉中取出烤好的肉,把美味佳肴铺在翠绿的叶子上,在一片茂盛的草地上摆好了晚餐。最后,他拿出一些饼干、咖啡和白兰地,还从附近的小溪打了一罐纯净的清水。

准备好的美食看起来相当诱人。乔并没有很骄傲,但他也相信这顿饭一定相当美味。

"没有危险,也不劳累。"乔自言自语,"想什么时候吃饭就什么时候吃,一直躺在吊舱里面晃悠!还能有什么其他奢望?那个肯尼迪,他还不想来呢!"

与此同时,弗格森博士正集中精力,认真细致地检查气球。气球似乎并没有受到风暴的影响,丝绸和橡胶都展现出惊人的耐久性,在估算了地面的确切高度和气球的上升力后,我们的旅行家满意地发现,氢气量和之前相比一丝不少,气球的表皮也仍然完全防水。

距离旅行者们离开桑给巴尔才过去五天。他们的肉干还一口未动，他们携带的饼干和罐装肉足够长途旅行之用，唯一需要补充的就是水。

燃烧管和螺旋管看上去完好无损。所有的接头都是橡胶制品，因此这些管子承受住了气球的剧烈振荡。检查完毕后，博士开始整理笔记。他准确地描述了周围的景色，包括一望无际的大草原、宁静的树林，以及气球静止不动地悬停在死象身上的情景。

两个小时后，肯尼迪带着一串肥美的山鹑和一只羚羊腿回来了，这是一只直角羚羊，是所有羚羊中最敏捷的。乔主动承担了处理这些多余食物的任务，准备供日后食用。

"好的,晚餐已经准备好了!"他用非常悦耳的嗓音喊道。

三位旅行者围坐在绿色的草地上享用了晚餐。象鼻和象腿得到了极高评价。三人照例为古老的英国祝酒干杯,哈瓦那雪茄的香气首次在这片美丽的土地上弥漫开来。

肯尼迪大吃大喝,吵吵嚷嚷,就好像那里坐着四个人一样。他对这种新生活非常满意,并认真向博士提议在这片森林中定居,利用树枝和叶子建一座小屋,开启一段非洲版的《鲁滨孙漂流记》。

尽管乔立刻为自己选定了"星期五"的角色,但这个提议并未得到进一步的回应。

这个地方看起来如此宁静,荒无人烟,博士决定就在地面上过夜,而乔则生了一圈篝火,作为抵御野生动物的重要屏障,因为被死象的气味吸引来的鬣狗、豹子和豺狼正在附近徘徊。肯尼迪不得不几次向这些不速之客开枪射击,但这一夜还是平安无事地过去了。

第十八章

卡拉格瓦——乌克列维湖——在岛上度过的一夜——赤道——穿过湖泊——瀑布——乡村风光——尼罗河的源头——本加岛——安德烈亚·德博诺的签名——英国国旗

凌晨五点，出发前的准备工作开始了。乔幸运地找回了那把斧头，用它砍断了大象的象牙。气球重获自由，载着旅行者们以十八英里每小时的速度，向西北方疾驰而去。

前一天晚上，博士已经根据星辰的高度仔细确定了位置。他知道自己正位于赤道以南2度40分的地方，也就是说，距离赤道约一百六十地理里。他飞越了许多村庄，气球引起的惊呼已经司空见惯。博士仔细观察并记录下了各地的地形特征。气球掠过了鲁别奥山脉的斜坡，那斜坡异常陡峭，几乎与乌萨喀拉山脉的山顶一样。再往前，是一个叫廷加的地方，博士在这里观察到卡拉格瓦山脉的第一条支脉，他认为这些支脉可能是月亮山脉的延续。因此，那个说尼罗河源头位于月亮山脉的古老传说应该有一定的可信度，因为这些山脉确实毗邻乌克列维湖，而这个湖泊很可能就是尼罗河的源头。

此地商人的聚集区名为卡富罗[①]，从这里出发，博士终于在地平

[①] 非洲地名，位于现在的坦桑尼亚。

线上看到了那片梦寐以求、寻觅已久的湖泊。斯皮克上尉曾在1858年8月3日一睹其风采。

塞缪尔·弗格森感到由衷的激动：他已经接近此次探险的主要目标之一。他不断举起望远镜，仔细观察着这片神秘地区的每一个角落。他的目光扫过每一处细节，记述如下：

"展现在脚下的，是一片缺乏耕作的土地，只有零星几处山谷似乎被开垦过。地表上点缀着一些中等高度的山峰，越是接近湖泊，地势越是平坦。这里没有稻田，而是种植着大麦。这里还生长着一种车前草，用来酿造当地特色的美酒。此外，还有一种名为'木瓦尼'的野生植物，可以作为咖啡的替代品。五十多间圆形小屋聚集在一起，屋顶覆盖着开花的茅草，这就是卡拉格瓦的首都。"

他能轻易辨认出那些相貌端正、肤色暗黄的土著居民脸上惊讶的表情。许多女人胖得令人难以置信，悠闲地在耕地上徘徊。博士告诉同伴，当地人以胖为美，并通过强灌凝乳的方式让人快速发胖，这让同伴们大吃一惊。

中午时分，"维多利亚"号抵达了南纬1度45分的位置，下午一点钟时，风吹着气球径直飞向湖泊。

这片水域被斯皮克上尉命名为"维多利亚尼扬扎"[①]。从气球此刻所处的位置看去，湖的宽度可能达到了九十英里左右。在湖的南端，上尉发现了一群小岛，他将其命名为"本加群岛"。他一路探险到东海岸的穆安扎地区，在那里受到了苏丹的接待。他对湖泊的这一部分进行了三角测量，但未能找到合适的船只横渡湖泊，也未能访问人口稠密的大岛——乌克列维岛，这座岛由三位苏丹统治，在落潮时，岛屿与大陆相连，宛如一个海角。

气球靠近了湖泊更北部，这让博士大为遗憾，因为他本希望能

[①] "尼扬扎"（Nyanza）是"湖"的意思。——原注

确定湖泊南部的轮廓。看上去，湖岸长满了荆棘和其他带刺的植物，它们杂乱无章地缠绕在一起，偶尔会被无数只淡棕色的蚊子笼罩，使得视线模糊不清。这片地区显然适宜居住，而且已有人烟。可以看到一群群河马，或在芦苇丛中嬉戏，或潜入泛白的波涛之下。

从上方看，湖泊朝西一路延伸，在地平线附近变得极为宽广，几乎可以称之为大海。两岸之间的距离非常遥远，因此无法建立直接联系。这里风暴频发且风速迅猛，因为这片盆地地势较高，毫无遮蔽，极易受到狂风袭击。

博士在控制航向时遇到了一些困难，他担心气球会被吹向东边。但幸运的是，一股气流将他直直地推向北方。傍晚六点钟时，气球在北纬0度30分、东经32度52分的一个小岛上着陆，这里距离湖岸大约二十英里。

旅行者们成功地将气球系在一棵树上。傍晚时分，风势减弱，他们安静地停泊在那里。他们根本没有考虑过降落到地面，因为这里和湖岸一样，地表笼罩着成群的蚊子，犹如浓密的云雾。乔从树上系好铁锚回来时，身上已经被蚊子咬得满是大包，但他没有发脾气，因为他觉得蚊子这样咬他只是出于天性而已。

然而，博士则没有那么乐观。他尽自己所能把锚索放得长一点，以躲避这些无情的昆虫，它们已经开始带着威胁性的嗡嗡声向他逼近。

博士测定了湖泊相对于海平面的高度，正如斯皮克上尉确定的那样，湖面高度约为三千七百五十英尺。

"瞧，我们到了一个岛上！"乔一边说，一边挠着痒痒，仿佛要把指甲挠掉一般。

"我们很快就能绕着这个岛转一圈。"肯尼迪补充道，"除了这些该死的蚊子，岛上连个活物都看不见。"

"点缀在湖面上的这些岛屿，"博士回应道，"本质上不过是淹没在水下的山丘的山顶。我们能找到一个小岛在上面藏身，也算幸运了，因为湖岸住着野蛮的部落。上天赐予了我们一个宁静的夜晚，你们就安心睡吧。"

"你不一起睡吗，博士？"

"不，我睡不着。我思绪万千，无法入眠。朋友们，如果明天风向有利，我们就径直向北飞，也许能发现尼罗河的源头，揭开这个长久以来一直悬而未解的伟大秘密。我们离这条著名河流的源头如此之近，我根本睡不着。"

肯尼迪和乔并没有那么强的科学精神，不至于因这种事失眠。不久后，他们就开始打起呼噜，而博士则依旧坚守岗位。

4月23日，星期三，凌晨四点钟，"维多利亚"号再次启程。天空灰蒙蒙的，夜色正缓慢地从湖面上褪去，湖面笼罩着浓雾。但不久后，一阵强风吹散了雾气，气球来回摇晃了一会儿，最终朝北方飞去。

弗格森博士高兴得拍手叫好。

"我们的方向没问题！"他喊道，"就在今天，我们一定能看到尼罗河！朋友们，看，我们正在穿越赤道！我们正在进入我们自己的半球！"

"啊！"乔说，"博士，您认为赤道正好穿过这里吗？"

"没错，就在这儿，小伙子！"

"那么，请允许我插一句，现在是一个适合举杯庆祝的好时机。"

"好！"博士大笑着说，"我们来一杯潘趣酒吧，你的世界观倒是一点都不乏味。"

就这样，"维多利亚"号飞越赤道的时刻得到了应有的庆祝。

气球迅速前进。在西方，可以看到一条低矮且略显单调的海岸线。更远处，是辽阔的乌干达高原和乌索加高原。风逐渐变得迅疾，风速接近三十英里每小时。

狂风猛烈地刮动湖水，湖面泛起了泡沫，就像海浪一般。当浪花沉入湖中时，博士注意到湖水深处有暗流涌动，因此得出结论，湖水一定相当深。在这次快速的飞行中，他们只看到了一两艘简陋的小船。

"显然，由于地势较高，这个湖成了非洲东部河流的天然蓄水池。河流带出的水汽升入空中，随后通过降雨回归湖泊。我深信，尼罗河的源头就在这里。"

"好，我们拭目以待！"肯尼迪说。

大约九点钟时，他们靠近了西岸。那里似乎荒无人烟，四周被密林覆盖。东风稍微变强了一些，可以看到另外一条湖岸。它弯曲成弧形，在北纬2度40分处形成了一个并不尖锐的角度。湖的这一侧，可以看到巍峨的山峰，荒芜的山顶高高耸立，但在山峰之间，一条深邃蜿蜒的峡谷中，一条汹涌澎湃的河流奔腾而出。

弗格森博士虽然在操控气球，但仍在一直用急切的目光观察这片土地，从未停下。

"看！"他喊道，"看，朋友们！阿拉伯人的说法是正确的！他们说过有一条河流从乌克列维湖向北流出，这条河流确实存在，我们正在沿着这条河顺流而下，它的流速与我们不相上下！现在我们脚下流过的这条河，毫无疑问，正急速向前，最终汇入地中海！它就是尼罗河！"

"尼罗河！"肯尼迪也被朋友的情绪所感染，重复着博士的话。

"尼罗河！万岁！"乔欢呼着，他总是准备好随时为一些事情欢呼。

巨大的岩石星罗棋布，阻挡在河水流动的方向上。水流腾跃翻滚，掀起浪花，形成瀑布，这一切更进一步证实了博士之前的判断。无数激流从周围的群山上倾泻而下，汹涌澎湃，令人眼花缭乱。可以看到，地面上流过无数条细流，从四面八方而来，交错纵横，汇聚融合，你追我赶，最后全部汇入这条新生的河流之中，形成了一条宽阔的大河。

"这的确是尼罗河！"博士强调了一遍，语气极为肯定，"尼罗河名字的起源，就像它的水源的起源一样，一直耗费着学者们的想象力。他们试图从希腊语、科普特语、梵语[①]中追溯其起源。但这一

[①] 一位拜占庭学者将Neilos（尼罗河在希腊语中的名字）视为一个数学名词。N代表50，E代表5，I代表10，L代表30，O代表70，S代表200，加在一起代表一年中的天数。——原注

切都已经不重要了，因为我们已经揭开了尼罗河源头的谜团！"

"但是，"苏格兰人问道，"你如何确定这条河就是从北方来的探险家所说的那条尼罗河呢？"

"我们马上就会找到证据，相当确凿、无可辩驳、令人信服、绝对可靠。"弗格森回答道，"如果风向能再帮我们一把，继续吹一小时。"

群山逐渐散开，距离越来越远。无数村庄和田地映入眼帘，田里种满了玉米、高粱和甘蔗。这里的部落看起来情绪激动且充满敌意，更像是在愤怒，而不是崇拜。显然，他们视旅行者为闯入的敌人，而非屈尊降临的神祇。他们似乎觉得，这三位接近尼罗河源头的探险者意图掠夺他们的资源，因此，"维多利亚"号不得不避开他们的火枪射程。

"在这里着陆可有点棘手！"苏格兰人说。

"哼！"乔说，"那这些土著人损失更大。他们只能错过与我们交谈的乐趣了。"

"不过，我必须下去，"博士说，"哪怕只有一刻钟。不这样做，我就无法验证我们探险的结果。"

"那么，这是一定要做的了，博士？"

"一定要做，我们一定得下去，哪怕得用一排火枪开路。"

"这件事情正适合我来做。"肯尼迪摆弄着他心爱的步枪说。

"主人，我已经准备就绪，只等您一声令下！"乔补充道，他也做好了战斗的准备。

"这不是第一次。"博士说，"为了追求科学，人们有时必须拿起武器。同样的事情也发生在一位法国学者身上，当时他在西班牙的山脉中测量子午线。"

"别担心，博士，相信你的两个保镖吧。"

"我们到了吗，主人？"

"还没有。事实上,我要先升高一些,以便更准确地了解周围的地形。"

气球中的氢气开始膨胀,不到十分钟,气球就升到了离地面两千五百英尺的高空。

博士从高空俯瞰下去,看到河流吸纳了许多小支流,河道交织成一张错综复杂的网。其他支流则从西边来,穿行过无数山丘,在肥沃的平原中流淌。

"我们离刚多科洛不到九十英里。"博士在地图上量了量距离,"从北方来的探险者到达的地点离我们已经不到五英里,我们得着陆,打起万分精神。"

气球下降了大约两千英尺。

"现在,朋友们,无论发生什么,都要做好准备。"

"准备好了!"迪克和乔异口同声地说。

"很好!"

片刻后,气球距离地面就只有一百英尺左右了,沿着河床缓缓前进。尼罗河这一段的宽度只有五十英寻,岸边的村庄里,原住民们显得异常激动,在村子里四处奔跑,乱作一团。在下一段河道中,河水形成了一道十英尺高的垂直瀑布,船只无法通行。

"看,这就是德博诺提到的瀑布!"博士喊道。

河床逐渐变宽,河上点缀着许多小岛。弗格森博士贪婪地扫视着四周,似乎在寻找一个参照点,但尚未发现。

这时,一些土著人冒险乘坐小船,正好划到气球下方。肯尼迪举起步枪开了一枪,吓得他们急速划回岸边。

"祝你们一路顺风!"乔大喊道,"如果是我的话,我不会再试着回来了。我会非常害怕一个能随心所欲劈下闪电的怪物。"

正当此时,博士突然拿起望远镜,对准了河中央的一个岛屿。

"四棵树!"他喊道,"看,就在那里!"果然,在岛屿的一端孤

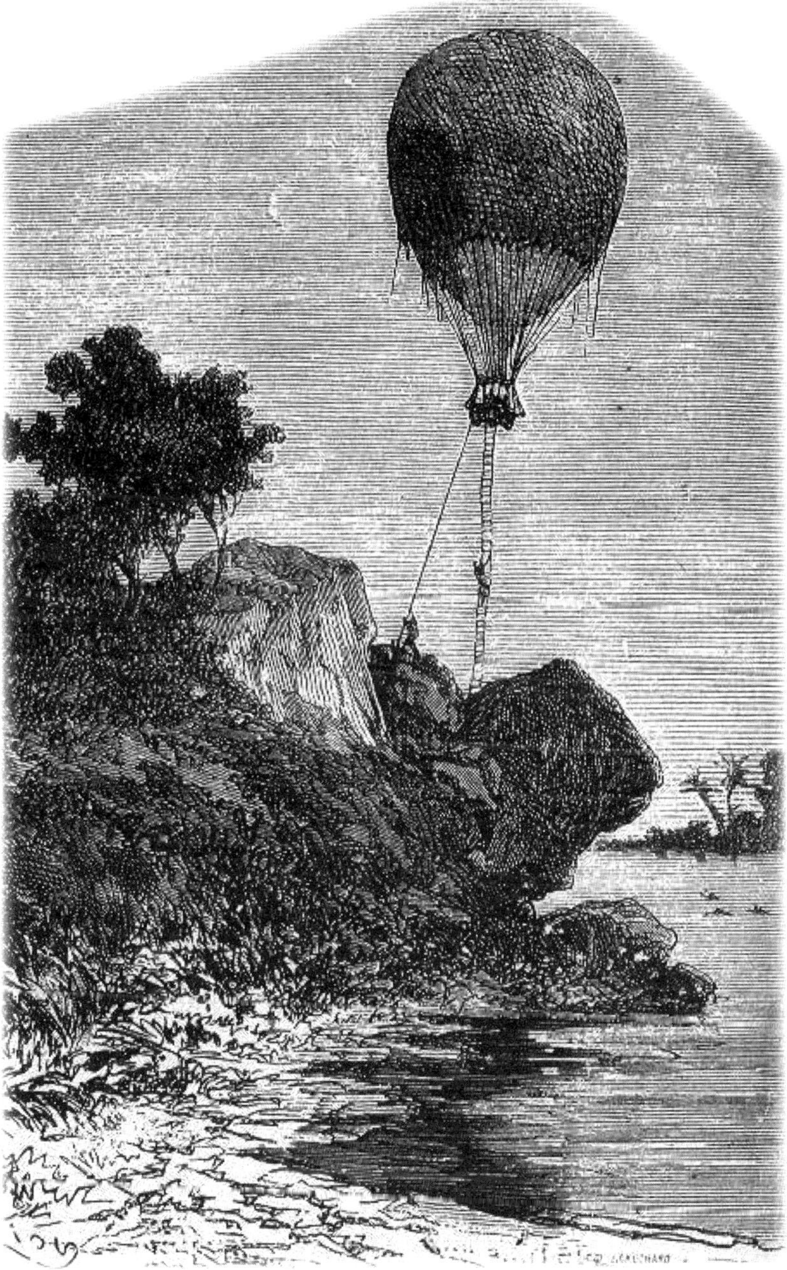

零零地矗立着四棵树。

"这是本加岛！就是同一个岛。"博士兴奋地喊。

"什么'同一个'？"迪克问道。

"如果上帝允许，我们就在那里着陆。"

"但是，博士，那里似乎有人居住。"

"乔说得对。而且如果我没看错的话，现在岛上似乎有大约二十个土著。"

"我们会让他们离开的，不是什么大麻烦。"弗格森回应道。

"就这么办。"猎人附和道。

当气球接近岛屿时，太阳正处于天顶。

岛上的土著人属于马卡多部落，他们正在大声吼叫，其中一个人朝着空中挥舞着他的树皮帽子。肯尼迪瞄准了他，开了一枪，帽子立刻四分五裂，土著们随即开始四处逃窜，纷纷跳进河中，游向对岸。紧接着，铺天盖地的铅弹和箭雨从两岸射来，但它们不能损伤气球分毫。气球的锚牢牢地固定在一块岩石的裂缝中。乔立刻滑到了地面。

"梯子！"博士喊道，"跟我来，肯尼迪。"

"你要我去做什么，先生？"

"我们一起着陆。我需要一个见证人。"

"那我这就来！"

"乔，注意你的岗位，保持警惕。"

"别担心，博士，我随时听候调遣。"

"来，迪克。"博士降落在地面后说道。

说着，他拉着同伴走向岛上一处岩石堆，在那里搜寻了一段时间后，他拨开荆棘丛，手划得鲜血淋漓。

突然，他抓住了肯尼迪的手臂，喊道："看！看！"

"字母！"

没错。确实可以清晰地看到岩石上刻着一些字母，轮廓分明。这些字母很容易辨认：

A.D.。

"A.D.！"弗格森博士念道，"Andrea·Debono[①]——那位沿着尼罗河逆流而上，走得最远的旅行者的签名！"

"毫无疑问，我的朋友塞缪尔。"肯尼迪同意道。

"你现在相信了吗？"

"这是尼罗河！我们已经没有任何理由怀疑这一点了。"他回答道。

博士最后一次检查了那两个珍贵的字母，他仔细地记下了它们的确切形状和大小。

"现在，"博士说，"我们该回气球上去了！"

"快点，我看到一些土著居民正准备渡河。"

"不是什么大碍。只要风能让我们向北飞几个小时，我们就能到达刚多科洛，和我们的同胞握手。"

又过了十分钟，气球庄严地升空，为了庆祝，弗格森博士从吊舱里高高地挥舞着英国国旗，以示胜利。

---

① 安德烈亚·德博诺的姓名首字母缩写为 A.D.。

第十九章

尼罗河——颤抖之山——怀念故土——阿拉伯人的传说——尼亚姆人——乔的精明思考——气球穿越险境——气球升空——布朗夏尔夫人[①]

"我们正在朝哪个方向前进?"肯尼迪问,他看到他的朋友正在查看指南针。

"东北方向。"

"见鬼!不是正北吗?"

"不是,迪克。恐怕我们没那么容易到达刚多科洛了。我很遗憾。但至少我们成功地把东方出发的探险队和北方出发的探险队找到的地方连在一起了,也没什么好抱怨的。"

气球现在正逐渐远离尼罗河。

"最后看一眼吧。"博士说,"这难以跨越的纬度,就连最勇敢的旅行者也没能成功穿越。这里居住着一些顽固的部落,佩瑟里克、阿诺、米亚尼都提到过,还有年轻的旅行家勒让,他为我们提供了许多关于尼罗河上游的宝贵资料。"

"也就是说,"肯尼迪好奇地补充道,"我们的发现正符合那些科学家的看法。"

[①] 索菲·布朗夏尔,法国首位女性职业热气球驾驶员。

"确实如此。白尼罗河，它的源头就是那个像海一样大的湖泊，它就发源于此。人们总喜欢把这条众河之王的起源归于天界。古人甚至将这条河流称为海洋，并且还相信它是直接从太阳中流淌而出的，不过，我们必须时刻提醒自己，摆脱这些幻想，接受科学为我们带来的新知识。"

"我们还能看到瀑布。"乔说。

"那是马克多瀑布，位于北纬3度。再准确不过了。哦，要是我们能沿着尼罗河航行几个小时该多好啊！"

"我看到我们正下方是一座山的山顶。"猎人说道。

"那是洛格维克山,阿拉伯人称之为颤抖之山。德博诺曾经化名拉蒂夫-埃芬迪穿越此地,考察了这座山。居住在尼罗河附近的部落彼此敌对,灭族之战常常发生。你可以想象他当时经历了多少艰难险阻。"

风正带着气球向西北方向飘去,为了避开洛格维克山,必须寻找一股更加倾斜的气流。

"朋友们,"博士说,"从现在起,我们将开始真正穿越非洲大陆。到目前为止,我们一直在追随前人的足迹。但从此以后,我们将踏入完全未知的领域。我们从不缺乏勇气,对吧?"

"从不缺乏!"迪克和乔异口同声地说,几乎是在呐喊。

"那么,继续前进吧,愿上天助我们一臂之力!"

晚上十点,飞越峡谷、森林和零散的几个村庄后,旅行者们抵达了颤抖之山的山麓,沿着平缓的山坡静静滑翔。在这个值得纪念的4月23日,他们乘着疾风,在十五个小时内穿越了三百一十五英里以上的距离。

然而,在旅程的后半段,三个人的情绪开始变得低沉,吊舱内一片沉寂。弗格森博士是否还沉浸在他的新发现中?他的两个同伴是不是正在思索着即将穿越未知地带的旅程?毫无疑问是这样,但这些思绪中也夹杂着对家乡和远方朋友的深切思念。只有乔依然保持着无忧无虑的乐观态度,他认为从离开家门的那一刻起,就该把四海当作家,这是再自然不过的事情。但他也能理解弗格森和肯尼迪的沉默。

大约十点钟,气球停在了颤抖之山[①]的山坡上。随后,旅行者们享用了一顿丰盛的晚餐,像往常一样静静地度过了夜晚,轮流值班。

第二天早上醒来时,他们的心情显著好转。天气晴朗,风向也

[①] 据说,只要穆斯林踏上这座山,山就会颤抖。——原注

正如他们所期待的那样。乔开了几个玩笑,给早餐增添了不少欢声笑语,大家情绪高涨。

他们现在穿越的地区非常广阔。它一边毗邻月亮山,另一边则是达尔富尔山脉——这片区域的宽度几乎与整个欧洲大陆相当。

"毫无疑问,我们正在穿越传说中的乌索加王国。地理学家曾声称,在非洲的中心存在一个巨大的凹陷,一个庞大的中央湖泊。我们将看看这个想法是否属实。"博士说。

"但是,他们为什么会有这样的想法?"肯尼迪问道。

"阿拉伯人的传说是这么说的。那些阿拉伯人真是讲故事的高手——或许有时候讲得太夸张了。有些旅行者曾远行至卡泽赫或者维多利亚湖,遇到了来自非洲中部的奴隶,询问他们当地的情况,并从各种各样的说法中拼凑出一些大致的印象,从而形成自己的理论。在这些纷繁复杂的叙述中,应该会隐藏着些许事实。你看,他们关于尼罗河源头的推理就是正确的。"

"确实如此。"肯尼迪说道,"正是基于这些文献,人们才能绘制出地图。我也打算根据现有的地图来确定我们的路线,必要时做些调整。"

"这一整片区域都有人居住吗?"乔问道。

"毫无疑问,而且住得还不太舒心。"

"我也这么觉得。"

"这些散落的部落,统称为尼亚姆-尼亚姆,这个词只是一个绰号而已,其实是在模仿咀嚼的声音。"

"这个名字也太形象了!太有趣了!"乔说着,咯咯地磨着牙齿,仿佛正在嚼东西,"尼亚姆-尼亚姆。"

"我亲爱的乔,如果你正是被咀嚼的那个东西,你就不会觉得它有多棒了。"

"什么,先生,您这话什么意思?"

"我们认为这些部落是食人族。"

"真的吗?"

"毫无疑问!有些人甚至声称这些土著长着尾巴,就像四足动物一样。不过很快就发现,所谓的尾巴其实只是他们用动物皮做的衣物的一部分。"

"真可惜!有条尾巴用来驱赶蚊子该多好啊。"

"可能是这样吧,乔。我们得把这个故事归入童话寓言的范畴,就像旅行家布伦—罗莱认为有一些部落的人长着狗头。"

"狗头?那倒是很方便汪汪叫,甚至很方便吃人呢!"

"但不幸的是,你说对了一点,那就是这些部落非常凶残,确实很喜欢吃人,而且总是贪婪地找人肉来吃。"

"我只希望他们别对我有什么想法!"乔一脸严肃地说,但看起来却很滑稽。

"你说什么呢!"肯尼迪说。

"说真的,先生,如果发生饥荒,我不得不被吃掉的话,我希望我是为了您和我的主人献身。但如果说要喂饱那些家伙——天哪!我会羞愧而死的!"

"那么,乔,"肯尼迪说,"就这么定了。关键时刻我们可指望你呢!"

"随时为二位效劳,先生们!"

"乔这么说,是为了让我们好好照顾他,把他养得胖胖的。"

"也许是吧!"乔说,"人人为己。"

下午,土壤冒出温暖的雾气,笼罩了天空。黄褐色的雾气让视线变得模糊,博士有些担心不小心撞上某座山峰,因此在大约五点钟时决定暂停前进。

夜晚平安无事,但一片漆黑,旅行者们不得不格外小心。

第二天上午一直刮着猛烈的季风。风钻进气球下面的空隙,晃动着用来让气体膨胀的附属设备。最后,他们不得不用绳子把这些设备绑起来,乔娴熟地完成了这项工作。

他还注意到,气球的开口处仍然保持着密封状态。

"这对我们至关重要。"博士说,"首先,这样就不会让宝贵的氢气泄漏。其次,我们不希望在身后留下易燃的气体,否则我们总有一天会不小心把它点着,然后被烧死。"

"那可真是令人不快的旅行事故!"乔说。

"我们会一下子摔到地上吗?"肯尼迪问。

"一下子?不,不会那么夸张。气体会平稳地燃烧,我们会慢慢下降。类似的事故曾经发生在一位法国女飞行员布朗夏尔夫人身上。她在放烟火时不小心点燃了气球。但她并没有坠落。如果她的吊舱没有撞上一座烟囱,把她甩到地面的话,她可能也不会丧命。"

"希望这种事情别发生在我们身上。"猎人说道,"到目前为止,我觉得我们的旅程并不危险,看来没有什么事故能阻止我们到达目的地。"

"我也这么认为,亲爱的迪克。事故通常是飞行员不小心或设备本身的缺陷导致的。在成千上万次飞行中,致命的意外不足二十起。危险往往发生在起飞或着陆的时候,因此在这些关键时刻,我们必须特别小心,采取最谨慎的预防措施。"

"该吃早饭了。"乔说,"在肯尼迪先生有机会给我们弄来一块新的上好鹿肉之前,我们先将就着吃点罐头肉和咖啡吧。"

第二十章

从天而降的瓶子——无花果-棕榈树——巨树——战树——有翼之队——两个土著部落的战斗——大屠杀——神的干预

风越来越强,方向也变得毫无规律。气球被风吹得来回摇摆,时而被吹向北方,时而又被抛向南方,始终找不到稳定的气流。

"我们移动得非常快,但实际上没怎么往前走。"肯尼迪看着指南针上不停摆动的指针说道。

"气球的速度至少有三十英里每小时。俯身看看,这个地区的景色正从我们眼前飞速掠过!"博士说。

"看!那片森林看起来就像要朝我们扑过来!"

"森林看不到了,下面现在是一片空地!"另一位旅行者补充道。

"现在下面又变成村庄了!"过了一小会儿,乔继续说道,"看看那些人,脸上的表情多么惊讶!"

"哦!他们感到惊讶也是情理之中的。"博士说,"法国农民第一次看到气球时,还朝它开枪,以为是什么会飞的怪物。那么,类比一下,苏丹人感觉惊讶也太正常了!"

"确实!"乔说道,此时"维多利亚"号正低空飞行,离地面不足一百英尺,掠过一座村庄上空。"如果博士允许的话,我真想扔个空瓶子给他们。如果瓶子完好无损地落到他们手里,他们一定会崇拜它,如果瓶子碎了,他们就会把碎片做成护身符。"

话音刚落,乔便将瓶子投了出去,不出意外,瓶子碎成了无数片,那些人尖叫着逃进了他们圆形的小屋。

又往前飞了一段,肯尼迪喊道:"看那棵奇怪的树!上半部分是一种树,下半部分又是另一种树!"

"嘿!"乔说,"这里可真奇怪,树一层层地长。"

"那不过是棵无花果树的树干。"博士回答说,"树干上积了一层肥沃的泥土,有一天风把一棵棕榈树的种子吹到了上面,种子生根发芽,就像长在平地上一样。"

"要是用在园艺上一定很有创意。"乔说,"我要把这个想法带到英国去。这在伦敦的公园里一定会很受欢迎。更不用说,这种方法可以增加果树的种植密度。我们可以在空中建花园,那些小房子的主人一定会喜欢的!"

就在这时,他们不得不升高气球,以飞越一片高度超过三百英尺的树林——里面长着树龄很高的榕树。

"多么壮观的树啊!"肯尼迪惊叹道,"我从没见过这么壮观的景象,这些古老的森林真是美不胜收。看,博士!"

"这些榕树的高度的确令人惊叹,亲爱的迪克。然而,在新世界[①]里,它们并不算什么。"

"什么?难道还有更高的树吗?"

"当然了。在加利福尼亚有很多巨树,其中有一棵雪松高达四百五十英尺,高度超过英国议会大厦,甚至超过埃及的大金字塔。在地面附近,树干的周长足足有一百二十英尺,而年轮显示出它已

[①] 当时的欧洲人将美洲称为"新世界"。

有四千多岁了。"

"但是，先生，这也没什么了不起的！活了四千年，长得高些是理所应当的！"乔说道。

在博士和乔聊天的时候，森林已经消失，下面的景象变成了一片简陋的小屋，围绕着一块小小的空地。空地的中央孤零零地长着一棵树，乔一看到它便猛地叫了起来。

"天哪！如果这棵树四千年来都开着这种'花'，我一定要向它致敬。"他指着一棵巨大的西克莫无花果树说道，树干上挂满了人骨。

"食人族的战树!"博士说。

"毫无疑问,这些都是罪犯的尸体。根据阿比西尼亚的习俗,当地人把罪犯留给野兽作为猎物,野兽会用尖牙利爪杀死他们,然后慢慢享用。"

"这和绞刑一样残忍!"苏格兰人说,"而且更让人恶心!"

乔凭借自己敏锐的视力,不断观察着四周。他注意到,在地平线上,有一群猛禽在盘旋。

"是鹰!"肯尼迪透过望远镜侦察一番后喊道,"很厉害的鸟,它们飞得和我们的气球一样快。"

"愿上帝保佑我们免受它们的攻击!"博士说,"鹰比野兽或野蛮人部落更可怕。"

"哼!"猎人说道,"我放几枪就能把它们赶走。"

"不过,亲爱的迪克,这一次我宁愿不要依靠你的枪法,因为我们的气球是丝绸做的,无法抵抗它们锋利的喙。我相信这些大鸟会被我们的气球吓跑,而不是被它吸引过来。"

"是的!但我有个新主意——我总是有很多主意。"乔说,"如果我们能设法捕获一群活鹰,把它们拴在气球上,它们就能拉着我们在空中飞行!"

"确实有人严肃地考虑过这种方法。"博士回答说,"不过,我认为对于这种天性暴躁的动物来说,这个想法大概不可行。"

"哦!我们会驯服它们的。"乔说,"不需要马嚼子,而是蒙住它们的眼睛。在这样半盲的状态下,它们就会按照我们的意愿,向左走,向右走。如果完全看不到外面,它们就会停下来。"

"乔,我还是更愿意依赖顺风,而不是你的鹰群。不用花饲料的钱,也更可靠。"

"好吧,主人,您有您的选择,但我仍然保留我的想法。"

此时已是正午。"维多利亚"号已经以适中的速度飞行了一段时间。下方的景色开始缓慢流过,而不再是飞速闪过。

突然,几位旅行者听到了喊叫声和口哨声,他们俯身从吊舱边缘向下看去,发现下方开阔的平原上正上演着一幕惊心动魄的场景。

两个敌对部落正在激烈交战,空中满是飞驰的箭矢。交战双方全神贯注于杀戮,根本没有注意到气球。大约三百人陷入混战,大部分人浑身都沾满了伤者的血,看上去几乎是在血泊中打滚,场面惨不忍睹。

当他们终于注意到气球时,战斗暂时停顿了一下。但紧接着,他们就叫喊得更加响亮,一些箭射向了"维多利亚"号,其中一支飞过乔身边,离得很近,他伸手就抓住了箭。

"我们快升到射程之外!"博士喊道,"不能大意,我们不能冒任何风险!"

"多么可怕的场面啊!"肯尼迪的语气中带着深深的厌恶。

"真是一群野蛮的家伙啊!"乔补充道,"不过,如果他们穿上制服,看起来就和世界上其他地方的战士差不多!"

"我真想加入那场战斗。"猎人挥舞着步枪说道。

"不!不!"博士激烈地反对,"不,我们不要插手与我们无关的事情。你怎么知道哪一方是对的,哪一方是错的?你要扮演上帝的角色吗?我们最好赶紧离开这个令人恶心的地方。世上的那些伟大的领袖们,如果他们也能这样飘浮在空中俯瞰一下他们的'丰功伟绩',他们或许也会憎恶鲜血和征服。"

其中一方的酋长格外引人注目。他体型健壮,身材高大,拥有赫拉克勒斯[①]般的力量。他一只手握着长矛,刺入敌人密集的队伍中,另一只手挥舞着战斧,朝着人群大肆挥砍,无人能近身。突然,他投出手中沾满鲜血的长矛,冲向一名受伤的战士,狠狠地砍掉了

[①] 古希腊神话人物,死后成为大力神。在西方文化中是大力士的代名词。

他的胳膊。

"呃!"肯尼迪情不自禁地喊道,"这个残忍的野兽!我忍不住了!"刚说完,那个高大的野蛮人就被一发步枪子弹击中前额,重重摔倒在地。

首领突然遭遇不测,战士们看上去被惊得目瞪口呆。首领的突然死亡超出了他们的理解,让他们不由得感到敬畏,同时也让敌人重新燃起了勇气和激情,眨眼间,一半的士兵逃离了战场。

"来吧,我们升上去,找一股气流,带我们离开。我看够了这里。"博士说。

气球膨胀,越升越高。那群野蛮人追赶了几分钟,一边追一边发出狂欢一般的号叫声。但气球终于向南飘去,旅行者们渐渐远离了这可怕的景象,不用看到那些场面,也不用听到那些声音了。

现在,这片土地的地表景象变得丰富起来,出现了众多向东流淌的水流。这些水流无疑汇入了努巴湖或加泽尔河。对于这些河流,纪尧姆·勒让先生已经做出过非常详尽的描述。

夜幕降临,气球在北纬4度20分、东经27度的位置抛锚停泊,结束了这一天的旅程,在这一天,气球共航行了一百五十英里。

第二十一章

奇怪的声音——夜间袭击——肯尼迪和乔在树上——两声枪响——"救我！救我！"——用法语回应——早晨——传教士——营救计划

夜晚漆黑如墨，博士无法看清周围的地形。他将气球固定在一棵高耸的树上，透过昏暗的光线，他只能看到一团模模糊糊的树影。

按照惯例，博士负责守九点开始的岗，午夜时分，迪克接替了他。

"迪克，要时刻保持警惕！"博士在道晚安时叮嘱道。

"有什么新情况吗？"

"没有。但我隐约听到下面有声音，而且我也不知道风把我们吹到了哪里，所以再小心也不为过。"

"你听到的可能是野兽的叫声。"

"不！那些声音听起来不像是野兽。总之，一旦有任何风吹草动，千万不要忘了叫醒我们。"

"我会的，博士，安心休息吧。"

博士又仔细听了一两分钟，什么也没听到，便钻进毯子睡着了。

天空中布满了浓密的云层，但一丝风也没有。气球仅靠一个锚固定着，却没有丝毫晃动。

肯尼迪斜倚着身子，把胳膊肘靠在吊舱边上，这样能更清楚地观察汽缸的运作。他偶尔也会向外张望，看着深沉的夜色，焦躁的目光不时扫过地平线，心神不宁的人往往都会这样。有时候，肯尼迪觉得自己似乎看到了远处闪过模糊的亮光。

有那么一刻，他甚至觉得自己清晰地看到了亮光，距离不过两百步远。但亮光一闪而过，来得快去得也快，眨眼间就再也看不到了。毫无疑问，亮光只不过是人眼在极度的黑暗中产生的幻觉。

肯尼迪的紧张情绪逐渐消散，随后又陷入漫无边际的沉思中，这时，一声尖锐的哨声刺破了他的耳朵。

那是动物的叫声，夜鸟的啼鸣，还是人发出的声音？

肯尼迪完全清楚，现在正是紧要关头。他正要叫醒同伴们，但又转念一想，无论这声音来自人还是动物，都肯定离他们还相当远。于是他只是检查了一下武器是否状态良好，然后就拿起夜视望远镜，再次仔细观察四周。

不久，他隐约看到下方有些模糊的身影，似乎在无声地朝大树靠近。这时，一束月光透过层层乌云的缝隙，投向地面，犹如闪电划破黑夜。肯尼迪清楚地看到一群人影在暗夜中移动。

遭遇狗头狒狒的经历立刻浮现在肯尼迪的脑海，他把手搭在博士的肩膀上。

博士立刻醒了过来。

"嘘！"肯尼迪说，"我们小点声说话。"

"出了什么事吗？"

"是的，我们把乔叫醒吧。"

乔一醒过来，肯尼迪立刻将自己所见的情况告诉了他。

"又是那些该死的猴子！"

"或许是。但不管怎样，我们都必须保持警惕。"

"我和乔，"肯尼迪说，"会顺着梯子爬下树去。"

"同时,"博士补充道,"我会做好准备,以便我们在有危险时能迅速升空。"

"同意!"

"那我们下去吧!"乔说。

"除非万不得已,否则不要使用武器!在当地人面前暴露我们的存在太冒险了,而且毫无意义。"

迪克和乔点了点头表示赞同,然后悄无声息地沿着树干滑了下去,在树枝分杈处,也就是锚钩住的地方,他们稳稳地停了下来。

他们藏身于树叶中,一动不动,静静地听了片刻。不久,乔听到了什么东西摩擦树皮的声音,他紧张地抓住了肯尼迪的手。

"您听到了吗?"他低声问道。

"听到了,而且声音越来越近。"

"或许是一条蛇?您之前听到了嘶嘶声和口哨声——"

"不!声音听起来像是人发出来的。"

"我宁愿面对野蛮人,我实在是太害怕蛇了。"

"声音越来越大了。"片刻后,肯尼迪说。

"是的!有什么东西朝着我们过来了——在爬树!"

"你留心这一边,另一边我来负责。"

"没问题!"

此时,他们正身处一棵高大的猴面包树顶部的一根粗壮的枝干上,这里仿佛是一片微型森林的中心。茂密的树叶使黑夜更加阴暗莫测,不过乔还是俯过身来,贴近肯尼迪的耳朵,指着树下,低声说道:

"土著人!他们正在朝我们爬过来。"

两位朋友甚至能听到下方的人用压低的声音说出的只言片语。

乔一边说着话,一边轻轻地把步枪架到肩上。

"等等!"肯尼迪说。

有几个土著人已经爬上了猴面包树,他们正从四面八方爬上来,像爬行动物一样趴在树枝上,蠕动着前进。缓慢,但一刻不停。两人已经可以清晰地看到他们,他们涂在身上的装饰用油脂发出的恶臭也直冲两人的鼻孔。

不久后,肯尼迪和乔的视线中出现了两个脑袋,他们已经爬到了二人抓着的树枝上。

"预备!"肯尼迪喊道,"开火!"

两声震耳欲聋的枪响,如雷鸣般回荡,随之而来的是混合着愤怒与痛苦的叫喊声,转眼间,整个敌群消失在黑夜中。

然而，在这些呼喊声和号叫声中，突然传来一声奇怪且令人意外的呼救！这听上去似乎不可能，但确实有一个清晰的人声，用法语大声呼救——

"救我！救我！"

肯尼迪和乔惊讶得说不出话来，立刻回到了吊舱里面。

"你们听到了吗？"博士问他们。

"当然听到了，'救我！救我！'这声音来自一个落入这些野蛮人之手的法国人！"

"是个旅行者。"

"也许是个传教士。"

"可怜的人啊！"肯尼迪说道，"他们正要杀害他——又是一个殉道者！"

博士接着说话，他已经无法控制住自己的情绪。

"毫无疑问，"他说，"一位不幸的法国人落入了这些野蛮人手中。我们必须尽一切可能把他救出来，在此之前我们绝不能离开这里。当他听到我们的枪声时，他一定会把枪声当成意料之外的援助，是上帝的拯救。我们不能让他最后的希望破灭。你们同意吗？"

"是的，博士，我们愿意听从您的指挥。"

"那么，让我们一起商量一下，想出一个计划，明天一早我们就去救他。"

"但是，我们怎样才能赶走那些可恶的土著人呢？"肯尼迪问道。

"我的思路很清晰。他们一听到枪声就四散而逃，从这一点来看，他们完全不了解火器。因此，我们需要利用他们的恐惧心理。我们要等到天亮后再行动，然后根据具体情况来制订救援计划。"

"那个可怜的俘虏应该离得不远。"乔说道，"因为——"

"救我！救我！"那个声音再次响起，但已微弱得多。

"这些野蛮的家伙！"乔愤怒得浑身发抖，"万一他们今晚就杀了他呢？"

"你听到了吗，博士。"肯尼迪抓住博士的手继续说道，"万一他们今晚就杀了他呢？"

"我的朋友们，这不可能。这些野蛮部落通常会在大白天杀死俘虏，这个过程需要在阳光下进行。"

"那么，如果我现在利用夜色做掩护，悄悄溜下去救出那个可怜的家伙呢？"肯尼迪说道。

"我跟你一起去。"乔热切地说道。

"等等，我的朋友们——等等！你们有这个想法，这体现了你们的勇气和善良，但你们这样做会让我们所有人都陷入巨大的危险，对于你们想要帮助的那个不幸的人，也会造成更大的伤害。"

"为什么这么说？"肯尼迪问道，"这些野蛮人已经被吓跑了，分散开了。他们不会再回来了。"

"迪克，我求求你听我说。我是为了大家的利益着想。万一出了意外，土著人发现了你们，一切就都晚了。"

"但是，想想那个可怜的家伙，他正在那里渴盼着援助，在那里等待着，祈祷着，大声呼喊着。难道就没有人去救他吗？他一定会以为自己的感官欺骗了自己，以为自己听到的都是幻觉！"

"这一点我们可以让他放心。"弗格森博士说。他站起身来，双手拢成喇叭状，用法语大声喊道："无论你是谁，请鼓起勇气！有三个朋友在守护着你。"

作为回复，野蛮人发出了一阵恐怖的号叫——这无疑湮没了俘虏的回应。

"他们要杀了他！他们正在伤害他！"肯尼迪大喊，"我们的干预只会加速他的死亡，我们必须做点什么了！"

"但是，迪克，你要怎么做？黑得伸手不见五指，你要做什么？"

"哦，现在要是白天就好了！"乔叹息道。

169

"那么，假如现在是白天呢？"博士用一种奇特的语气说道。

"再简单不过了，博士。"肯尼迪说，"我会下到树下，用火药和子弹把这些野蛮的恶棍一网打尽！"

"那你呢，乔，你会怎么做？"

"我，主人？嗯，我可能会更谨慎地行动，比如告诉俘虏朝我们约定的某个方向逃跑。"

"那你怎么让他知道往哪边跑呢？"

"用我那天在空中抓到的这支箭。我会在箭上绑一张纸条，或者大声呼喊，告诉他您希望他做什么，因为这些人听不懂你们说的话！"

"我亲爱的朋友们，你们的计划行不通。最大的困难就是让这个可怜的人逃出来——即使他设法让看守放松了警惕，也很难逃跑。至于你，我亲爱的迪克，你确实勇敢果断，并且利用了他们对火器的恐惧，你的计划可能会成功，但是，万一失败了，你就会陷入危险，我们就要救两个人而不是一个人了。不！我们必须万无一失，采取其他计划。"

"但我们必须立刻行动！"猎人说道。

"也许我们确实可以立刻行动。"博士用很郑重的语气说道。

"怎么做，博士，您能把这样漆黑的夜晚照亮吗？"

"谁知道呢，乔？"

"啊！如果您能做到这一点，那您就是世界上最博学的人了！"

博士沉默了一会儿，他在思考。他的两个同伴满怀激动的心情看着他，他们被眼前的局面深深震撼。最后，弗格森继续说道：

"这是我的计划：我们带来的那些袋子还没有动过，所以我们还剩下两百磅压舱物。我想，这位囚犯很明显已经备受折磨、瘦弱不堪，假设他的体重和我们中的某个人差不多，那么，如果我们需要突然上升的话，还要扔掉六十磅压舱物。"

"你打算怎么控制气球呢?"肯尼迪问道。

"我的想法是这样的,迪克。你知道的,如果我能把囚犯拉上来,并扔掉与他体重相等的压舱物,那气球的平衡状态就没有改变。但如果我需要快速升空,逃离这些野蛮人,我就得使用比汽缸更强有力的方式。所以,在某些时刻,如果我扔掉一些多余的压舱物,气球肯定会迅速上升。"

"你说得很清楚。"

"是的。但有一个问题。在那之后,如果要下降,我必须按照比例,释放与扔掉的多余压舱物相同比例的氢气。是的,气体很珍贵。但是,当同胞的生命受到威胁时,我们就不能在这上面斤斤计较了。"

"您说得对,先生。我们必须尽一切可能去救他。"

"那么,我们就动手吧,把这些袋子都放在吊舱的边缘,这样可以一下子就把它们扔出去。"

"但是,这么黑怎么救人?"

"我们正好可以在黑暗中做好准备,等我们准备好,黑暗自然会消失。记得把所有武器放在手边,可能我们需要用到枪。我们需要为步枪准备一发子弹,两支火枪准备四发,两把左轮手枪各准备六发,总共十七发子弹,可以在十几秒内全部发射出去。但也许我们不必采取这种大张旗鼓的方式。你们准备好了吗?"

"我们准备好了。"乔回答道。

袋子已经按照要求放置在合适的位置,武器也已经整理得井井有条。

"很好!"博士说,"注意一切风吹草动。乔负责扔掉压舱物,迪克负责救走囚犯。但在我下令之前,什么都不要做。乔,去解开锚索,然后立刻回到吊舱里。"

乔顺着绳子滑了下去,不一会儿就回到了吊舱的位置。此时,气球已经松开，悬浮在空中，几乎一动不动。

与此同时，博士检查了混合罐，确保里面有足够的气体，必要时可以供给汽缸使用，这样短时间内就无须使用本生电池了。接着，他拿出了两根已经做好绝缘处理的导线，这些导线是用来分解水的。博士继续翻找着他的旅行包，拿出两块木炭，削尖它们的一端，然后将木炭固定在每根导线的末端。

他的两个朋友看着这一切，不知道博士到底在做什么，但他们保持着沉默。等博士做好了所有准备后，他在吊舱中站直身子，双手各握住一块木炭，把它们的尖端靠得很近。

突然，两块木炭的尖端之间迸射出一道强烈而耀眼的光芒，巨大的电光刺破了夜晚的黑暗。

"噢！"两位朋友情不自禁地惊叹。

"别出声！"博士警告道。

第二十二章

光束——传教士——电光中的营救——一位拉撒路会[1]神父——希望渺茫——博士的照顾——奉献的一生——飞越火山

弗格森博士操控着手中炽烈的电光,朝着四面八方发射,最终停在那个发出惊恐呼喊的地方。他的同伴急切地将目光集中在那个位置。

气球停泊在一棵猴面包树上,几乎一动不动。这棵树生长在一片小空地上,空地上分布着大约五十座低矮的圆锥形小屋,散布在芝麻田和甘蔗田之间,周围聚集着许多土著人。

在气球下方约一百英尺的地方,竖立着一根大木柱,也可能是一个树桩。柱子上绑着一个人——一个三十多岁、长发披肩的年轻人,他衣衫褴褛、骨瘦如柴、面色苍白、浑身是血、伤痕累累,头低垂在胸前,像极了耶稣被钉在十字架上的模样。

他头顶的头发被剃得短了些,虽然不太明显,但仍可以看出他曾受过剃发礼[2]。

---

[1] 拉撒路会,又称遣使会,由法国天主教神父圣文森特·德保罗于17世纪初期创立的宗教团体,专注于传教、教育和社会服务工作。

[2] 一种天主教仪式,剃掉头顶的头发,表示献身于信仰。目前天主教已基本不再采用该仪式。

"一位传教士!一位牧师!"乔喊道。

"可怜的人,不幸的人啊!"肯尼迪说道。

"我们必须救他,迪克!"博士回应道,"我们必须救他!"

土著们看到头顶的气球拖着闪光的尾巴,就好像一颗耀眼的巨大彗星。不难想到,他们心中一定充满了恐惧。听到土著们的喊叫声,囚犯抬起头,眼中闪烁着绝处逢生的希望之光。尽管还没有完全弄清楚发生了什么,他已经向这些突然出现的拯救者伸出了双手。

"他还活着!"弗格森喊道,"感谢上帝!这些野蛮人被吓得不轻,我们一定能把他救出来!朋友们,你们准备好了吗?"

"准备好了,博士,随时听候命令。"

"乔,关闭汽缸!"

乔迅速执行命令。一阵几乎察觉不到的微风把气球吹到囚犯头顶,同时,气球因气体冷却收缩,缓缓下降。气球在电光的伴随下飘浮了约十分钟,弗格森始终将那束耀眼的光束投射向人群,光束迅速移动,照亮了周围的角角落落。野蛮人在难以言喻的恐惧中逐渐消失,纷纷逃进了他们的茅草屋,木桩四周已经空无一人。气球上投射的光芒如同太阳般耀眼,穿透浓浓夜色,博士的计划有了显著效果。

吊舱离地面越来越近,但几个胆大包天的野蛮人意识到猎物即将逃脱,于是大声叫喊着跑了回来。肯尼迪拿起了步枪。然而,博士要求他不要开枪。

牧师跪在地上,已经没有力气站起来。他甚至没有被绑在木桩上,因为他太虚弱了,就算不做防范也无法逃走。就在吊舱即将接近地面时,强壮的苏格兰人放下步枪,抓住牧师的腰,将他拉进了吊舱。与此同时,乔扔掉了两百磅的压舱物。

博士原本期待气球能够迅速升空,但出乎意料的是,气球在上升了三到四英尺后突然停了下来,纹丝不动。

"什么拉住了我们?"他问道,语气中带着惊恐。

一些土著人朝他们跑来,发出凶猛的喊叫声。

"啊哈!"乔喊道,"有个该死的家伙在吊舱下面吊着呢!"

"迪克!迪克!"博士喊道,"水箱!"

肯尼迪立刻明白了朋友的意思,他拼尽全力抓起一个重约一百磅的水箱,猛地扔出了吊舱。气球的重量突然降低,一下子跃升了三百英尺,囚犯就这样在一片耀眼的光芒中逃离了土著部落,野蛮人发出了阵阵号叫。

"万岁!"博士的同伴们欢呼起来。

突然，气球又猛地向上蹿了一下，升到了一千英尺的高空。

"怎么回事？"肯尼迪惊呼道，他差点失去了平衡。

"哦！没什么，只是那个恶棍离开我们了！"博士平静地回答。

乔俯身望去，只见之前抓着吊舱的土著人在空中翻滚，双臂扑腾着，不一会儿便摔到地上成了肉泥。随后，博士断开了电线，一切又陷入深深的黑暗中。此时，已是凌晨一点。

那位昏迷了许久的法国人终于睁开了眼睛。

"你得救了！"这是博士对他说的第一句话。

"得救了！"他带着一丝苦笑，用英语回答，"从残酷的死亡中得救了！我的弟兄们，谢谢你们，但我的日子已经屈指可数了，甚至都没几个小时了,我活不长了。"

说完这番话,传教士因体力耗尽再次昏迷过去。

"他要死了!"肯尼迪说道。

"不,"博士俯身检查了他的情况后回答,"他只是非常虚弱。我们还是让他在遮阳篷下休息吧。"

他们小心翼翼地将这位满身伤痕、血迹斑斑、骨瘦如柴的可怜人放在毯子上。火焰和武器在他身上留下了二十多处可怕的伤口。博士拿出一条旧手帕,迅速将其撕成绷带,清洗干净伤口后将绷带缠在伤口上。他的动作迅捷而熟练,像一位经验丰富的外科医生。处理完伤口后,博士从药箱里取出一瓶提神药剂,滴了几滴到病人的嘴唇上。

传教士虚弱地握住博士温暖的手,气若游丝地说着:"谢谢你!谢谢你!"

博士明白,他必须让病人完全静养。于是,他合上遮阳篷的帘子,重新回到掌舵的位置,继续控制气球。

尽管新乘客增加了气球的重量,但扔掉的压舱物和水箱使气球减轻了一百八十磅,因此无须再加热气体就能保持悬空。天刚破晓时,一股微风轻轻将气球推向西北偏西的方向。博士走到遮阳篷下,观察了一会儿,病人仍在沉睡中。

"愿上帝保佑我们这位新同伴的生命!你觉得他有希望活下来吗?"苏格兰人问道。

"有希望的,迪克。但需要细心照料,这种纯净、清新的空气对他有益。"

"这个人受过多少苦啊!"乔感慨道,"他独自一人冒险深入那些野蛮部落,比我们做的事情都要勇敢!"

"这点毋庸置疑。"猎人表示赞同。

整整一天,博士不允许任何人打扰病人的睡眠。实际上,病人更像是陷入了长时间的昏迷,偶尔因疼痛而发出微弱的咕哝声,这让博士十分焦虑。

傍晚时分,气球在暮光中停了下来。夜里,肯尼迪和乔轮流照料病人,细致又耐心,而弗格森则负责守护大家的安全。

第二天早晨,气球略微向西移动了一点。黎明到来,世界清朗,万物生辉。病人终于能用稍微大一点的声音呼唤他的朋友们了。他们拉开遮阳篷的帘子,病人满怀喜悦地深吸了一口清新的晨风。

"你今天感觉怎么样?"博士问道。

"或许好一些了。"他回答说,"但我的朋友们,除了在梦中,我还没见过你们呢!实际上,我几乎记不清发生过什么了。你们是谁——这样我在临终祝祷的时候就不会忘记为你们祷告。"

"我们是来自英国的旅行者。"弗格森回答,"我们正试图乘坐气球穿越非洲。在途中,我们有幸救了你。"

"科学界出现了几位英雄。"传教士说道。

"宗教界也出现了殉道者!"苏格兰人回应道。

"你是传教士吗?"博士问道。

"我是拉撒路会的牧师。上帝把你们派到我身边——赞美上帝!我已经完成了我一生所奉献的事业!你们来自欧洲,给我讲讲欧洲最近的情况,尤其是法国!我已经五年没有收到任何消息了!"

"五年!独自一人!和这些野蛮人在一起!"肯尼迪惊讶地喊道。

"他们是等待救赎的灵魂!他们是无知且野蛮的弟兄,只有宗教才能教导他们,开化他们。"

弗格森博士应牧师的要求,详细地向他讲述了法国的近况,讲了很久。他听得津津有味,眼中泛起了泪光。他用那双因发烧而滚烫的手轮流握住肯尼迪和乔的手。博士为他准备了一些茶,他满意地喝了下去。喝完茶后,他恢复了一些力气,能够稍微坐起身来,看到自己在如此纯净的天空中航行，脸上露出了欣慰的笑容。

"你们真是勇敢的旅行者！"他说，"你们会在这次大胆的探险中获得成功。你们会再次见到你们的亲人、朋友和祖国——你们——"

就在这时，年轻的传教士已经虚弱到了极点，大家不得不再次将他放回床上。接下来的几个小时里，他一直昏迷不醒，在弗格森博士看来，他仿佛已经死去。博士无法掩饰自己的情感，因为他感到这条他一直在照料的生命正在悄然消逝。他们刚刚将他从痛苦死亡的边缘抢回来，难道这么快就又要失去他吗？博士再次为这位年轻殉道者清洗包扎了身上的可怕伤口，并且用掉全部的存水涂在他滚烫的四肢上，为他退烧。博士用最温柔、最周到的关怀照料着传教士，终于，这位病人在博士的怀抱中一点点苏醒过来，恢复了意识，尽管体力还没有恢复。

从断断续续的低语中，博士了解到了传教士的经历。

"用你的母语说吧。"他对这位正忍受痛苦的人说，"我能听懂，这样你也不至于太累。"

这位传教士来自莫尔比昂省布列塔尼地区的阿拉东村，出身贫寒。他在很年轻的时候就开始从事传教工作，但除了过着这种自我牺牲的生活，他还渴望冒险和挑战，于是他加入了圣文森特·德·保罗创立的拉撒路会。二十岁时，他离开了祖国，前往荒无人烟的非洲海岸。他从海岸出发，克服重重障碍，忍受着物资匮乏，一步步前行，边走边祈祷，最终深入到尼罗河上游支流沿岸的部落中。两年来，他的信仰被蔑视，他的热情没有得到认可，他的慈善行为被恶意曲解，他成了尼扬巴拉地区最残忍的一个部落的囚犯，遭受着各种虐待。但他仍然坚持教化、传道和祈祷。当地部落之间常年战斗，曾俘获他的部落在一次战斗中被击败，他们以为他死了，于是把他丢在原地，但他没有回头，而是继续他的传教使命。当他被当地人视为疯子时，反而是他最冷静的时刻。在这段时间里，他已熟练掌握了当地语言，并用土著语言传播福音。最后，在两年多的时间里，凭借着上帝赋予的非凡力量，他走遍了这些未开化的地区。过去一年来，他一直居住在被称为巴拉富里的尼亚姆-尼亚姆人部落中，这是所有部落中最野蛮、最残暴的一个。三位旅行者来到此地的时候，酋长刚刚去世几天，酋长的突然死亡被归咎于这位传教士，部落决定将他献祭。他已经遭受了四十个小时的折磨，正如博士所推测的那样，他本应在正午的烈日下被处死。当他听到火器的声音时，本能地喊道："救我！救我！"随即，他以为自己在做梦，因为似乎有个来自天空的声音说出了安慰的话语。

"我的生命即将逝去，但我已经了无遗憾。"他说，"我的生命属于上帝！"

"还有希望！"博士说，"我们就在你身边，我们会救你，就像我们把受尽折磨的你从木桩上救出来一样。"

"我不祈求上天给予我太多。"传教士平静地说，"上帝保佑我，在我死之前，能再一次握住你们友好的手，再次听到祖国的语言，我已感到无比幸福！"

传教士又变得虚弱起来，这一整天，旅行者们的情绪都在希望和担忧之间波动，肯尼迪深受感动，乔也不止一次地用手擦眼睛，生怕别人看见。

气球几乎没有前进，风似乎也不愿打扰气球上这位可敬的乘客。

傍晚时分，乔发现西方有一大片亮光。如果纬度更高，旅行者们可能会误以为这是极光爆发。天空仿佛燃烧起来。博士非常仔细地观察着这个现象。

"也许只是一座正在剧烈活动的火山。"他说。

"但风正把我们直接吹向它。"肯尼迪回应道。

"那好吧，我们就从安全的高度飞过去！"博士说。

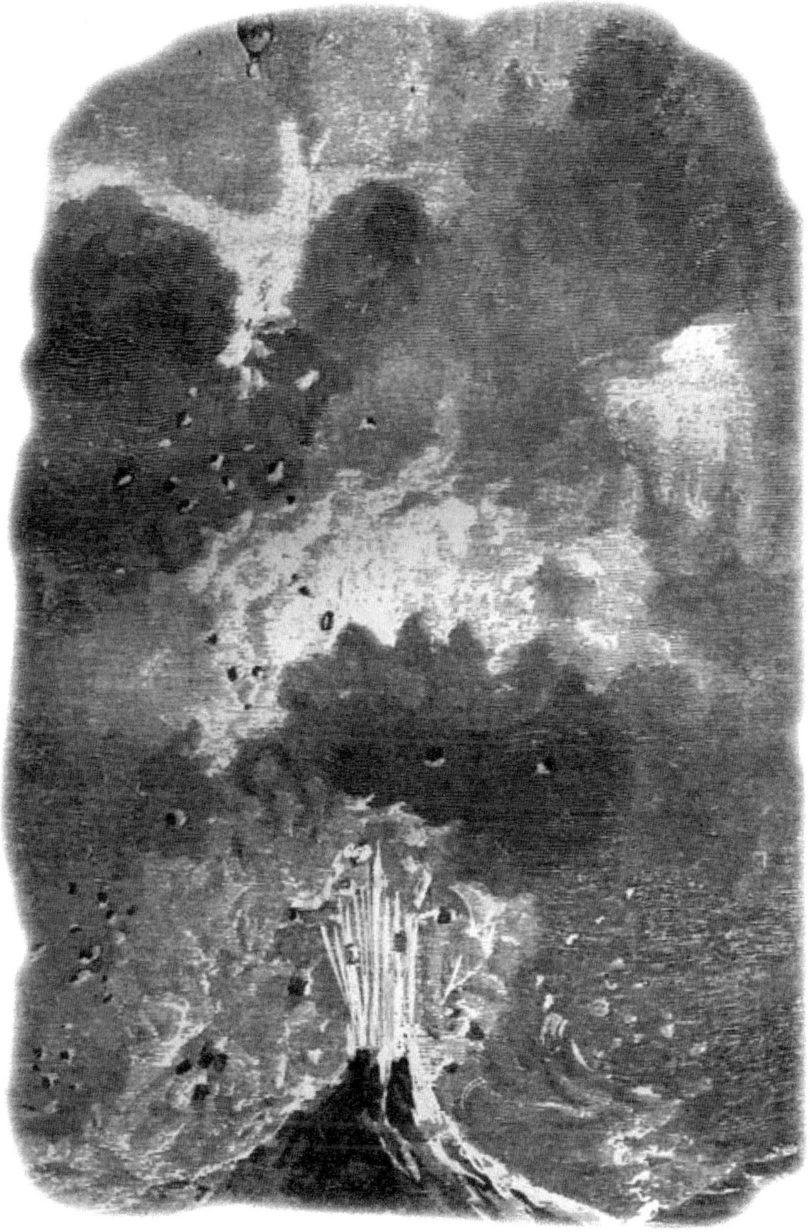

三个小时后,"维多利亚"号正好飞到群山中间。气球的确切位置是北纬4度42分,东经24度15分。气球正前方,岩浆的洪流正从火山口喷涌而出,巨石被抛向高空。火焰般的液体喷射向空中,在落下时形成耀眼的瀑布。这是一幅壮丽但又危险的景象,因为风不断地将气球推向炽热的气流。

这个障碍无法绕开,必须直接穿过去。博士立刻将汽缸调至最大功率,气球迅速升至六千英尺的高度,与火山保持着三百多英寻的距离。

生命垂危的传教士躺在病床上,正好能看到那座炽热的火山口,此刻正有成千上万道耀眼的火焰喷射而出。

"多么壮观啊!"他说,"即使在最可怕的景象中,也可以感受到上帝无穷无尽的力量!"

炽热的岩浆将山坡围上了一层火焰的帷幕。暮光中,气球的下半部分被映成了红色,一股炙热的空气涌入吊舱。弗格森博士用尽一切方式,以图尽快脱离这个危险的区域。

到了十点钟,从气球上望去,火山已经变成了地平线上的一个小红点,气球在低空中平静地继续它的航程。

第二十三章

乔的愤怒——一位好人的死——为死者守夜——贫瘠与干旱——葬礼——石英岩——乔的幻想——珍贵的压舱物——勘察金矿山脉——乔开始绝望

夜幕笼罩大地,四周静谧庄重,传教士静静躺在那里,陷入昏睡,生命的火焰正逐渐熄灭。

"他挺不过去了!"乔叹息道,"这个可怜的年轻人——还不到三十岁啊!"

"他会死在我们怀里的。他现在更加虚弱了,而我对此无能为力。"博士绝望地说。

"那些可恶的浑蛋!"乔咬牙切齿地喊道,他很少会发这么大的火,"想到这些,真让人生气,尽管这些野蛮人如此可憎,这位善良的人却依然同情他们,为他们开脱,原谅他们!"

"上天给了他一个美丽的夜晚,乔——也许是他在人世间的最后一个夜晚了!之后他就不会再受苦了,他的离世将如同沉睡一般,安详而平静。"

临终的传教士艰难地吐出几个字,博士立刻上前查看。他艰难地呼吸着,想要透透气。帷幔被完全拉开,夜空澄澈而美丽,他满心欢喜地深深呼吸着吹来的微风。星星向他洒下闪烁的光芒,月亮用皎洁的光华为他披上了一袭银色的丧服。

"我的朋友们,"他用虚弱的声音说道,"我就要走了。愿上帝保佑你们,引领你们抵达安全的港湾!愿上帝为我报答你们对我的恩惠!"

"还是有希望的。"肯尼迪回答道,"这只是暂时的虚弱,你不会死的。在这样美丽的夏夜,怎能有人死去呢?"

"死亡已经近在眼前。"传教士回答道,"我有预感的!让我直面死亡吧!死亡,不过是尘世烦恼的终结,却是永恒的开始。弟兄们,我恳请你们,让我跪下祈祷吧!"

肯尼迪将他扶起,痛心地看到他用虚弱的四肢强撑着身躯。

"我的上帝!我的上帝!"这位临终的信徒高喊,"请怜悯我吧!"

他的面容焕发光彩,仿佛已经不再属于那片未曾给他带来欢乐的尘世。月光和星光在这个夜晚向他洒下最柔和的光芒,他的灵魂升入天堂,仿佛圣母玛利亚蒙召升天[①]一般。他似乎已经活在新的生命中。

他最后的动作是向这群新认识的朋友们表达最深沉的祝福。然后,他倒在了肯尼迪的怀中,肯尼迪的脸上淌满了热泪。

"他死了!"博士低头检查后说道,"他死了!"三位朋友不约而同地一起跪下,默默地祈祷。

"明天,"博士继续说道,"我们将把他安葬在他用鲜血浇洒的非洲大地上。"

这一夜余下的时间,三位旅行者轮流守护着传教士的遗体,没有人开口说话,气氛寂静庄严。每个人都在默默垂泪。

[①] 天主教信仰认为耶稣的母亲玛利亚在结束今世生活之后,灵魂和肉身一同被升到天堂。

第二天，风从南方吹来，气球缓缓掠过一片连绵起伏的山地高原，在这里可以看到熄灭的火山口和荒凉的峡谷。荒凉的山峰上没有一滴水，破碎的岩石堆积如山，巨大的石块散落各处，夹杂着灰白色的白垩土。这一切都表明，这里寸草不生、荒芜死寂。

快到中午时，为了埋葬遗体，博士决定降落在一条峡谷里，这条峡谷遍布着形状粗犷的玄武岩。周围的山峰会为气球提供掩护，也使得博士能够将吊舱降落，因为周围没有一棵树可以用来固定吊舱。

然而，正如博士曾向肯尼迪解释过的那样，如果不释放掉与营救传教士时丢弃的压舱物等量的气体，他是无法降落的。因此，博士打开了气球外面的阀门，氢气逸出，"维多利亚"号缓缓降落到峡谷中。

吊舱一触地，博士立刻关闭了阀门。乔跳了出来，一只手抓着吊舱的边缘，另一只手捡起石块，直到石块的重量和他自己的体重相等。这样，他就能用双手来捡石头了。不久，乔便将五百多磅重的石块堆进了吊舱，博士和肯尼迪也随后走出了吊舱。就这样，"维多利亚"号达到了平衡状态，气球的浮力无法让它起飞。

周围的情况吸引了博士的注意力，这片土地上到处都是石英和斑岩。

"真是个奇特的发现！"博士心中暗想。

与此同时，肯尼迪和乔已经走开了几步，正在寻找一个合适的位置安葬死者。峡谷里的空气异常炎热，仿佛一个密闭的熔炉，正午的阳光直射下来。

首先要做的是清理掉地面上的岩石碎片，然后挖一个足够深的墓穴，以防野兽将尸体挖出来。

传教士饱受摧残的遗体被庄重地安置在墓穴中。泥土覆盖在他的遗体上，随后再堆起大量的岩石盖在上面，一座简陋的坟墓就这样造好了。

然而，博士却一动不动，陷入了沉思。他甚至没有理会同伴的呼唤，也没有和他们一起回去躲避白天的酷热。

"博士，你在想什么呢？"肯尼迪问道。

"我在想一个奇特的大自然现象，一个神奇的巧合。你知道吗，那位自我牺牲、信仰虔诚的人，刚刚被埋葬在了什么样的地方？"

"不知道！你的话是什么意思，博士？"

"那位发誓永远过清贫生活的牧师，现在正安息在一座金矿里！"

"金矿！"肯尼迪和乔异口同声地喊道。

"是的，金矿。"博士平静地说，"你们脚下踩着的这些石块，看似一文不值，实际上却含有纯度极高的金矿砂。"

"不可能！不可能！"乔反复说道。

"你们只要在那些像石板一样的页岩缝隙里稍微找找，就能发现价值不菲的金子。"

乔立刻像疯了一样冲向那些散落的岩石碎片，肯尼迪也紧随其后。

"冷静点，乔。"他的主人说道。

"哎呀，博士，这话您说得倒是轻松。"

"怎么！像你这样有骨气的哲学家——"

"啊，主人，这种情况下，什么哲学都不管用了！"

"来来来，让我们稍微思考一下。这些财富对你有什么好处呢？我们可没法带着它们一起走。"

"我们真的没法带着它们一起走吗？"

"对我们的吊舱来说，它们太重了！我甚至犹豫过要不要告诉你金矿的事情，因为我就知道你会因此感到遗憾！"

"什么！"乔仍然不甘心，"放弃这些宝藏——这可是我们的财富啊！真真切切属于我们的财富——就这样留在这里？"

"当心点，我的朋友！你难道要被黄金的诱惑所左右吗？你刚刚埋葬的那位死者，难道没有让你明白世事皆空的道理吗？"

"您说得都对，"乔回答道，"但这是黄金啊！肯尼迪先生，成堆成堆的黄金，您不愿意来帮忙一起收集一点吗？"

"我们要它们有什么用呢，乔？"猎人说道，无法掩饰自己的笑意，"我们可不是来这里寻找财富的，而且我们也没法把这些财富带回家。"

"要知道，这些黄金很重。"博士继续说道，"不太容易放进口袋里。"

"但是，至少，"乔仍在做最后的努力，"我们能不能用这些矿石代替沙袋，作为压舱物呢？"

"好主意！我同意。"博士说，"不过，当我们需要扔掉这些价值数千枚金币的矿石时，你的表情可别太难看。"

"数千枚金币！"乔重复道，"这些矿石里真的含有这么多黄金吗？每一块都有？"

"是的，我的朋友，这里是大自然的宝库，数百年来不断积累的财富！这里的黄金足以让一个国家富裕起来！简直就像在荒野中藏着一个澳大利亚和一个加利福尼亚！"①

"但这些金子就放在这里，没法带走，毫无用处！"

"也许吧！不过，无论如何，我还是会尽量给你一些安慰。"

"可没办法安慰我！"乔带着懊悔的神情说道。

"听着，我会准确记录下这个地方的方位，然后告诉你，这样你回到英国后，就可以告诉我们的同胞，如果你觉得这些黄金能为他们带来幸福，那就让他们来分享吧。"

"啊！主人，还是算了。我明白了，您是对的，确实没什么办法了。让我们把珍贵的矿石尽量装一些在吊舱里面，旅行结束时，剩下的矿石就是我们的收获。"

说完，乔就开始行动。他干得热火朝天，迅速收集了一千多磅的石英石，这些石英里包裹着黄金，像被坚硬的水晶匣子紧紧封存着。

博士微笑着看着他。在乔忙碌时，博士也记录下了这个地点的坐标。传教士的坟墓位于北纬4度55分，东经22度23分。

博士最后看了一眼那个隆起的小土丘。可怜的法国人就安息在那里。随即，博士便回到吊舱中。

---

① 澳大利亚和美国的加利福尼亚都有储量丰富的金矿，在19世纪引发了淘金潮。

他本想在坟墓上竖起一个简单的十字架,让它在非洲的荒原上孤独伫立。然而,目光所及之处,博士并未看到一棵树木。

"上帝会认出它的!"肯尼迪说。

然而,一种新的焦虑悄然涌上博士的心头。他愿意用眼前的大量黄金来换取一点水——因为在之前,那个土著人抓住吊舱时,为了升空,他们不得不将水箱丢下了气球。但在这片干旱的土地上,他们几乎不可能找到水源。这个念头让博士心神不宁。他必须不断给汽缸加水。存水已经不够满足同伴们解渴的需求了。因此,博士决定不能错过任何补充水源的机会。

回到吊舱后,博士看到吊舱里已经堆满了乔贪婪收集的石英块。尽管如此,他还是什么都没说。肯尼迪坐在了平时的位置,乔也跟着上来了,但在回到吊舱之前,他忍不住又用贪婪的眼神看了一眼山谷里的宝藏。

博士点燃了汽缸中的火焰,螺旋管开始升温。几分钟后,博士打开氢气流,气体开始膨胀,但气球却纹丝不动。

乔不安地注视着这一切,但保持沉默。

"乔!"博士说。

乔没有回答。

"乔!你没听见我说话吗?"

乔做了个手势表示他听见了,但他仍然装作没懂博士的意思。

"请你帮帮忙,把石英块扔掉一些!"

"但是,博士,您允许我——"

"我只是允许你用石英替换掉压舱物,仅此而已!"

"但是——"

"你想永远待在这片沙漠里面?"

乔绝望地看了肯尼迪一眼,但猎人摆出一副无能为力的样子。

"嗯?乔?"

"看来您的汽缸不管用。"这个固执的家伙说道。

"我的汽缸?它已经烧起来了,你看到了。但如果你不扔掉一些压舱物,气球就没办法升空。"

乔挠了挠头,捡起一块最小的石英,反复掂量,在手中抛来抛去。这块石英大约有三四磅重。最终,他把石英块丢了出去。

但气球纹丝不动。

"哼!"他说,"我们还是没升起来。"

"还不够呢。"博士说,"继续扔。"

肯尼迪笑出了声。乔又扔出了大约十磅的石英,但气球仍然纹丝不动。

乔的脸色开始微微发白。

"可怜的家伙!"博士说,"肯尼迪先生,如果我计算没错的话,我们三个人加起来大约重四百磅。所以你至少得扔掉四百磅的东西,因为这些东西是为了弥补我们的重量而加进来的。"

"扔掉四百磅!"乔可怜巴巴地说。

"还得再多扔一些,否则我们升不起来。来,勇敢点,乔!"

乔深吸了几口气,终于开始减轻气球的重量。但是,他还是会时不时停下来,问道:

"我们上升了吗?"

"没,还没呢。"总是一成不变的回答。

"气球动了!"他终于说出了这句话。

"继续扔!"博士回复道。

"气球上升了,我确定!"

"继续扔吧。"肯尼迪说。

于是,乔又捡起一块石英,绝望地把它从吊舱里扔出去。气球上升了大约一百英尺,在汽缸的帮助下,很快就超过了周围的山峰。

"现在,乔。"博士继续说道,"你还剩下一大笔财富。如果我们能把这些矿石带到旅行结束，你下半辈子就衣食无忧了！"

乔没有回答，只是舒舒服服地躺在他的石英堆上，显得雍容华贵。

"看，亲爱的迪克！"博士继续说道，"看看这种金属，对世界上最聪明的年轻人有多大的吸引力！如果世人知道有这样一座矿藏，会激发多少激情、贪婪和犯罪！想到这里，真是令人难过！"

傍晚时分，气球已经向西飞行了九十英里，此时它和桑给巴尔之间的直线距离已有一千四百英里。

第二十四章

> 风停了——接近沙漠——水储备方面的失误——赤道之夜——弗格森博士的忧虑——直截了当说明情况——肯尼迪和乔的积极回应——又过了一夜

大地上生长着一棵树,经过长期干旱,几乎已经完全枯萎。他们用铁锚钩住树干,度过了一个宁静的夜晚。旅行者们急需休息,他们终于可以享受这一晚的安宁。这一天的经历在他们心中留下了悲伤的印记。

快到黎明时,天空重新变得晴朗,热浪席卷而来。气球升上天空,经过几次失败的尝试后,终于找到了一股虽然不强烈但朝着西北方向吹拂的气流。

"我们进展太慢了。"博士说,"如果我没记错的话,我们用十天就完成了接近一半的路程,但按现在的速度,可能要用几个月才能走完剩下的路。更令人担忧的是,我们正面临着缺水的危机。"

"但我们总会找到水的。"乔说,"这片土地如此宽广,总不可能一条河流、一条小溪或者一座池塘都找不到。"

"希望如此。"

"现在,你不会觉得是乔那些石头拖了我们的后腿吧?"

肯尼迪这么问,只是为了逗一逗乔。刚才有那么一刻,他也产生了和这个可怜小伙子一样的发财幻觉,所以更想调侃一下这件事情。不过,肯尼迪很快就意识到自己不可能带走什么财富,于是又恢复了理智的旁观态度,把这件事付诸一笑,抛在脑后。

乔悲伤地看了肯尼迪一眼。但博士没有回答。或许他在不无忧虑地想着广袤无垠的撒哈拉沙漠。有时候,穿越撒哈拉沙漠的商旅整整几个星期都遇不到一处水源。博士被这些念头深深困扰,仔细地审视着地面每一处可能是水源的凹陷。

这些忧虑的情绪和最近发生的事件对三位旅行者产生了显著的影响。他们变得沉默寡言,花更长时间沉浸在自己的思绪中。

尽管乔是个聪明的小伙子,但自从看到那片黄金的海洋后,他就不再是以前的那个他了。他始终保持沉默,长时间凝视着吊舱里堆放的那些石块——这些石块现在一文不值,但将来却可能价值连城。

除此之外,非洲这片区域的景象也足以让人心生恐惧:四周被沙漠环绕,广袤无垠,再也看不到一个村庄——连几间小屋的聚集地也消失得无影无踪。植被越来越稀少,眼前只能勉强看到一些矮小的植物,和苏格兰荒野上的植物相似。接下来,便是一片灰白色的沙地和覆盖着砾石的地带,零星长着一些乳香和荆棘。在这片荒芜中,突兀而尖锐的岩石山脊屹立着,仿佛是地球最原始的面貌。这些景色都显示出这一地区极端干燥、极端贫瘠,搅得弗格森博士心绪不宁。

似乎没有商队敢挑战这片广袤的沙漠,否则至少应该能找到一些扎营的痕迹,或者是人和动物的白骨。但什么也看不到。旅行者们能够感觉到,不久之后就会有一片浩瀚的沙海,彻底覆盖这片荒凉的区域。

然而,已没有回头路可走,他们必须继续前进。事实上,博士也不再有更高的追求,他甚至希望来一场暴风雨,把他们带离这片地区。但是天空中连一片云彩都没有。一天的旅程结束,气球仅仅飞行了三十英里。

要是水不那么紧张就好了!但是一共只剩下三加仑①的水!博士留出一加仑,用于在高达九十华氏度②的酷热高温中解渴,在这种温度下,水是必需品。如此一来,就只剩下两加仑的水可以用于汽缸。这两加仑水最多能产生四百八十立方英尺的气体,而汽缸每小

---

① 约为 13.5 升。——原注
② 50 摄氏度。——原注

时消耗约九立方英尺的气体。所以，他们最多还能维持五十四个小时——数学不会骗人！

"五十四小时！"博士对同伴们说道，"因此，我决定不在夜间旅行，以免错过任何溪流或水池，我们只有三天半的时间来寻找水源，无论如何都要找到。我认为你们需要了解到真实的情况，因为我只保留了一加仑水供饮用，我们必须严格按定量来分配水。"

"那就严格定量吧，博士。"肯尼迪回应道，"但我们不能绝望。我们还有三天时间，是吧？"

"是的，亲爱的迪克！"

"好吧，愁眉苦脸也没有用，三天足够我们决定该怎么做了，在这段时间内，我们需要加倍警惕，不要放过水源。"

晚餐时，三人饮用的潘趣酒中，加的水是严格限量的，而白兰地的量则有所增加。但他们必须小心控制烈酒的饮用量，因为烈酒不会解渴，反而可能加剧口渴。

夜晚，吊舱停在一片广阔的高原上，中央有一道深谷，其底部的海拔仅比海平面高八百英尺。这让博士产生了一丝希望，因为这让他想起了一些地理学家的推测——非洲中心可能藏有一片大水域。然而，即使这样的湖泊真的存在，问题的关键依然在于他们必须到达那里，而宁静的天空中看不到一丝气流的迹象。

静谧的夜晚和璀璨的繁星已经退去，凝滞的白昼和炽热的烈日正要到来。从黎明时刻起，气温就变得酷热难耐。凌晨五点，博士下达了启程的指令，但气球在似乎已经凝固的大气中停留了好长一段时间，纹丝不动。

博士本可以让气球升得更高，躲避这难耐的酷热，但这需要消耗大量的水，现在根本无法承受。因此，他只能将气球保持在离地面一百英尺的高度，在这个高度有一股微弱的气流将气球推向西方地平线。

早餐只有一点肉干和干肉饼。直到中午,"维多利亚"号只前进了几英里。

"没办法更快了。"博士说,"我们现在无法掌控气球——只能顺从天意。"

"啊!博士,这正是那种需要螺旋桨推进的时候!"

"确实如此,迪克,前提是螺旋桨运转不消耗水,否则情况还是一样。而且,到目前为止,还没有发明适用于热气球的螺旋桨。现在,气球技术和蒸汽机发明前的船舶差不多。人类花了六千年的时间发明适用于船舶的螺旋桨和螺杆,要发明气球能用的螺旋桨,恐怕还需要更长的时间。"

"真热啊!"乔一边说着,一边擦去额头上流下的汗水。

"如果我们不缺水,这酷热反而对我们有利,因为它会使气球中的氢气膨胀,减少螺旋管所需的水量。不过话说回来,如果我们不缺乏宝贵的水,也就不必节省了。啊!那个可恶的野蛮人,他害我们丢了水箱!"

"博士,你不后悔当初的决定吧?"

"不,迪克。既然我们有能力把那位不幸的传教士从死亡中拯救出来,我就不后悔。但我们之前扔下去的那一百磅水现在确实非常有用。一百磅水能让我们多走十二三天,或者至少能撑到我们穿越这片沙漠。"

"我们走完一半的路了,是吧?"乔问道。

"从距离上来说,是的。但从时间上看,要是风不帮忙,那不到一半。而且,风甚至有完全停下来的趋势。"

"先生,听我说。"乔又说,"我们不能继续抱怨了。到目前为止,我们进展得还算顺利,无论遭遇什么,我都不会绝望。我们会找到水的,记住这句话,我很有信心。"

然而,地势渐渐变低,金矿山脉的起伏逐渐消失在平原中,仿

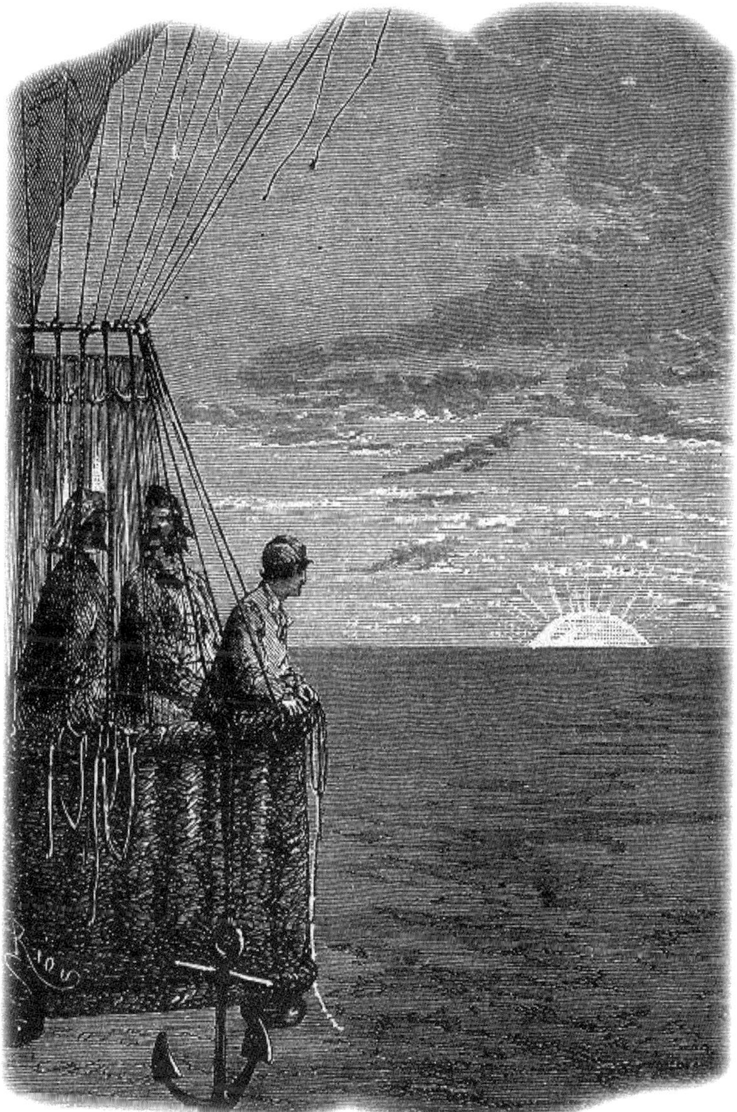

佛大自然已经精疲力竭，正在做最后的挣扎。稀疏的草丛取代了东方茂密的树木，只有几条半枯萎的草带还在艰难抗衡着沙子的侵袭。远处山顶滚落下来的巨大岩石，在跌落的过程中被砸得粉碎，锋利的碎石四散各处。这些碎石很快又变成粗大的沙砾，最后化作难以看清的尘埃。

"看，这里就是非洲，和你想象的一样，乔！我之前说'等着瞧'，没错吧？嗯？"

"好吧，主人，这只不过是大自然而已，至少——酷热和沙土都很自然。在这样的地方，期待别的什么东西才是愚蠢的。"他笑着补充道，"就我个人而言，我不太相信您说的，这里有森林和草原。那太不切实际了。我们跑这么远，难道是为了看到和英格兰一样的风景吗？这是我第一次亲身感受到，确实，这里就是非洲。我并不后悔亲身体验这一切。"

傍晚时分，博士估算出，气球在这炎热的一天中只前进了二十英里。笔直的地平线没有任何起伏，太阳刚刚沉下去，闷热和昏暗便笼罩了一切。

第二天是5月1日，星期四，每一天的境况都在绝望而单调地重复着。每一个清晨都像前一天一样，正午的阳光依旧无情地倾泻而下，夜晚则将散发的热量凝聚在黑暗中，而这些热量又会在接下来的白天再次传递给下一个夜晚。风现在几乎无法察觉，与其说是微风，不如说是喘息，而连这微弱的喘息也开始停滞，清晨渐渐到来了。

博士尽力抵抗着这种情形所带来的压抑气氛，他仍保持着那种久经考验的心灵特有的冷静和沉着。他用望远镜仔细观察着地平线的每一个角落，看到最后一块起伏的地形也渐渐与死寂的平原融合，最后的植被消失了，眼前只剩下广袤无垠的沙漠。

沉重的责任压在他的肩上，但他没有让自己内心的不安表现出来。迪克和乔是他的朋友，他几乎完全是凭借友情和责任的力量才说服他们与自己同行。他这样做对吗？这是不是在冒险触碰某个禁区？在这次旅行中，他是不是在试图跨越不可逾越的边界？难道全能的上帝真希望把这片荒凉贫瘠的大陆留给后人去探索和了解？

就像每个人在沮丧时会经历的那样，这些想法在弗格森博士的脑海中挥之不去，纷繁交织，产生了种种难以抑制的遐想，已经很难用逻辑和理智来解释。他现在意识到，自己不应该再继续胡思乱想，接下来最重要的问题是他应该做什么。是否还可以回头？是否有高空气流可以将他们吹向不那么干旱的地区？他对已经走过的地方了如指掌，但对于接下来要去往何方却一无所知。无论是出于良心还是出于自己的意愿，他都决定要和他的两个同伴坦诚地谈一谈。于是，他将目前的处境坦率地摆在了两个同伴面前，告诉了他们自己已经做了什么，还有什么要做。在最糟糕的情况下，他们可以返回，或者至少可以尝试返回。对于这种选择，他们有什么看法？

"除了完全赞同我出色的主人，我没有别的意见。"乔说道，"他能承受的艰苦，我也能承受，甚至比他更能承受。他去哪儿，我就去哪儿！"

"那你呢，肯尼迪？"

"我啊，博士，我可不是个容易绝望的人。没有人比我更清楚这次旅程的风险，但从你决定勇敢面对的那一刻起，我就不再担心这些了。就目前的情况而言，我认为我们应该坚持下去——一直到最后。而且，在我看来，往回走和继续前行一样危险。所以，前进吧！你要相信我们！"

"谢谢你们，我勇敢的朋友们！"博士真诚地回应，"我早就预料到你们会这么忠诚，但我依然需要听到这些鼓励的话。嗯，我还是要再次从心底里感谢你们！"

说完，三位朋友紧紧握住了彼此的手。

"现在，听我说！"博士说，"根据我对太阳的观察，我们离几内亚湾不超过三百英里。沙漠不可能无穷无尽，因为海岸附近有人居住，而且也有人探索过离海岸一定距离的内陆地区。如果有需要，我们可以把航线指向那个方向，肯定会遇到一些绿洲或水井来补充水源。但是，现在我们最需要的是风。如果没有风，我们就会这样在空中悬停，一动不动。"

"我们还是耐心地等待吧。"猎人说道。

然而，在这漫长又令人厌倦的一天里，每个人都轮流观察四周，但什么也没有发现。没有任何东西能给旅行者们带来希望，甚至连地面上的最后一丝起伏也随着夕阳西下变得模糊不清。余晖斜照，在广阔平坦的地表映射出一道道火红的线条，这就是沙漠！

就像前一天一样，几位旅行者仅仅前进了十五英里。他们消耗了一百三十五立方英尺的气体用于汽缸，而剩下的八品脱[①]水中，他们不得不用掉两品脱来缓解极度的干渴。

夜晚安静地过去了——不如说，安静得过了分。但博士一夜未眠。

---

① 1 品脱等于 0.5683 升。

第二十五章

一点哲学思考——地平线上的云——身陷雾中——奇怪的气球——"维多利亚"号的镜像——棕榈树——商队的踪迹——沙漠中央的井

次日,天空依旧明朗,空气依然停滞。气球已经升至五百英尺,但几乎没有向西移动多少。

"我们正置身于茫茫沙漠之中。"博士说,"看看那片广袤的沙地!多么奇特的景象!大自然的造化真是令人叹为观止!为什么在同一纬度,沐浴着同样的阳光,其他地方的植被如此茂盛,而这里却如此干旱?"

"我不太关心'为什么'。"肯尼迪回答道,"相比原因,我更关心眼前的事实。事实就是这样,这才是关键!"

"哦,迪克,稍微做一点哲学思考也不错,没有坏处。"

"既然你愿意,那我们就聊聊哲学吧,反正我们有的是时间。我们几乎没在动,风似乎已经不吹了,它就像睡着了一样。"

"不会一直这样的。"乔插话道,"我觉得东边有些云团。"

"乔说得对!"博士看了一眼后说道。

"太好了!"肯尼迪说,"现在我们想要的云来了,带着一场好雨,还有一股清新的风,正扑面而来!"

"好,迪克,我们拭目以待!"

"但今天是星期五,主人,我害怕星期五[①]!"

"我希望你今天能忘掉这些迷信念头。"

"我也希望如此,主人。呼!"他边说边擦着脸,"热一点也挺好的,尤其是在冬天,但夏天太热了就不好了。"

"你不担心炙热的阳光会把我们的气球烤坏吗?"肯尼迪问博士。

"不会的!橡胶涂层能抵抗比这更高的温度。我用螺旋管加热的时候,有时能让内部温度达到一百五十八华氏度[②],但涂层看起来并没有受损。"

"一朵云!一朵真正的云!"这时,乔大喊起来,他敏锐的视力胜过任何望远镜。

确实如此,可以清晰地看到一团厚厚的蒸汽云团正缓缓从地平线上升起。它看起来颜色很深,仿佛正在膨胀。实际上,它是由许多小云团聚集而成的。这些小云团始终保持着它们原来的形状,博士由此推断,在这团聚集而成的云中并没有气流。

这团紧密的云团大约在早上八点出现,到十一点时,它已经升到了太阳的高度。接着,太阳完全被厚重的云层遮蔽,而云层的下缘也升高到地平线之上,地平线附近重新露出了灿烂的阳光。

"这只是片孤立的云。"博士说道,"不能太指望它。"

"看,迪克,它的形状和我们今天早上看到时一模一样!"

"那么,博士,看来不会有雨,也不会刮风,至少对我们来说是这样的!"

"我担心确实是这样,云层一直位于很高的地方。"

[①] 欧洲人认为星期五不吉利,因为据传耶稣死于星期五。
[②] 大约70摄氏度。——原注

"好吧,博士,既然这片云不肯向我们靠拢,我们为什么不能去追它呢?"

"我想,这么做帮助不大,只会白白消耗气体,也就是白白消耗水资源,并且没有太大益处。但考虑到我们现在的处境,我们已经不能放过任何尝试的机会了,因此,我们上升吧!"

说完,博士点燃了汽缸中的火焰,氢气瞬间被加热,迅速膨胀,气球立刻升高。

在离地面大约一千五百英尺的高空,气球进入了那片不透明的云团中,仿佛进入了一片悬挂在空中的浓雾。然而,气球并没有感受到丝毫风力。这片雾似乎不带湿气，甚至裸露在雾气中的物品都没有任何湿润的迹象。气球完全被水汽包裹，速度或许稍有增加，但也仅此而已。

博士意识到，自己的努力几乎没有成果，心中不免有些沮丧。正当他又陷入沉思时，乔突然用极为惊讶的语气喊道：

"啊！真是太奇怪了！"

"怎么了，乔？"

"博士！肯尼迪先生！这里有件奇怪的事！"

"到底怎么了？"

"这里不只有我们！有一伙小偷！他们偷走了我们的发明！"

"他疯了吗？"肯尼迪问道。

乔站在那里，一动不动，满脸惊愕。

"难道酷热的阳光真的把这个可怜家伙的脑袋晒坏了？"博士转头看着乔说。

"你能不能和我讲讲——"

"看！"乔指着空中的一个方向说道。

"圣詹姆士啊！"肯尼迪也叫了起来，"天哪，谁会相信呢？看，快看！博士！"

"我看到了！"博士平静地说。

"另一个气球！还有像我们一样的乘客！"

确实，离他们大约两百英尺远的地方，另一个气球正飘浮在空中，带着吊舱和它的乘客们。它正沿着与"维多利亚"号完全相同的路线飞行。

"好吧，"博士说，"我们也做不了别的事情，只能发信号。肯尼迪，拿起国旗，向他们挥一挥我们的国旗。"

另一个气球上的旅行者似乎在同一时刻也产生了同样的想法，因为同样的旗帜以同样的方式精确地重复了完全相同的致意动作。

"他们这是什么意思？"肯尼迪问道。

"他们是猴子，"乔说，"在模仿我们。"

"这意味着，"博士笑着说，"是你，迪克，自己在给自己打信号。换句话说，我们在另一个气球里看到的人就是我们自己，那个气球不是别的，正是'维多利亚'号。"

"您这话说的，主人，尽管我很尊重您。"乔说，"但您休想让我相信。"

"爬到吊舱边上去，乔，然后挥挥手臂，你就会明白了。"

乔照做了，他的所有动作立刻就被精确地重复了一遍。

"这只是海市蜃楼。"博士说，"只是海市蜃楼而已——一种简单的光学现象，因为大气中不同层的气体对光的折射程度不一样而产生的现象，仅此而已。"

"真是太神奇了。"虽然这么说，乔还是难以让自己相信这个解释，仍然不停地挥动着手臂。

"多么奇特的景象啊！"肯尼迪说，"你知道吗，从旁观者的角度看我们的气球，真是一种享受！它真是美极了，不是吗？它飞行时的姿态多么庄严啊！"

"随您怎么解释。"乔继续说道，"但无论如何，这个现象真是太奇怪了！"

但不久之后，这片景象渐渐消失。云层升得更高了，博士没有继续试图跟随云层，大约一个小时后，云就消失在广阔的天空中。

在之前就几乎感觉不到的风，此刻似乎还在继续减弱。博士对这股风彻底失去了希望，于是开始操控气球降低。刚才的插曲让三位旅行者暂时从焦虑中解脱出来，但不久之后，他们又陷入了阴郁的沉思中，灼热的阳光晒得他们大汗淋漓。

大约四点钟时，乔发现在一片广阔的沙地中似乎藏着什么东西，很快，他就很确定地说，在不远处有两棵棕榈树。

"棕榈树!"弗格森喊道,"那么,这里一定有泉水——一口井!"

他拿起望远镜,满意地证实了乔并没有看错。

"终于!"他一遍又一遍地重复着,"水!水!我们得救了。虽然我们移动得很慢,但我们毕竟在动,最后总会到达的!"

"太好了,主人!但我们现在能不能喝上满满一大口水呢?这空气太闷热了!"

"赶紧喝吧,孩子!"

没人需要客气。一品脱的水被一饮而尽,气球上现在只剩下三品脱半的存水。

"啊!真痛快!"乔说,"这水太棒了!巴克利和珀金斯酒厂[①]酿的啤酒都比不上!"

"看到限量供应的好处了吧!"博士感慨道。

"其实也没那么夸张。"肯尼迪反驳道,"我宁可再也享受不到喝水的乐趣,也希望永远不要被剥夺随意喝水的自由。"

六点钟时,气球飘过那两棵棕榈树上空。

两棵枯萎、矮小、干瘪的棕榈树,如同两棵棕榈树的幽灵。它们没有树叶,看起来毫无生机。弗格森惊恐地盯着它们。

在棕榈树下,可以看到风化的石头围起来的一眼泉水,但这些石头在烈日的炙烤下已经变得粉碎,现在只剩下似乎一碰就会散去的尘埃。这里已经没有一滴水的痕迹。博士心里一紧,正打算告诉同伴们他心中的想法,忽然,他们的叫喊声吸引了他的注意。向东望去,目之所及,只见一条白骨组成的长线延伸开来。泉水周围也散落着骸骨碎片。显然,一支商队曾来到这里,一路上留下的白骨标记着他们的行进路线。身体比较虚弱的人一个接一个地倒在沙地

---

① 巴克利和珀金斯酒厂是位于英国伦敦的知名酒厂,至今仍在运营。

上，强壮的人终于到达了他们渴望的泉水边，却惨死在那里。

三位旅行者面面相觑，脸色苍白。

"我们别降落！"肯尼迪说，"我们快离开这可怕的地方！这里一滴水都没有！"

"不，迪克，在其他地方过夜未必比这里更好。我们应该把这里调查清楚，这里曾有过泉水，也许井里还剩一点水！"

"维多利亚"号降落在地面上。乔和肯尼迪往吊舱里装了与他们体重相等的沙子，然后跳了出来。他们急忙跑到井边，顺着已化作尘土的台阶深入井内。这眼泉水似乎已经干涸多年。他们挖到的沙子炽热滚烫，如同粉末，而且相当干燥。这里一丝潮湿的痕迹都没有！

博士看着他们爬了上来，满身大汗，疲惫不堪，身上覆盖着细细的尘土，看上去筋疲力尽，神情沮丧又绝望。

博士立刻明白了，他们什么都没有找到。他本就预料到了这一点。博士一句话也没有说，因为他觉得，从现在开始，他必须有足够的勇气和精力，带领大家坚持下去。

乔带上来一些皮制水瓶的碎片，这些碎片因年代久远而变得坚硬，好像牛角做的一样，他愤怒地将这些碎片扔在商队留下的白骨中。

晚餐时，三人一句话都没有说，食欲全无。但是，到目前为止，他们其实还没有真正经历过干渴的煎熬，只是对迷茫的未来感到绝望。

第二十六章

一百一十三度——博士的沉思——绝望的搜寻——汽缸熄灭了——一百二十二度——凝视沙漠——夜间徒步——孤独——虚弱——乔的计划——他再给自己一天时间

前一天,气球的前进距离不到十英里,而且,为了让气球一直飘在空中,他们就已经消耗了一百六十二立方英尺的气体。

星期六早上,博士再次发出了启程的信号。

"汽缸最多只能再工作六个小时了。如果在这段时间内,我们还找不到水井或泉水,天知道接下来会怎样?"

"今天早上风不大,主人。"乔说,"但也许等会儿会起风。"他忽然注意到了博士难以掩饰的沮丧情绪,补充了一句。

这希望太渺茫了!大气层一片死寂——就像热带海洋中让船只一动不动的死水。天气热得难以忍受,即便在遮阳篷下的阴凉处,温度计显示气温仍然高达一百一十三华氏度[①]。

乔和肯尼迪肩并肩地躺在吊舱内,虽然无法入睡,但他们还是尽力让自己处于麻木迟钝的状态,试图忘却当前的困境,因为这种什么都做不了的情况让他们倍感煎熬。他们没办法通过实际行动或

---

① 45 摄氏度。——原注

者辛勤劳作来让自己忘记忧愁，这真是太可怜了！但现在确实没有事情能做，没有办法能尝试，他们只能被迫接受一切情况，却没有任何方法改变现状。

口渴的痛苦开始难以忍受。白兰地不仅不能缓解他们对水的迫切需求，而且让他们更加干渴，这充分证明了非洲本地人将白兰地称为"虎奶"是多么恰当。水只剩下两品脱了，而且还是热的。每个人都注视着那一点珍贵的水，却没人敢用它来滋润双唇。在沙漠中心，只剩下两品脱的水！

此时，弗格森博士开始陷入深思，反思自己是否太过鲁莽。他是不是应该留下那些已经被分解变成燃料的水，以支撑他们在高空中生存？确实，他们前进了一小段距离，但是他们距离目的地真的更近了吗？这里一点水都没有，就算后退六十英里又能怎么样呢？如果起风了，无论风朝哪边吹，他们在什么地方都会感受到相同的风，如果吹的是东风，他们这里风可能还更小一些。但是，希望仍然催促他继续前行。不过，两加仑的水白白消耗掉了，这些水本来足以支撑他们在沙漠里停留九天的。九天可能发生多少变化啊！或许，他们应该留下水，扔掉压舱物来升空，代价只不过是再次降落的时候放掉一些气体而已。但是，气球里的气体就是他的血液，他的生命啊！

千般思绪在他的脑海中接连不断地盘旋着。他用双手撑着头，坐在那里，几个小时一动不动。

"我们必须再做最后一次努力。"上午十点钟，他终于开口，"我们必须再尝试一次，找到一股气流，带我们离开这里。为此，我们必须冒险，尽力用完最后的资源。"

于是，当乔和肯尼迪还在睡觉时，博士开始加热气球中的氢气。随着气体膨胀，巨大的气球迎着直直照下来的阳光缓缓上升。从一百英尺到五英里的高度，博士一直在徒劳地搜寻着气流，但是一丝风都没有。气球一直停在出发点正上方，死寂的空气几乎支配了整个大气层。

最终，用来分解生成气体的水耗尽了，汽缸因为缺乏气体而不再燃烧，本生电池也停止了工作。气球开始收缩，缓缓降落在沙地上，正好落在了起飞之前吊舱压出的浅坑里。

已经是中午时分，根据对太阳的观测，三人正处在北纬6度51分，东经19度35分，距离乍得湖大约五百英里，距离非洲西海岸四百多英里。

气球着陆时，肯尼迪和乔从昏昏沉沉的状态中醒来。

"我们停下来了。"苏格兰人说。

"我们只能停下来了。"博士沉重地回应道。

两位同伴理解了博士话中的意思。这里的地面和海平面正好持平，因此气球处在完美的平衡状态，一动不动。

三人用等量的沙子替代自己的体重，走出吊舱。每个人都沉浸在自己的思绪中。几个小时内没有人开口说话。乔准备了晚餐，只有饼干和干肉饼。但大家几乎没动。他们每人从少得可怜的存水中喝了一小口滚烫的水，便结束了这顿沉闷的晚餐。

那一夜，没有人守夜，但实际上他们都未曾真正入睡。第二天，只剩下半品脱水，博士将它收好，三人都下定决心，除非万不得已，绝不会再动用这点水。

但没过多久，乔就大声喊道：

"我喘不过气了，天气越来越热了！当然了，这也不奇怪。"他一边看了看温度计一边说，"一百四十华氏度[①]！"

"沙子烫得我难受，"猎人说，"就像刚从火炉里拿出来的一样。天上一片云也没有，天气简直像烧着了一样，简直要把人逼疯了！"

[①] 60摄氏度。——原注

"不要绝望。"博士回应,"在这个纬度上,如此酷热之后总是会有暴风雨,而且暴风雨会和闪电一样突如其来。尽管现在天空一片晴朗,毫无希望,但不出一个小时,大气层可能就会有巨大变化的。"

"但是,"肯尼迪问,"有什么迹象表明会这样吗?"

"这个嘛,"博士回答说,"我觉得气压计示数似乎有轻微下降。"

"愿上帝垂听你的话,塞缪尔!我们现在就像断了翅膀的鸟,彻底被困在这里。"

"不过,亲爱的迪克,有一点不同,我们的翅膀没有受伤,我希望我们还能用它飞起来。"

"啊!风!风!"乔大喊道,"只要来一股够大的风,能把我们带到一条小溪或者一口水井旁边,我们就没事了。我们有足够的食物,只要有水,我们就能舒舒服服地活一个月,但是口渴真是让人太难受了!"

除了口渴之外,沙漠中一成不变的景象对精神也是一种折磨。没有任何地形变化,没有沙丘,没有卵石,没有任何能让人放松一下眼睛的东西。一望无际的空旷让人心生空虚,还会让人得上一种叫作"沙漠病"的疾病。单调的蓝天和无垠的黄沙不断让人心生恐惧。天气炎热,热浪蒸腾,空气仿佛在炙热的炉火上微微颤动,而当人们凝视着这无边的死寂时,内心总会涌起一阵绝望,感觉这样的景象似乎会持续到永远,因为广袤无垠就是永恒的一种体现。

最终,我们这些不幸的旅人在酷热中因为缺水开始产生精神错乱的症状。他们的双眼在眼眶中肿胀,目光也开始变得迷离。

夜幕降临,博士决定通过快速行走来抵抗这种令人担忧的趋势。他打算在沙地上走上几个小时,不是为了寻找什么,只是为了运动一下。

"跟我一起走!"他对他的同伴说,"相信我,这会对你们有好处的。"

"想都别想!"肯尼迪说,"我一步都走不动了。"

"我的话,"乔说,"宁可睡上一觉!"

"可是,睡觉甚至小憩对你们来说都很危险,我的朋友们。你们必须做点什么克服昏睡的欲望。跟我来吧!"

但博士无法强迫他们改变主意,于是他独自一人出发,走进了星光璀璨的夜色。刚开始的几步十分艰难,因为他已经很久没有走动,身体虚弱。但很快,他就意识到了走一走对他是有好处的,于是继续朝西走了好几英里。一旦开始快步走动，博士就感觉精神振奋了许多。然而，一阵眩晕突然袭来，他感到自己仿佛站在深渊边缘，膝盖开始发软。无边无际的孤寂让他心中充满恐惧，他感觉自己仿佛就是一个数学意义上的点，身处无限大的圆周的正中心，实在是微不足道！气球已经完全消失在了越发浓重的黑暗之中。弗格森博士，这位冷静、理智、无畏的探险家，终于感到一种难以名状的恐惧。他试图原路返回，但徒劳无功。他大声呼喊，却连回声都听不见。他的声音在无边的旷野中消散，就像一颗石子投入了无底的深渊。接着，他晕倒在沙地上，孤零零地躺在那片永远寂静的沙漠中。

午夜时分,博士渐渐醒来,发现自己躺在忠实随从乔的怀抱中。由于主人长时间未归,乔心生不安,于是出发去找他。凭借弗格森在沙地上留下的脚印,乔轻松地找到了他,发现他正躺在沙地上昏迷不醒。

"先生,出了什么事?"乔首先问道。

"没事,乔,没事!只是有点虚弱,仅此而已。现在已经没事了。"

"噢!肯定不会有事的,先生,我很确定。但您试试看能不能站起来。来!靠在我身上,我们回气球那里去。"

于是,乔搀着博士的胳膊,沿着来时的路线返回出发点。

"先生,您太冒险了。不能这样冒险,您可能会被人抢劫的。"他笑着补充道,"但先生,我们现在来认真谈一谈吧。"

"说吧!我在听。"

"我们必须下决心做点什么了,我们现在的处境最多再能撑几天,如果没有风,我们就完了。"

博士没有回应。

"那么,为了我们大家的利益,我们之中必须有一人做出牺牲,而由我来承担这一责任,这是最自然不过的事情了。"

"你有什么想法?有计划吗?"

"很简单!我带上足够的食物,一直走,直到我找到某个合适的地方。总有一天我会找到的。如果在这期间,上天给你们送来合适的风,不必等我,直接出发就行。至于我,如果我找到了某个村庄,就用你们写在纸上的几句阿拉伯语来应付一下,这样我就可以带人来帮助你们,否则我就不会再回来了。您觉得我的计划怎么样?"

"乔,这太蠢了。不过,这计划倒是符合你高尚的心灵。我们不可能实施这种计划,你不能离开我们。"

"但是,先生,我们必须做些什么,而这个计划对你们无害。

因为，我再说一遍，你们不需要等我。而且，毕竟，我可能会成功的。"

"不，乔，不！我们不能分开。这只会给现在的麻烦再增加一份悲痛。我们应该顺其自然，而且，有可能很快就会出现转机的。那么，就让我们耐心等待吧。"

"好吧，主人。但我得告诉您，给你们一天时间，之后我就不再等了。今天是星期天，或者应该说是星期一，因为现在已经是凌晨一点了。如果我们星期二还无法出发，我就会冒险离开。我已经决定了！"

博士没有回答。几分钟后，他们回到了吊舱。博士在肯尼迪身边躺下，肯尼迪躺在那里，一声不吭，但是这也无法说明肯尼迪真的睡着了。

第二十七章

酷热难耐——幻觉——最后几滴水——绝望的夜晚——自杀未遂——西蒙风[①]——绿洲——雄狮与母狮

第二天一早,博士做的第一件事情就是检查气压计,但他几乎看不出水银柱有什么下降。

"什么都没有!"他喃喃自语,"什么都没有!"

博士走出吊舱,仔细观察着天气。还是同样的酷热,同样万里无云的天空,同样残酷无情的干旱。

"难道我们真的是毫无希望了吗?"他痛苦地喊道。

乔没有开口。他沉浸在自己的思绪中,盘算着之前提议的探险计划。

肯尼迪站起身来,感觉身体很不舒服,精神也像是陷入了神经质一般的烦躁之中。他渴得要命,舌头和嘴唇肿胀,几乎说不出话来。

还剩下几滴水。三个人都知道这一点,每个人都心里想着那些水,感到无比渴望。但是他们谁都没朝着水迈出一步。

虽然这三个人是朋友与同伴,但此刻他们用疲惫不堪的目光互

[①] 西蒙风,又称萨姆风,是一种极端干热的小规模旋风,通常出现在阿拉伯半岛和撒哈拉沙漠地区。

相凝视,对那些水流露出一种原始的野性渴求。尤其是在那位强壮的苏格兰人身上,这种欲望表现得最为明显。他身材健壮,因此最先屈服于这种不自然的折磨。

整整一天,他都处于精神崩溃的边缘,走来走去,发出嘶哑的叫声,咬着紧握的拳头,甚至想割开血管,喝下自己滚烫的血液。

"啊!"他喊道,"这片干旱的土地!你应该叫'绝望之地'!"

最后,他在极度虚弱中瘫倒在地,朋友们只能听见他干裂肿胀的双唇间传来的喘息声。

傍晚时分,乔也开始精神错乱。广阔的沙地在他眼中变成了一片巨大的池塘,里面充满了清澈的水。他不止一次冲向灼热的荒地,想要大喝一顿,但每次爬起来时,嘴里却满是滚烫的沙尘。

"见鬼去吧!"他在疯狂中大喊,"都是些咸水!"

当弗格森和肯尼迪躺在地上,一动不动时,乔再也无法抗拒喝掉最后几滴水的强烈渴望。这种来自本能的冲动太过强烈。他跪在地上,拖着身子朝吊舱爬去。他瞪大眼睛看着那个装着珍贵液体的瓶子,投去狂热且渴望的目光,抓起那珍贵的储备,举到嘴边。

就在这时,他听到身边传来一声撕心裂肺的呼喊——"水!水!"

是肯尼迪,他爬到了乔的身边,跪下乞求着,凄惨地流着泪。

乔自己也在流泪,他把瓶子递给了这个可怜的人,肯尼迪狼吞虎咽地喝掉了最后一滴水。

"谢谢!"他嘶哑地低声说道,但乔没有听到,因为他们两个都已经昏倒在了沙地上。

他们两个并不清楚那个可怕的夜晚究竟发生了什么。但第二天清晨,日光倾泻而下,在一片酷热中,这两个不幸的人开始感觉自己的四肢仿佛在被炙烤。乔试图站起来,却发现自己根本做不到。

他环顾四周。博士坐在吊舱里,整个人几乎垮掉了。他双臂交叉，抱在胸前，目光呆滞地盯着空中某个他想象出来的点。肯尼迪的样子更令人害怕，他像笼中的野兽一样，不停地左右摇晃着脑袋。

突然，他的目光落在了步枪的枪托上，枪托从吊舱边缘露了出来。

"啊！"他大吼一声，用尽自己非凡的力量站了起来。

他绝望而疯狂地抓起武器，把枪口对准了自己的嘴。

"肯尼迪！"乔大喊着扑倒在朋友身上。

"放开！别碰我！"苏格兰人用嘶哑而刺耳的声音呻吟着——两人为了争夺步枪扭打在一起。

"放开，不然我杀了你！"肯尼迪重复说。

但乔反而加紧了手中的力道，他俩就这样挣扎着缠斗在一起，足足有一分钟。博士似乎没有看到他们一般。突然，步枪走火了。听到枪声，博士如同幽灵般站了起来，四下张望。

但突然间，他的目光有了生气。他用手指着地平线，用仿佛不属于人类的声音尖叫着：

"那边！那边——就在那边！"

他的叫声充满了震撼人心的力量，以至于肯尼迪和乔都停止了争斗，朝着博士指的方向看去。

平原就像被愤怒的暴风雨撼动的海面一样颤抖着，沙子组成的浪花在尘土之云中翻滚，令人眼花缭乱。一根巨大的沙柱以惊人的速度从东南方向朝他们旋转而来，太阳消失在一片阴暗的云层后，这片云层很快就推进到了"维多利亚"号附近。细小的沙粒像是水珠一样在空中轻盈地飞舞，滚滚黄沙组成的浪潮每一刻更为汹涌。

弗格森的眼神闪烁着充满活力的希望之光。

"是西蒙风！"他喊道。

"西蒙风！"乔重复道，尽管他并不清楚这个词是什么意思。

"这样反而更好！"肯尼迪绝望地苦笑着说，"这样更好——我们反正都要死了！"

"这样更好！"博士重复道，"因为我们可以活下去了！"说着，他开始迅速清理吊舱里面的沙子。

最终，他的同伴们明白了他的意思，纷纷站到他的身边，守在自己的岗位上。

"现在，乔。"博士说，"扔掉大约五十磅的矿石，快！"

虽然心中略有一丝不舍，乔的动作却一点也没犹豫。气球立刻开始上升。

"真是千钧一发！"博士说。

西蒙风如同雷霆般席卷而来，如果再晚片刻，气球就会被撕成碎片、彻底摧毁。可怕的龙卷风马上就要追上他们，被风暴席卷而来的沙子已经如同冰雹一样猛烈地打在气球上。

"再扔掉些压舱物！"博士大喊。

"扔了！"乔一边说，一边扔出一块巨大的石英碎片。

此时此刻，"维多利亚"号迅速升空，飞到了旋转的沙柱上方，气球被剧烈扰动的大气所裹挟，以难以估量的速度被带离了这片翻腾的沙海。

三位旅行者一言不发。他们凝视着前方，心中充满希望，即便是暴风雨的气息都让他们感觉精神一振。

大约三点钟时，龙卷风终于停息。沙子回落到沙漠中，形成无数小沙丘，天空恢复了往日的宁静。

气球失去了动力，飘浮在一片绿洲上空。这片绿洲如同镶嵌着绿树的小岛，点缀在沙海之上。

"水！我们在那里能找到水！"博士说。

于是，他立刻打开气球上方的阀门，放出了一些氢气。气球缓缓下降，在离绿洲边缘大约两百步远的地方着陆。

短短四个小时，他们已经飞越了两百四十英里的距离！

三人迅速固定好吊舱，肯尼迪首先跳了出来，乔紧随其后。

"带上你们的枪！"博士喊道，"带上枪，小心点儿！"

迪克抓起他的步枪，乔则拿起一支猎枪。他们迅速朝树林跑去，消失在那片清新的绿意中，翠绿的颜色仿佛预示着涌动的泉水。他们匆匆前行，没有注意到潮湿的泥土上偶尔会出现一些巨大的脚印，还有生物刚刚留下的痕迹。

突然，从不到二十步远的地方传来一声沉闷的咆哮。

"是狮子的咆哮！"乔说。

"太好了！"激动的猎人说道，"我们会打败它。面临战斗时，一个人才会感到自己很强大。"

"但是，肯尼迪先生，要小心！要小心！所有人的生命都取决于你一个人。"

然而，肯尼迪根本没有听进去，他眼中闪烁着光芒，手持步枪，勇敢无畏地向前走去。在一棵棕榈树下，一只巨大的黑鬃狮伏着身子，随时准备扑向它的对手。它刚刚注意到猎人，便猛地跃起，但还未等它落地，一颗子弹已经穿透它的心脏。狮子重重地摔在地上，死了。

"万岁！万岁！"乔兴奋地大喊。

肯尼迪冲向水井，顺着湿滑的台阶滑下，然后四肢摊开趴在了一股清泉旁，将干渴的嘴唇浸入水里。乔也紧随其后，接下来的几分钟里，四周一片寂静，只有他们喝水时发出的声音。他们喝水的样子更像是疯狂的野兽，而不是人类。

"小心点儿，肯尼迪先生。"乔终于开口说话，"我们别喝得太过了！"他喘着粗气。

但肯尼迪一言不发，继续喝着水。他甚至把双手浸入甘甜的泉水中，之后把头也伸进去——他尽情享受着这份清凉。

"但博士呢？"乔说，"我们的朋友弗格森博士呢？"

这句话让肯尼迪回过神来，他迅速灌满随身携带的水壶，然后沿着台阶跑了上去。

然而，他看到一个巨大而沉重的身影堵住了通道，不禁吃了一惊。乔紧跟在肯尼迪身后，也和他一起后退了几步。

"我们被堵住了——被困住了！"

"不可能！这是什么意思？"

还没等迪克解释，一声可怕的咆哮再次传来，乔瞬间意识到他们对面的敌人究竟是什么。

"另一只狮子！"乔喊道。

"更准确地说,是一只母狮。"肯尼迪说,"啊!多么凶猛的野兽!"他补充道,"我很快就会解决掉你!"说着,他迅速装填好了步枪的弹药。

说时迟那时快,肯尼迪扣动了扳机,但那只母狮已经消失了。

"继续前进!"肯尼迪喊道。

"不!"乔打断他的话,"那一枪并没有打死它。如果打死了,尸体会从台阶上滚下来。它现在就在上面,准备扑向第一个出去的人,谁先出去,谁就必死无疑!"

"那我们该怎么办?我们必须离开这里,博士还在等我们。"

"让我们骗一下那只动物。您拿着我的猎枪,把您的步枪给我。"

"你打算干什么?"

"一会儿您就知道了。"

乔脱下自己的亚麻夹克,把它挂在步枪的枪头上,然后举过台阶的顶端。母狮立刻猛扑了上来。肯尼迪正时刻提防着它,一枪打中了它的肩膀。母狮发出一声恐怖的哀号,从台阶上滚了下来,把乔撞倒了。可怜的乔似乎已经能感觉到那只猛兽的巨爪正在撕裂他的肉。就在这时,狭窄的过道里又响起了一声枪响,弗格森博士出现在井口,手里拿着手枪,枪口还在冒烟。

乔一跃而起,爬过母狮的尸体,把瓶子递给他的主人,瓶子里的泉水似乎在发光。

弗格森把瓶子举到嘴边,一口气就喝掉大半。三位旅行者向上帝致以衷心的感谢,感谢上帝让他们奇迹般地获救。

第二十八章

> 一个愉快的夜晚——乔的烹饪表演——关于生肉的讨论——詹姆斯·布鲁斯的叙述——露营——乔的梦想——气压计开始下降——气压计再次上升——出发前的准备——暴风雨

这是一个美妙的夜晚。三位朋友在含羞树下享受着凉爽的树荫，此前，他们刚刚享用了一顿丰盛的晚餐，尽情地饮用着茶水和潘趣酒。

肯尼迪仔细探索了这片小绿洲的每个角落。他搜遍了所有的灌木丛，确认除了三位乘气球而来的旅者外，这片人间天堂再无其他生灵。于是，他们躺在毯子上，度过了一个宁静的夜晚，将过去的苦难抛诸脑后。

第二天，5月7日，阳光明媚，但依然无法穿透茂密的棕榈叶。考虑到他们的储备食物充足，博士决定留在原地，等待合适的风向。

乔把他的便携炊具搬到了绿洲，开始尽情地尝试烹饪美食，奢侈地用水，毫不吝啬。

"昨天还是地狱，今天就是天堂，真奇妙啊！"肯尼迪感慨道，"匮乏之后是如此的奢侈，渴求之后又是如此的享受！啊！简直让我要发疯！"

"亲爱的迪克,"博士回答道,"要不是有乔在,你今天就不可能坐在这里,感慨人生无常了。"

"我的知心好友啊!"肯尼迪一边说,一边向乔伸出手去。

"没必要这么客气,"乔答道,"不过,也许有一天,您也会救我一命,肯尼迪先生,尽管我希望您永远不必为我做同样的事!"

"我们的天性太脆弱了,困难虽然不多,但我们却无法承受了。"弗格森博士像哲学家一样感慨。

"'不多'的东西应该是水才对,博士。"乔插嘴,"水对生命来说可是无比重要的。"

"毫无疑问，没有食物的人能比没有水的人坚持得更久。"

"我同意。而且，在迫不得已的时候，人能吃下任何东西，甚至是同类，尽管那肯定不容易消化。"

"野蛮人可不介意这些！"肯尼迪说。

"没错，但他们是野蛮人，习惯了吃生肉。就我个人而言，我觉得那太恶心了。"

"确实恶心，"博士说，"这是事实，真的，太恶心了，以至于没有人相信最早去非洲的旅行者带回的故事。他们说非洲的许多部落靠生肉为生，而大众根本不愿相信这些话。正是在这种情况下，詹姆斯·布鲁斯有一段很奇特的经历。"

"讲给我们听听吧，博士，我们有的是时间。"乔一边说，一边惬意地躺在凉爽的青草地上。

"我很愿意讲讲。詹姆斯·布鲁斯是苏格兰斯特灵郡人。1768年到1772年，他穿越了整个阿比西尼亚，一直走到达佳亚那湖，寻找尼罗河的源头。后来他回到了英国，但直到1790年才公开发表他的游记。他的叙述遭遇了极大的质疑，我们自己将来也可能遭遇同样的情况。阿比西尼亚的风俗和英国截然不同，以至于没有人愿意相信布鲁斯的描述。布鲁斯在游记中提到，东非的部落以生肉为食，这遭到了所有读者的反对。他们说布鲁斯可以随意编造故事，反正也没有人能过去亲眼看看！有一天，在爱丁堡的一间客厅里，一位苏格兰绅士当着布鲁斯的面谈起了这个话题，因为这个话题成了人们开玩笑的素材。谈到吃生肉的事时，这位绅士说这种事根本不可能发生，也绝对不是真的。布鲁斯没有反驳，而是走了出去，几分钟后回来，手里拿着一块按照非洲风格用胡椒和盐调味的生牛排。

"'先生，'他对那位苏格兰人说，'您怀疑我的话，这可是对我极大的侮辱。您认为这种事不可能发生，那就大错特错了。为了证明这一点，您现在必须吃下这块生牛排，否则您得给我一个满意的答复!'苏格兰绅士对这位强壮的旅行者心存畏惧,虽然吃到脸都扭曲了,但还是把生牛排吞了下去。詹姆斯·布鲁斯冷静地补充说:'先生,即使您觉得吃生牛排这事不是真的,您至少不能再说它不可能了。'"

"干得漂亮!"乔喊道,"如果那个苏格兰人觉得胃不舒服,那也是他自找的。如果我们回到英国后,有人敢怀疑我们的旅行经历——"

"那么,乔,你会怎么做呢?"

"哼,我会让那些怀疑的人把气球的碎片吞下去,连盐和胡椒都不加!"

乔古怪的想法让大家捧腹大笑,就这样,这一天在愉快的交谈中结束了。随着体力的恢复,希望也重新燃起,随之而来的是去行动、去冒险的勇气。过去的阴影迅速远去,对未来的憧憬则取而代之。

乔希望永远留在这个迷人的庇护所。这里仿佛是他梦中的王国,让他觉得自己如同回到了家一般。他的主人不得不告诉他这里的确切位置,而他则以人们能想象的最严肃的神情,在记事本上记下了坐标:北纬 8 度 32 分,东经 15 度 43 分。

肯尼迪只有一个遗憾,那就是他不能在这片小森林里打猎,因为在他看来,这里缺少几头凶猛的野兽。

"但是,亲爱的迪克,"博士说,"你的记性是不是有点不太好?那两头狮子呢?"

"哦,那个啊!"他脱口而出,语气中带着一种富有经验的猎手对已被猎杀的猎物的轻蔑,"但话说回来,在这里能发现狮子的话,我认为我们离肥沃的地区也很近了。"

"这也不一定,迪克。动物们在饥饿或口渴的驱使下会长途跋涉。而且我认为,今晚我们最好更加警觉,另外还要生火。"

"啊？这么热的天？"乔说，"好吧，如果必要的话，我们就得这么做，但我觉得，这片美丽的小树林给了我们这么大的慰藉，烧了真是太可惜了！"

"哦！这一点很重要，我们必须万分小心，千万不要把它点着了。"博士接过话头，"这样，如果将来有和我们一样陷入困境的人，他们还能在沙漠中央找到这个避难所。"

"我一定会非常小心的，博士。但您认为人们知道这里有一片绿洲吗？"

"毫无疑问。非洲中部往来频繁的沙漠商队就在这里落脚，不过，他们的到访，对你来说可未必是好事，乔。"

"为什么，难道这里还有可恶的尼亚姆-尼亚姆人吗？"

"当然了。他们是这附近所有部落的统称，在相同的气候条件下，相同的人种很可能有相似的风俗和习惯。"

"哼！"乔说，"但话说回来，这也挺自然的。如果这些野蛮人学会了绅士的风度，那他们和绅士有什么区别？天哪，这些家伙不用请就会吃那个苏格兰人的生牛排，没准还会把那个苏格兰人一起吃下去！"

带着这种相当有见地的看法，乔开始准备晚上的柴火，并尽量减少用量。幸运的是，这些预防措施是多余的。在轮班守夜的时间里，每个人都睡得很香。

第二天，天气仍然没有变化的迹象，一如既往的晴空万里，令人恼火。气球保持着完全静止，没有一丝晃动，没有一丝风。

博士又开始感到不安了。如果就这样在沙漠中滞留下去，他们的食物储备会耗尽的。在差点因为缺水而死之后，他们现在可能会饿死！

但他注意到气压计的水银柱出现了明显的下降，意识到这是大气层出现扰动的早期迹象，这让他重新燃起了希望。因此，他决定做好一切准备，随时准备出发，抓住即将到来的机会。储备罐和水箱都已经装满。

接着，他着手恢复气球的平衡，乔不得不舍弃一些珍贵的石英矿石。在恢复了体力之后，乔又重新找回了雄心壮志。在服从主人的命令之前，乔做了好几次苦脸。但弗格森说他们无法携带如此沉重的负担在空中飞行，并让乔在水和金矿之间做出选择。这话很有说服力，乔不再犹豫，立刻把珍贵的矿石扔在了沙地上。

"下一个来到这里的人，"他说道，"在这样一个地方看到一笔财富，肯定会大吃一惊的。"

"假如某个博学的旅行者遇到这些矿石，他会怎么想？"肯尼迪提问。

"迪克，你完全可以确定，他一定会大吃一惊，并会在几本专著里发表他令人震惊的发现。而某天我们会听说，在非洲沙漠的中心地带发现了一处奇异的含金石英矿藏！"

"而这一切，都要归功于乔！"

想到自己能让某位饱学之士困惑不解，乔觉得非常有趣，不禁大笑起来。

当天剩下的时间里，博士关注着天气的变化，但一无所获。气温不断上升，要不是有绿洲的阴凉，他们几乎无法忍受。在阳光下，温度计显示的读数是一百四十九华氏度，空气中仿佛真的下起了火雨。这是迄今为止他们遇到的最酷热的天气。

傍晚时分，乔像前一天一样准备好了篝火。在博士和肯尼迪守夜时，并没有发生任何新情况。

但凌晨三点左右，当乔在守夜时，气温骤然下降，天空布满了乌云，黑暗越发浓重。

"快起来！"乔喊道，叫醒了同伴们。"快起来！起风了！"

"终于来了！"博士望着天空喊道，"但这是场暴风雨！气球！

我们得赶紧去气球那里!"

他们到的正是时候。"维多利亚"号在猛烈的飓风中被吹得弯下了腰,吊舱被拖拽着在沙地上摩擦。如果吊舱里的任何压舱物不小心被甩出来,气球就会被卷走,他们找回它的希望一定会永远破灭。

但乔速度极快,拼尽全力跑了过去,及时稳住了吊舱。而气球则在沙地上拍打着,面临着被撕裂的危险。博士紧跟在乔的身后,肯尼迪也跳了上来。博士点燃了汽缸,他的同伴们扔出了多余的压舱物。

旅行者们最后看了一眼绿洲的树木,它们在飓风的力量下低下了头,不久后,气球顺着风势,飞升至离地面两百英尺的高空,消失在了黑暗中。

第二十九章

植被的痕迹——一位法国作家的奇想——一个富饶的地区——阿达莫瓦王国[1]——将斯皮克与伯顿的探险路线和巴尔特博士的考察路线连在一起——亚特兰蒂卡山脉[2]——贝努埃河[3]——约拉城[4]——巴日雷山——门提夫山

从出发的那一刻起,旅行者们便一直以极快的速度行进,他们迫不及待地想把那片几乎要了他们命的沙漠远远抛在身后。

上午九点十五分左右,他们偶尔能看到一些植被的踪迹:一些小草在沙海上摇曳。就像哥伦布在航海时发现海草预示着船只即将靠岸一样,种种迹象也意味着他们即将走出沙漠。绿色的嫩芽从小石块间探出头来,很快,这些沙漠上的小石块就变成了大块的岩石。

地平线上,波浪般起伏的山丘映入眼帘,山丘并不高,轮廓被厚重的雾气笼罩,显得模模糊糊。不管怎样,单调的景象已经开始

---

[1] 非洲古国名称,面积最大时的范围包括现在的尼日利亚与喀麦隆的部分地区。
[2] 非洲山脉名称,位于尼日利亚和喀麦隆的边境。
[3] 非洲河流名称,尼日尔河的主要支流。
[4] 非洲城市名称,位于现在的尼日利亚。

逐渐消失。

博士对这片新土地表示敬意，心中充满了喜悦。他就像在桅杆上瞭望的水手一样，几乎要大声呼喊起来：

"陆地，嘿！陆地！"

一个小时后，广袤的大陆展现在他们眼前，虽然看上去依旧荒凉，但不再那么平坦，植被也不那么稀疏了，几棵树在灰蒙蒙的天空下格外显眼。

"我们终于到了一个有文明的地区了！"猎人说道。

"文明？好吧，这么说也行。不过我们还没见到人呢。"

"我们很快就会见到人类了。"弗格森说，"如果我们能继续保持目前的速度的话。"

"我们现在还在野蛮人生活的地区吗，博士？"

"是的，而且我们正在前往阿拉伯人生活的地区。"

"什么！真正的阿拉伯人！先生，有骆驼吗？"

"不，骆驼不多。在这个地区，骆驼很少见，甚至可能根本没有。要看到骆驼的话，还要往北再走几度。"

"真可惜！"

"为什么这么说，乔？"

"因为，如果风向不利，骆驼对我们来说可能很有用。"

"怎么有用？"

"嗯，先生，这只是我脑子里突然冒出的一个念头。我们可以把骆驼拴在吊舱上，让它们拉着我们前进。博士，您觉得这个主意怎么样？"

"可怜的乔！在你之前，早就有人想到过这个主意了。一位非常有才华的法国作家——梅里先生[①]——在他的小说中确实用过这个

[①] 约瑟夫·梅里，法国浪漫主义作家、剧作家、诗人。

情节。他让旅行者乘坐热气球，由一队骆驼拉着前进。然后，一只狮子出现了，吃掉了骆驼，吞下了拉绳，代替骆驼拉着热气球前进。故事就是这样继续下去的。你看，这想象真是天马行空，与我们的行进方式完全不同。"

乔得知自己的想法早有人提出，不禁有些沮丧，他绞尽脑汁想象着哪种动物能吃掉狮子，但始终想不出，于是便默默地继续观察这片土地的风貌。

前方是一片中等大小的湖泊，四周被一圈丘陵环绕，这些丘陵还不足以被称为山脉。这里有许多蜿蜒曲折、土地肥沃的山谷，里面杂乱无章地长满了灌木丛，生长着各种各样的树木。非洲油棕树高高地在树丛上露出树冠，树顶长着长达十五英尺的叶子，茎干上还布满了锋利的刺。风吹过，木棉树随风播撒着纤细的种子。被阿拉伯人称为"肯达"的露兜树散发出刺鼻的气味，弥漫在空气中，一直飘到"维多利亚"号所在的高度。还有叶子和手掌一样的番木瓜树、产苏丹坚果的苹婆树、猴面包树和香蕉树。这些树木共同构成了这片繁茂的热带植物群。

"这片土地真是太棒了！"博士说。

"这里有动物。"乔补充道，"人类也应该不远了。"

"哦，这些大象真大啊！"肯尼迪惊叹道，"难道真的没办法下去打一会儿猎吗？"

"我们怎么才能在这么强大的气流中停下来呢？不行，迪克，你得先体会一会儿坦塔罗斯[①]的痛苦了。打猎的事以后会有机会弥补的。"

[①] 坦塔罗斯，希腊神话人物，因犯下杀子和侮辱众神之罪被宙斯惩罚，被罚站在有果树的水池中。每当他想喝水时，水就会退去；想吃果子时，果树就会长高。

确实，眼前的景象绝对能让一个猎人心潮澎湃、浮想联翩。迪克紧紧握住猎枪的枪托，激动得心跳加速。

这个地区的动物和植物一样引人注目。野牛在茂密的草丛中嬉戏，常常把整个身子都藏在草丛里面。巨大的大象，体色有灰色、黄色和黑色几种，跑起来横冲直撞，犹如活生生的飓风，摧毁它们行进路径上的一切。丘陵的坡上长满林木，瀑布和泉水向北流淌，在那里，河马在水中嬉戏，溅起水花，喘着粗气，庞大的身躯在水中翻滚。还有长达十二英尺的海牛，身形像海豹一样，躺在岸边晒太阳，露出胀满乳汁的圆形乳头。

这里简直是一个奇妙的温室，展示着无数珍稀奇异的动物。五光十色的鸟儿在阳光下翩翩起舞，羽毛闪烁着华丽的光彩。

通过这些大自然塑造的壮丽景色，博士认出，这里已经属于美丽的阿达莫瓦王国。

"现在，我们已经开始踏上这个时代最新发现的征程。我已经将之前旅行家们断断续续的旅程连接在一起。朋友们，这是一个很难得的机会，我们可以把伯顿上校、斯皮克上校探索的区域和巴尔特博士的冒险之路连接在一起。我们已经把英国人甩在了身后，现在又找到了那位来自汉堡的冒险家的道路。不久后，我们将抵达这位勇敢探险家曾经到达的最远处。"

"在我看来，这两条已知的探索路线之间，似乎有着很宽广的土地。"肯尼迪说道，"至少，根据我们已经走过的距离来计算，是这样的。"

"这很容易计算。拿出地图，看看斯皮克曾经到达的乌克列维湖最南端的经度是多少。"

"接近37度。"

"那我们今晚就会看到约拉城吧？巴尔特曾经深入约拉城，它在什么位置？"

"东经12度左右。"

"那么两者之间就有二十五个经度，或者说，按每个经度六十英里来换算，总共大约有一千五百英里。"

"对于那些不得不步行的人来说，"乔说，"这还真是一段美妙的路程啊。"

"但无论如何，总会有人走完这段路的。利文斯通和莫法特[①]一直沿着这条线路向内陆推进，他们发现了尼亚萨湖，离伯顿看到的坦噶尼喀湖不远。在本世纪末，这片地区肯定会被完全探明。"博士一边说一边看着指南针，"但遗憾的是，风把我们朝西边吹了这么远，我本来是想朝北走的。"

---

① 玛丽·莫法特，婚后名为玛丽·利文斯通，英国语言学家、旅行家，大卫·利文斯通的妻子。夫妇二人曾多次共同在非洲考察。1859年，夫妇二人一同抵达了尼亚萨湖。

行进了十二小时后,"维多利亚"号发现自己已进入尼格利提①的边境。三位旅行者首先看到的本地人是舒阿阿拉伯人②,他们正在放牧,羊群在草地上悠闲地游走。亚特兰蒂卡山脉的高峰耸立在地平线上,这些山脉尚未被欧洲人踏足。根据目前的估计,其高度可达一万英尺!在非洲的这一区域,所有水道都沿着山脉的西麓流入大洋。这条山脉就是这片区域的"月亮山"。

终于,一条真正的大河闯入了旅行者的视野。博士根据附近的巨大蚁丘认出,这就是贝努埃河,它是尼日尔河的一条主要支流,当地人称之为"水源之泉"。

"这条河,"博士对同伴们说,"总有一天会成为通往尼格利提内陆地区的天然水道。在一位勇敢的船长的指挥下,'昴星团'号蒸汽船已经成功上行,抵达了约拉城。你们看,我们已经离开未被探索过的地区了。"

许多奴隶正在田地里劳作,种植着高粱,这是一种黍类作物,是当地主要的食物来源。当"维多利亚"号像流星一样掠过时,他们目瞪口呆。那天晚上,气球停在距离约拉大约四十英里的地方,而在前方不远处,耸立着两座尖锐的圆锥形山峰,属于门提夫山脉。

博士抛出了铁锚,将气球固定在一棵高大的树顶上。然而,一股强风猛烈地吹袭着气球,气球朝一侧倾斜,有时甚至快要把吊舱掀翻。弗格森整夜未眠,好几次他都想砍断锚绳,让气球远离这场狂风。然而,最终风暴还是减弱了,气球的晃动也没那么让人害怕了。

---

① 尼格利提,地理名词,欧洲人对非洲西部土著人居住区的统称,包括如今的毛里塔尼亚、马里、尼日尔等国的一些地区。现已不再使用。

② 舒阿阿拉伯人,又称乍得湖阿拉伯人,从埃及和的黎波里来到乍得湖地区的移民的统称。事实上,大部分舒阿阿拉伯人是融入了阿拉伯文化的柏柏尔人。

次日，风力稍显平缓，却带着旅行者们离约拉城越来越远。约拉城最近由富拉尼人[①]重新修缮，弗格森博士对这座城市很感兴趣。但他只能接受现实，继续向更北方的地方进发，飞行的方向甚至稍微偏向东边。

肯尼迪提议在这片适合打猎的好地方稍作停留，乔也说自己非常需要一些新鲜的肉。但由于当地风俗野蛮，民众态度不友善，甚至有些人向"维多利亚"号开枪示警，这一切促使博士决定继续飞行。此时，他们正穿越一片曾发生过烧杀抢掠的地区，在这里，野蛮的苏丹们争夺着权力，战争惨烈，永无休止。

修长、低矮的棚屋组成了许多人口稠密的村庄，向宽广的牧场延展。牧场上的茂密草丛中点缀着紫色的花朵。这些棚屋看上去就像是巨大的蜂巢，被尖刺一般的栅栏保护起来。肯尼迪不止一次提到，这些荒凉的山坡和山谷总让人想起苏格兰高地的峡谷。

尽管博士尽力调整飞行方向，但"维多利亚"号还是径直飞向东北方，朝着被云雾笼罩的门提夫山飞去。这些高山的山顶是尼日尔河谷与乍得湖盆地的分界线。

不久之后，他们便看到了巴日雷山，十八个村庄紧紧依附在山脉两侧，就像一群孩子依偎在母亲的怀抱中。这幅景象很是壮观，旅行者们一饱眼福。即使是山谷里，也种满了水稻和花生。

三点钟时，"维多利亚"号飞到门提夫山正对面。气球已经无法避开山脉，唯一的选择就是飞过去。博士将汽缸的温度提高了一百八十华氏度[②]，为气球提供了近一千六百磅的额外升力，气球迅速上升至超过八千英尺的高度，这是整个旅程中的最高点。在这个高度上，大气温度大幅下降，三位旅行者不得不裹上毯子和厚外套。

[①] 富拉尼人，生活在中部、西部非洲的游牧民族。
[②] 100摄氏度。——原注

弗格森迫切希望能尽快降落，气球的外表已经接近破裂。但与此同时，他也证明了这座山以前确实是一座火山，熄灭的火山口如今已经变成深不见底的深渊。鸟粪在山坡上大量堆积，山坡看上去就像是石灰岩，这些沉积的鸟粪可以为整个英国的土地提供足够的肥料。

五点钟时，"维多利亚"号避开了南风，沿着山坡缓缓滑翔，最终停在一个远离任何居住点的空地上。气球一触地，大家迅速采取预防措施将其牢牢固定在地面。肯尼迪拿起猎枪，向倾斜的平原进发。不久后，他带着六只野鸭和一种类似鹬鸟的猎物归来，乔则施展厨艺，将这些猎物烹制成了美味佳肴。大家吃得心满意足，那一夜也过得宁静而安详。

第三十章

莫斯菲亚——酋长——德纳姆、克拉珀顿和乌德内——福格尔——洛格①的首都——图尔——在科尔纳克上空停滞不前——酋长和他的宫廷——袭击——纵火的鸽子

接下来的一天，即5月11日，"维多利亚"号继续它的冒险之旅。三位乘客对气球充满了绝对的信任，就如同一位优秀的海员信任自己的船一样。

无论是在恐怖的飓风中，还是在热带的酷热里；无论是危险的出发，还是更加危险的降落，"维多利亚"号总是能在任何时间、任何地点保持安然无恙。几乎可以说，只要弗格森轻轻一挥手，便能掌控一切。因此，尽管目的地尚未明了，博士对旅行的成功依旧充满了信心。然而，在这个野蛮人和狂热者遍地的国度里，他不得不保持极高的警惕，采取最严密的防范措施。因此，他告诫同伴们时刻保持警觉，留意四周的一切。

风向略偏北方，大约九点钟时，他们看到了一个较大的城市——莫斯菲亚。它坐落在一片高地上，而高地周围则被两座巍峨的山脉所环绕。这座城市易守难攻，通往它的唯一通道是一条穿越

---

① 非洲地名，位于现在的喀麦隆。

沼泽和茂密树林的狭窄小道。

就在此时,一位酋长身着艳丽的服饰,前有信使和号手开道,骑兵护卫队随行,一边拨开树枝一边行进,正浩浩荡荡地进入这座城市。

为了更清楚地观察这支土著骑兵队伍,博士将气球降低了一些。但在地上的人眼中,气球开始变得越来越大,他们也开始表现出极度恐慌,最终以最快的速度四散奔逃,无论是骑马的,还是步行的。

只有酋长寸步未退。他握紧长枪,竖起枪管,高傲地默默等待着。博士已降至离他不到一百五十英尺的地方,用最高昂、最洪亮的声音,以阿拉伯语向他礼貌致意。

但是,一听到这些从天而降的话语,酋长立刻翻身下马,跪倒在尘土之中。博士不得不留下他离开了,因为他发现无论如何都无法让酋长站起身来。

"毫无疑问,"弗格森评论道,"这些人把我们当成了超自然的存在。当欧洲人第一次来到他们的世界时,就被误认为是更高等的种族。当这位酋长日后讲述今天的会面时,一定会用阿拉伯人那种丰富的想象力添油加醋。想想吧,有一天,他们的传说里会怎么描述我们。"

"这可不是什么好事。"苏格兰人说,"从文明的角度来看,最好让他们把我们当作普通人。那样,这些人会对欧洲的力量有更清晰的认识。"

"很好,亲爱的迪克。但是我们能做什么呢?或许你花整天的时间,向这个国家的学者解释气球的原理,他们仍然无法理解,仍然会坚持认为是超自然力量让气球飞起来。"

"博士,您提到了欧洲人第一次来到这片土地。来的人是谁呢?"乔问道。

"亲爱的朋友,我们现在正沿着德纳姆少校的路线前行。他曾在

239

莫斯菲亚城受到曼达拉苏丹的接见。当时,他刚从博尔努地区离开,和酋长一同参与了费拉塔人的远征,并参与了攻城战。然而,仅凭弓箭,费拉塔人就勇敢地顶住了阿拉伯人的子弹,并把酋长的军队打得四散而逃。而实际上,这一切不过是谋杀、袭击和掠夺的借口。少校也被劫掠一空、剥得精光,后来,他骑着一匹马,凭借与印度骑士相似的技艺紧贴马肚,以疯狂的速度逃离了那些野蛮的追击者,否则他肯定没办法活着回到博尔努的首都库卡。"

"这位德纳姆少校是什么人?"

"他是一位勇敢无畏的英国人,1822年到1824年间,他与克拉珀顿上校、乌德内博士一同率队前往博尔努地区探险。三月,他们从的黎波里出发,到达了费赞的首都穆尔祖克,并沿着巴尔特博士返回欧洲时打算走的路线,于1823年2月16日抵达乍得湖畔的库卡。德纳姆在博尔努、曼达拉和乍得湖东岸进行了多次探险。在此期间,克拉珀顿上校和乌德内博士于1823年12月15日穿越苏丹地区,抵达萨卡图,乌德内在穆尔穆尔城死于过度劳累和体力衰竭。"

"在非洲这片土地上,有多少人为了科学事业付出了沉重代价啊。"肯尼迪说。

"是的,这里对旅行者而言异常危险。我们正在朝着巴吉尔米王国[①]进发,福格尔曾在1856年穿越此地,试图前往瓦代地区,但他失踪了。这位年轻人在二十三岁时被派去和巴尔特博士合作,他们在1854年12月1日见面,随后一同在这个地区探险。到了1856年,他在寄回来的最后几封信中表示要去探索瓦代王国,此前还没有欧洲人去过那里。有证据表明他抵达了瓦代的首都瓦拉。根据一些人的说法,他被囚禁在瓦拉,而另外一些人则说他因为试图攀登附近的一座圣山而被处死。但是,我们不能轻易宣布旅行者的死讯,因

---

① 非洲国家,存在于16世纪-19世纪,位于乍得湖东岸。

为这会让人们放弃继续寻找。比如巴尔特博士就多次被传死讯，令他大为恼火！因此，福格尔仍有可能被瓦代苏丹囚禁，苏丹希望借此换取高额赎金。

"1855年，内曼斯男爵在开罗去世，当时他正准备前往瓦代地区。而我们现在知道，冯·霍伊格林正带着一支从莱比锡出发的探险队，已经踏上了寻找福格尔的路，因此我们很快就会得知这位年纪轻轻但历经风雨的探险家命运如何。"①

莫斯菲亚早已消失在地平线上，曼达拉地区的沃土展现在旅行者眼前。这里生长着金合欢树的树林，洋槐树上开满了红色的花朵，田野里种植着棉花和蓝草。远处，沙里河奔腾不息，八十英里后，汹涌的河水将汇入乍得湖。

弗格森博士指着巴尔特博士绘制的地图，向同伴们介绍沙里河的流向。

"你们看，"他说，"这位学者的地图相当精确。我们正朝着洛格地区笔直前进，也许还能到达它的首都凯尔纳克。可怜的图尔②就是在那里去世的，去世时年仅二十二岁。他是个年轻的英国人，第八十军团的尉官，几周前，他与德纳姆少校一同来到非洲，结果没过多久就在那儿遇到了不幸。啊！这片辽阔的土地，简直可以称为欧洲旅行者的墓地。"

几艘约五十英尺长的小船正沿着沙里河行驶。"维多利亚"号正悬浮在一千英尺的高空，几乎没有引起当地人的注意，但原本强劲的风力此时开始逐渐减弱。

"我们可能又会遇到无风的情况。"博士叹了口气。

---

① 博士出发后，新任探险队负责人蒙青格尔先生从欧拜伊德写来的信件证实，福格尔确实已经不幸身故。——原注

② 图尔，英国军官，曾参与德纳姆率队的非洲探险。

"嗯，但我们既不缺水，也不必担心会陷入沙漠，主人。"乔安慰道。

"没错，但这里的本地人更可怕。"

"什么？"乔说，"那边像是有个城镇。"

"那是凯尔纳克。最后一缕微风正把我们吹向那里，如果我们愿意，我们可以绘制出那里的精确地图。"

"我们没办法靠近它了吗？"肯尼迪问。

"再容易不过了，迪克！我们正好在它上方。让我转一转汽缸的旋塞，很快就能降落。"

半小时后，气球悬停在离地面大约两百英尺的高度。

"我们到了！"博士说，"我们现在离凯尔纳克很近，比站在圣保罗大教堂的圆顶上俯瞰伦敦还要近。所以，我们可以仔细观察了。"

"到处都能听到的啪啪声是什么？"

乔仔细观察了一会儿，终于发现了声音的来源。原来，许多织布工正在将布料绷紧在户外的大树干上，用力敲打着。

洛格的首都宛如一幅展开的画卷，完全展现在三位旅行者眼前。这里是一座真正的城市，房屋一排排整齐排列，街道相当宽阔。在一块大空地的中央有一个奴隶市场，一大群顾客聚在那里。曼达拉的女人手脚纤细，非常受欢迎，能卖出高价。

"维多利亚"号一出现，屡见不鲜的场面再度上演。起初是一阵惊呼，随后人们目瞪口呆。生意被抛在脑后，工作被搁置不管，所有的喧嚣都停了下来。气球上的旅行者们保持着原来的姿势，根本没有动一下，仔细观察着这座人口稠密的城市，没有漏掉任何一个细节。他们甚至下降到离地面只有六十英尺的高度。

洛格的统治者从官邸走出，身后有一面绿色的旗帜徐徐展开，乐师们簇拥在他身边。他们吹着嘶哑的水牛角号，仿佛要把腮帮子吹破，甚至可以说，仿佛要把除了肺以外的任何器官都吹破。人群迅速聚集在他的周围。与此同时，弗格森博士试图让统治者听到他的声音，却无济于事。

这些人看上去高傲且聪明，额头高耸，鹰钩鼻，头发卷曲。但"维多利亚"号的出现让他们大为震撼。旅行者们看到，骑兵们纷纷向四面八方奔去，目的显而易见，总督的军队正在集结，以应对这个非同寻常的敌人。乔向他们挥舞着各种颜色和形状的手帕，累得筋疲力尽，但一点用都没有。

在宫廷人员的簇拥下，酋长要求人群安静下来，并发表了一番讲话，然而博士完全听不懂。他使用的是夹杂巴吉尔米语的阿拉伯

语。不过，通过手势，博士明白自己收到了一份相当礼貌的逐客令。实际上，如果不是因为风力不足，博士早就会欣然离去，但在没有风的情况下，气球根本无法移动。酋长被不遵从命令的气球激怒了，他的臣子和侍从们发出愤怒的咆哮，要求这个空中的怪物立刻遵命离开。

那些大臣们看上去都很古怪，他们身上居然裹着五六件衬衫！他们的肚子十分鼓胀，其中有几位的肚子看上去甚至像是人造的。博士告诉同伴们，这就是向苏丹献殷勤的方式，这让他的同伴们相当吃惊。在这里，肚子越圆，就说明这个人越有雄心壮志。这些圆滚滚的达官显贵比画着手势，扯着嗓子大喊大叫。人群中有一个人尤其显眼——当然是就肥胖的角度来说的。毫无疑问，他一定就是首相了，至少，他制造的骚乱也很符合这个地位。肤色黝黑的普通民众也和大臣们一起发出咆哮，像一群猴子一样重复着他们的手势，几乎在某个瞬间，上万只胳膊在同一时间做出了相同的动作。

过了一会儿，人们意识到恐吓没有效果，于是开始采取更可怕的手段。士兵们拿起弓箭，排成战斗队形，但气球此时膨胀起来，悄然升高，脱离了他们的射程。于是酋长抓起一把火枪，瞄准了气球，但是肯尼迪一直在盯着他，猎人将酋长手中刚刚举起的武器打得粉碎。

这突如其来的一枪彻底击溃了下面的人群。每个人都以最快的速度逃回了自己的住处，并且一直躲在里面，以至于那天剩下的时间里，城市的街道空无一人。

夜幕降临，一丝风也没有。旅行者们被迫停在离地面仅三百英尺的高度，完全静止。在深沉的黑暗中，没有一丝火苗或光亮，周围一片死寂。但博士却加倍警惕，因为在平静的表面下可能隐藏着某种陷阱。

他确实有理由保持警惕。大约午夜时分，整个城市似乎都燃起了大火。数百道火焰相互交错,像火箭一样在空中来回穿梭,形成了一个规则的火网。

"这真是太奇怪了!"博士有些困惑地说,试图弄清楚这究竟意味着什么。

"我的天哪!"肯尼迪大喊,"看起来火焰正在上升,离我们越来越近!"

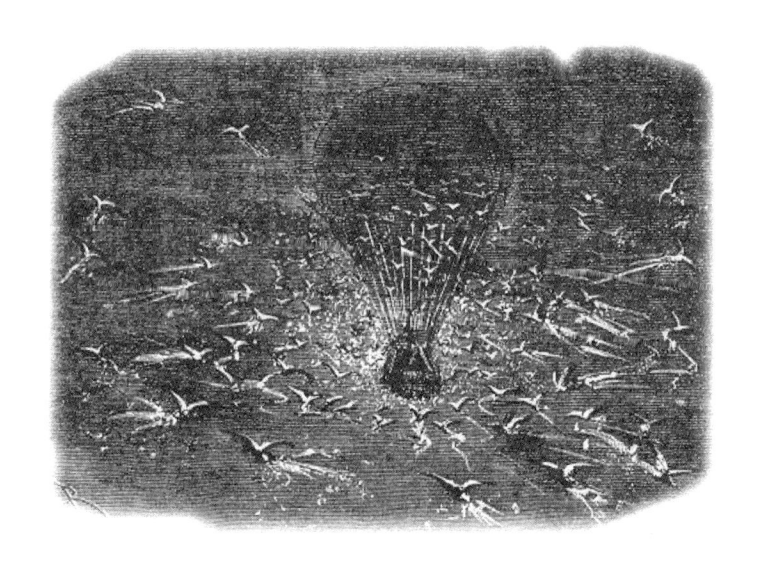

的确,伴随着枪声、喊叫声和各种嘈杂的声音,火海正逐渐逼近"维多利亚"号。乔已经准备好扔掉压舱物,而弗格森则迅速猜出了真相。成千上万只鸽子,尾巴上绑着易燃物,被放了出来,人们还驱赶着它们飞向"维多利亚"号。鸽子在恐慌中拼命往上飞,在大气中来回穿梭,留下火焰组成的线条。肯尼迪正准备把所有子弹都射向飞得越来越高的鸽子群,但他怎么可能对付得了数量如此庞大的大军?鸽子们已经开始围绕着吊舱盘旋,甚至完全包围了气球,气球的侧面反射着它们的火光,看起来就像是被一张火网所笼罩。

博士不敢再犹豫下去了。他扔出一块石英碎片,气球升了起来,脱离了这些危险的攻击者。在接下来的两个小时里,他一直能看到鸽子们在黑暗中盘旋,直到它们的火光逐渐熄灭,一只接一只消失在夜空中。

"现在我们可以安心睡觉了。"博士说。

"这些野蛮人也不赖嘛。"沉思许久的乔大声说出了自己的想法。

"哦,他们经常利用这些鸽子来点燃敌对村庄的茅草屋顶。但这次,村庄比鸽子飞得还要高。"

"所以说,气球根本不用担心敌人!"

"不,还是需要担心的!"弗格森反驳道。

"那么,敌人是谁呢,博士?"

"是吊舱里粗心大意的人!所以,朋友们,无论何时何地,都一定要保持警惕。"

第三十一章

夜间出发——三人同行——肯尼迪的本能——警惕——沙里河的河道——乍得湖——湖水——河马——浪费了一颗子弹

大约凌晨三点,守夜的乔终于看到脚下的城市逐渐远去。"维多利亚"号再次启程,博士和肯尼迪也都醒了过来。

博士查看了一下指南针,满意地发现风向正将他们带向东北偏北的方向。

"我们真幸运!"他说,"一切都在朝对我们有利的方向发展,今天我们就能看到乍得湖。"

"那片水域很大吗?"肯尼迪问。

"算大吧,迪克。这个湖最长和最宽的地方大约都有一百二十英里。"

"在这么广阔的水域上航行,一定会给我们的旅程增添一些乐趣。"

"无论如何,我觉得我们没有什么好抱怨的。我们的旅程一直都很丰富多彩。而且,我们正在以最好的状态前进。"

"确实如此。除了在沙漠那段没水喝的日子,我们还没遇到什么真正的危险。"

"不可否认,我们高贵的气球一直表现得相当出色。今天是 5 月 12 日,我们是 4 月 18 日出发的,这样算起来,我们已经旅行了二十五天了。再过十天,我们就到达目的地了。"

"目的地是哪里?"

"我也不知道。但是这又有什么关系呢?"

"你说得对,塞缪尔!让我们把指引方向和保持健康的重任交给上帝吧,就像我们现在这样。我们看起来根本不像刚刚穿越过世界上最危险的地方!"

"我们抓住了这个声名鹊起的机会,而且我们成功了!"

"为空中旅行欢呼!"乔喊道,"我们已经度过了二十五天的美好时光,吃得饱,睡得香。事实上,我们休息得有点太多了,我都开始感觉双腿发僵了,真希望能跑个三十英里,好好活动一下!"

"乔,你可以在伦敦的街道上跑,但我们一直是一起行动的,就像德纳姆、克拉珀顿和奥弗韦格,或者像巴尔特、理查森和福格尔一样。我们比这些前辈更幸运的是,三个人一直在一起。对我们来说,最重要的事情,就是不要分开。如果我们中的一个还在地面上,而'维多利亚'号因为突然出现的危险不得不升空,谁知道我们还会不会再见面?所以我得坦率地和肯尼迪说,我不太喜欢他单独去打猎。"

"但是,塞缪尔,你得允许我稍微满足一下我的爱好吧。补充一点给养也没什么坏处。而且在出发前,你还和我谈过打猎会有多么美好,但到目前为止,我还没能大显身手呢。"

"但是,我亲爱的迪克,你的记忆力似乎不太好啊,或者你太谦逊了,忘了自己已经取得的成就。且不提那些小动物,我看至少有一只羚羊、一头大象和两只狮子让你良心不安吧。"

"但对于一个非洲猎手来说,看到这么多野兽在他的枪口下趾高气扬地行走时,这几只动物又算得了什么呢?看!看!那边有一群长颈鹿!"

"那些长颈鹿,"乔大声说,"它们还没有我的拳头大呢。"

"那是因为我们现在在它们头顶上空一千英尺,但如果你靠近的话,你会发现它们比你高三倍!"

"那你觉得那一群羚羊,还有那些跑得和风一样快的鸵鸟怎么样?"肯尼迪继续说。

"鸵鸟?"乔再次反驳道,"看上去和鸡崽子一样,相当棒的鸡崽子。"

"喂,博士,我们能不能飞得离它们更近一点?"肯尼迪请求。

"我们可以飞得更近一些,迪克,但我们不能降落。你打死那些可怜的动物又有什么用呢?它们对你没有任何实际价值。现在,如果是狮子、老虎、豹子或鬣狗,那我可以理解,但是,仅仅为了满足身为猎人的欲望,就剥夺一只羚羊的生命,这似乎并不值得。但话说回来,我的朋友,我们会保持在离地面大约一百英尺的高度飞行,如果你看到任何凶猛的野兽,请务必射穿它的心脏!"

"维多利亚"号逐渐下降,但仍保持在安全的高度,因为在这片民风野蛮、人口稠密的地方,必须时刻警惕突如其来的危险。

此时,旅行者们正在沿着沙里河的河道飞行。迷人的河岸上,颜色各异的树木层层叠叠,藤蔓和攀缘植物遍布其上,五颜六色,富有层次。鳄鱼或在烈日下晒着太阳,或像蜥蜴一样敏捷地潜入水中,一边嬉戏,一边朝着河中绿色的小岛游去。

就这样,旅行者们在生机勃勃的风景中穿过了马法泰地区,并于上午九点左右抵达了乍得湖南岸。

终于,那片传说中的湖泊展现在了他们眼前——这里被称为"非洲的里海",一个长久以来只存在于神话中的内陆湖泊——只有德纳姆和巴尔特的探险队成功抵达过这片广阔的水域。

博士试图在纸上描绘出它的确切形状,但没能成功。自1847年以来，湖泊的形态发生了巨大变化。实际上，乍得湖的地图很难精确绘制，因为它四周布满了沼泽，泥泞难行。巴尔特曾认为自己会在这片沼泽中丧命。沼泽中布满了十五英尺高的芦苇和纸莎草，年复一年，渐渐成为湖泊的一部分。湖畔的村庄也常常半淹在湖水中，比如1856年的恩高努。现在，只有河马和鳄鱼在那些博尔努人曾经居住的地方嬉戏潜水。

太阳在平静的水面上洒下耀眼的光芒，向北望去，水天相接，融为一色。

博士想要研究一下湖水的性质，因为人们曾长期认为湖水是咸的。靠近湖边并无危险，很快，吊舱就像一只鸟儿一样，在水面上掠过，距离水面仅有五英尺。

乔把一个瓶子伸进湖里，提上来时，里面已经装了半瓶水。他尝了尝，发现这水不太适合饮用，带有一丝苏打的味道。

正当博士记录这次试验的发现时，身旁突然传来一声响亮的枪声。肯尼迪没能忍住诱惑，向一只巨大的河马开了一枪。那只河马本来正安静地晒太阳，枪一响就消失了，肯尼迪打出的圆锥子弹似乎并未对它造成伤害。

"你要用鱼叉去叉它才行。"乔说。

"但是现在没有鱼叉啊。"

"用我们的铁锚。这野兽这么大，铁锚会是恰到好处的叉子！"

"哼！"肯尼迪哼了一声，"乔这次还真的有了个好主意——"

"不过，我得请你们不要真动手。"博士打断了他的话，"那只动物很快就会把我们拖到我们根本不该去的地方，而且我们还无法自救。"

"特别是现在，我们已经搞清楚乍得湖的水质了。那种鱼好吃吗，弗格森博士？"

"乔，你所谓的'鱼'其实是一种厚皮类哺乳动物。据说它的肉很好吃，是生活在湖边的部落间用于贸易的重要商品。"

"那真遗憾，肯尼迪先生的那一枪没能造成更大的伤害。"

"这种动物只有胃部和大腿之间的部分比较脆弱。迪克的子弹甚至没有伤到它。但如果情况允许，我们会在湖的北岸停下来，肯尼迪会发现自己似乎到了一个相当大的动物园，可以弥补之前的遗憾。"

"好吧，"乔说，"那我希望肯尼迪先生能多打到一些河马。我很想尝尝那种奇怪动物的肉。跑到非洲中心来，却只吃鹬鸟和松鸡，简直就像还在英国一样，这实在是有点不合理。"

第三十二章

> 博尔努的首都——比迪奥马人的群岛——秃鹫——博士的担忧——他的预防措施——空中袭击——气球外层被撕裂——坠落——崇高的自我牺牲——乍得湖的北岸

到达乍得湖后,气球便遇上了一股气流,将它朝着西方吹得更远。几朵云彩略微缓解了白天的酷热,在这片广阔水域上空,还能感受到一丝微风。大约一点钟时,"维多利亚"号倾斜着飞过湖面,又在陆地上方前进了七八英里。

起初,博士因航线发生变化而有些恼火,但当他看到博尔努王国的首都库卡城时,便不再抱怨了。他注视着这座城市。城市四周环绕着涂有白色黏土的城墙,城市中的房子就像骰子一样紧密地堆在一起,几座简陋的清真寺笨拙地矗立在其中,这正是典型的阿拉伯城镇风貌。私人庭院和公共广场上种植着棕榈树和橡胶树,那些橡胶树的树冠如同巨大的伞盖,足足有一百多英尺宽。乔注意到,这些巨大的"遮阳伞"和灼热的阳光相当配,于是他发表了一番虔诚的感慨,称赞造物主的神奇设计。

实际上,库卡由两个截然不同的区域组成,中间隔着一条"当达尔",也就是一条三百码宽的林荫大道。此时,大道上挤满了人,有的骑马,有的步行。道路一边是富裕的街区,房屋高大宽敞,间

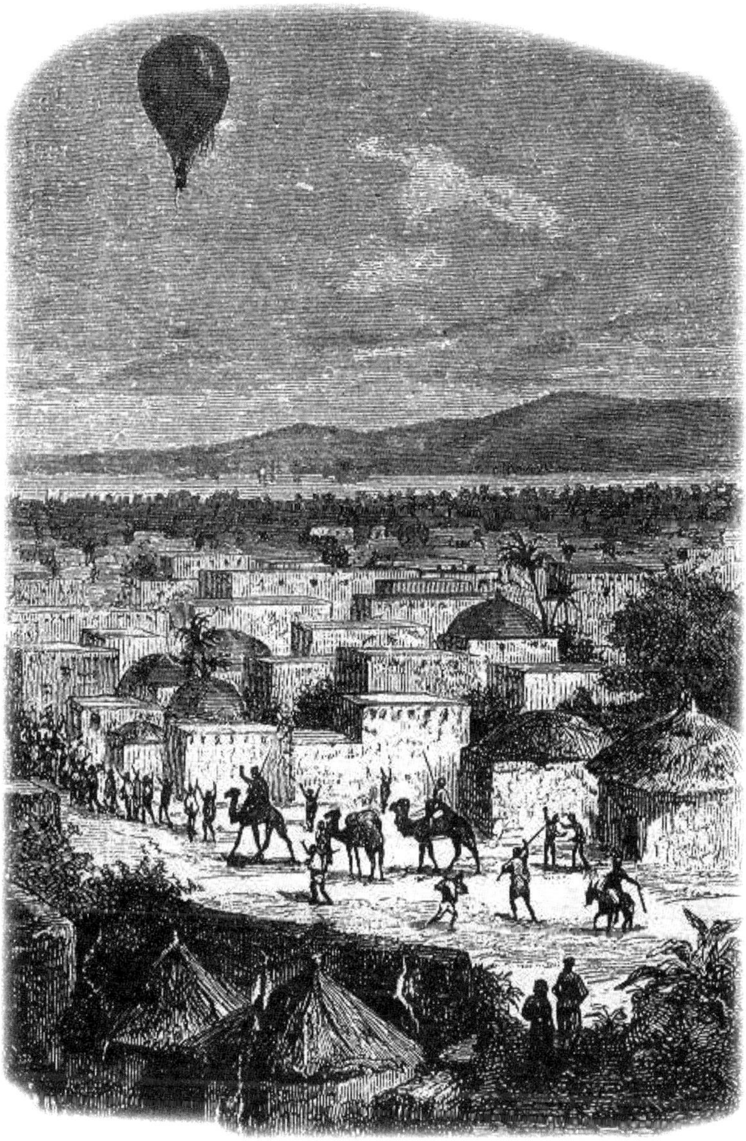

距合理，另外一边是拥挤的贫民窟，低矮的圆锥形小屋聚在一起，里面住着一群贫苦的人，与其说他们生活在这里，不如说他们在这里苟延残喘，因为库卡城里既没有贸易，也没有工业。

肯尼迪觉得，如果爱丁堡也建在平原上，有两个截然不同的城区的话，这里倒是有几分像爱丁堡。

不过，三位旅行者几乎没有时间去欣赏这番景象。这一带的气流变化无常，突然迎面刮来一阵风，把气球朝后吹了大概四十英里，他们又回到了乍得湖湖面上空。

他们在这里又欣赏到一副新的景象。湖面上分布着许多小岛，星罗棋布，岛上住着比迪奥马人。这是一支残忍嗜血、令人生畏的海盗种族，附近的人们都害怕与他们为邻，就像撒哈拉地区的人们不愿意与图阿雷格人为邻一样。

这些凶狠的土著人已经准备好用石块和箭矢迎击"维多利亚"号，但气球迅速掠过他们的小岛，在群岛上翩翩起舞，从一个岛飞到另一个岛，就像一只巨大的甲虫。

就在这时，正在眺望地平线的乔对肯尼迪说：

"看，先生，您总是想着找点乐子，那边就有适合您的东西！"

"那是什么，乔？"

"这次，博士不会反对您开枪了。"

"但那是什么？"

"您没看到那群大鸟正朝我们飞过来吗？"

"鸟？"博士惊叫道，一把抓过望远镜。

"我看到了。"肯尼迪说道，"至少有十二只。"

"确切地说，是十四只！"乔说。

"但愿这种鸟足够让人讨厌，这样博士就会同意我开枪了！"

"我倒是无所谓，反正我更希望它们离我们远一点！"

"怎么了，你害怕这些鸟吗？"

"那是秃鹫,而且体形很大,如果它们攻击我们的话——"

"嗯,如果它们攻击我们,我们会自卫的。我们带着全套武器,我不觉得这些鸟有那么可怕。"

"谁知道呢?"博士只说了这么一句。

十分钟后,鸟群已经进入射程,粗哑的叫声在空中回荡。它们径直朝着"维多利亚"号飞来,看上去对气球的出现愤怒至极,丝毫没有恐惧的表现。

"它们叫得好响啊!太吵了!"乔说。

"也许它们不喜欢有人在它们的领空偷猎,或者不喜欢看到有人敢像它们一样飞翔!"

"好吧,说实话,我现在可以仔细观察这些鸟了,它们真是又丑又凶。如果它们配着步枪,我倒是觉得它们挺危险的。"肯尼迪说。

"它们根本不需要那样的武器。"弗格森神色凝重地说。

秃鹫盘旋在气球周围,绕着大圈子,越飞越近。它们沿着奇异的弧线飞速掠过,偶尔还会以子弹一般的速度猛冲下来,然后马上又拐出一个急弯,猛然改变了方向。

博士深感不安,决定升高气球,避开与这些秃鹫的近距离接触。于是,气球中的氢气膨胀起来,开始迅速上升。

但秃鹫也跟着他们一起上升,显然不打算离开。

"它们好像有意捣乱!"猎人说着,举起了步枪。

的确,秃鹫越飞越近,不止一只秃鹫飞到了离他们不到五十英尺的地方,似乎完全不畏惧他们的枪。

"天哪,我真想朝它们开枪!"肯尼迪喊道。

"不,迪克,现在不行!别无缘无故激怒它们。那只会让它们更想攻击我们!"

"但我很快就能解决它们!"

"只是你认为如此,迪克。但你错了!"

"为什么，我们有的是子弹，足够把它们都打下来！"

"但如果它们攻击气球的上半部分，你该怎么办？你怎么攻击它们？想象一下，如果你在平原上遇到一群狮子，或者在开阔的大海上遇到一群鲨鱼！对于空中旅行者来说，现在的情形和这两种情况一样危险。"

"你是认真的吗，博士？"

"非常认真，迪克。"

"那我们就等着吧！"

"等一等！准备好应对攻击，但没有我的命令不要开枪。"

秃鹫聚集在不远处，距离之近，以至于三位旅行者能清晰看到它们光秃秃的脖子，脖子上一片羽毛都不长。它们伸长脖子大声啼叫，头顶的肉冠上长着深紫色的羽毛，像梳子或鱼鳃一样，此时肉冠已愤怒地竖了起来。它们体形巨大，身长超过三英尺，白色的翅膀在阳光下闪闪发光。这些秃鹫简直可以被称为"带翅膀的鲨鱼"，它们与那些深海中的凶猛掠食者如此相似。

"它们在跟着我们！"看到秃鹫跟着气球一起上升，博士说道，"而且，不管我们升得多高，它们都能飞得更高！"

"那我们该怎么办？"肯尼迪说。

博士没有回答。

"听我说，塞缪尔！"猎人说道，"一共有十四只秃鹫。如果我们用上所有的枪，总共能打出十七发子弹。难道我们不能消灭它们或把它们赶走吗？我来负责对付大部分的鸟！"

"我丝毫不怀疑你的枪法，迪克。我相信，只要在你的步枪射程之内，它们都难逃一死。但我重复一遍，如果它们攻击气球的上部，你根本看不到它们。它们会撕破气球的丝质表面，而我们此刻正在三千英尺的高空中！"

就在这时，一只凶猛的秃鹫猛地冲向气球，探出尖喙，伸出利爪,准备用某只爪子来撕扯气球,也可能两者并用。

"开枪!立刻开枪!"博士喊道。

他话音刚落,那只庞然大物便被击中,栽了下来,翻滚着向下坠去。

肯尼迪抓起了一支双管猎枪,而乔用另一支枪瞄准。

枪声让秃鹫们吓了一跳,它们退缩了一下,但几乎立刻又愤怒地冲了回来。肯尼迪率先开火,一枪削掉了一只秃鹫的头,而乔则打断了另一只秃鹫的翅膀。

"只剩下十一只了。"乔说。

但秃鹫改变了策略,一起飞向气球上方。肯尼迪瞥了一眼弗格森,弗格森虽然神情自若,但脸色却很苍白。接着是一阵令人不安的沉默。随后,他们听到一声刺耳的撕裂声,像什么东西在撕扯着丝绸,吊舱也似乎在三位旅行者的脚下不断坠落。

"我们完了!"弗格森喊道。他看了一眼气压计,看到气压在迅速上升。

"把压舱物扔掉!"他大喊,"快扔掉!"

几秒钟内,最后几块石英就被扔了出去。

"我们还在下降!把水箱里的水倒掉!你听到我说的话了吗,乔?我们要掉进湖里了!"

乔照做了。博士俯身向外望去。湖水似乎向他扑面而来,像上涨的大潮一样。周围的每个物体都在迅速变大。吊舱离乍得湖湖面已经不到两百英尺。

"食物!食物!"博士喊道。

装着食物的箱子被扔进了空中。

他们的下降速度减缓了,但不幸的旅行者们仍在继续下落,朝湖面飞速靠近。

"再扔点什么东西——再扔点!"博士喊道。

257

"已经没什么可扔的了！"肯尼迪绝望地回答。

"有的，就在这儿！"乔喊道，他一挥手，就像一道闪电一样，从吊舱边缘消失了。

"乔！乔！"博士惊恐地喊道。

卸掉重负的"维多利亚"号恢复上升，一直升到一千英尺的高空。风钻进泄了气的气球，把他们吹向湖的北部。

"完了！"猎人绝望地喊。

"为了救我们，他牺牲了！"弗格森喊道。

大颗泪珠顺着两位勇敢的旅行者的脸颊流下来。他们俯身向下，希望看到那位英勇的同伴的踪迹，但已经离他太远了。

"我们该怎么办？"肯尼迪问道。

"尽快着陆，迪克，然后等着他。"

飞行了大约六十英里后，"维多利亚"号在乍得湖北岸一片荒芜的湖畔停了下来。锚钩住了一棵低矮的树，猎人把它牢牢固定住。夜幕降临，但弗格森和肯尼迪都无法入睡。

第三十三章

推测——恢复"维多利亚"号的平衡——弗格森博士重新做计算——肯尼迪的狩猎——对乍得湖的全面探索——唐加利亚村[①]——返回——拉里镇

次日,即5月13日,我们的旅行者首次勘察了他们登陆的那片湖岸。那是一小块被无边无际的沼泽包围的坚实陆地,周围生长着高大的芦苇,如欧洲的树一样高。芦苇蔓延至远方,望不到尽头。

这些难以穿越的沼泽为气球提供了一个相对安全的栖息地,只要留心观察湖岸的情况即可。远方,湖面越来越宽广,尤其是向东望去,眼前只有无边的波涛,既没有大陆,也没有岛屿。

两位朋友一直没敢提起他们失去的同伴。最终,肯尼迪率先开口,向博士讲出了他的猜测。

"也许乔会没事的。"他说,"乔很擅长游泳,在这方面相当出众。他可以一口气游过爱丁堡的福斯湾,我们会再见到他的——不过我不知道是在何时何地。我们不能放弃任何找到他的机会。"

"希望上帝能保佑你说的没错,迪克!"博士有些激动地回应,"我们一定会尽全力找到我们的朋友。首先,让我们看看我们身处何方。不过最重要的是,我们得把'维多利亚'号外面那层丝绸去

---

① 非洲地名,位于现在的乍得。

掉,它已经没有用了。去掉它可以减轻六百五十磅,这可不是个小数目——所以这件事值得去做。"

博士和肯尼迪立刻开始动手,但他们遇到了不少困难。二人不得不一块块撕下坚固的丝绸,然后将其割成窄条,从包裹着丝绸的网中把它们一一掏出来。他们发现,秃鹫的喙撕开了长达几英尺的裂口。

这项工作花费了至少四个小时,内层气球才完全露出来。看上去,内层气球一点都没有受损。"维多利亚"号的体积也因此缩小了五分之一,变化很明显,让肯尼迪感觉很惊讶。

"它还够大吗?"他问道。

"别担心这一点,我会重新调整气球的平衡,等可怜的乔回来后,我们就可以一起沿着原路线出发了。"

"如果我没记错的话,我们坠落时离一个岛屿不远。"

"是,我也记得这回事。"博士说,"但那个岛屿和乍得湖上的其他岛屿一样,必定住着一群海盗和杀人犯。他们一定看到了我们出事的情形,如果乔落到他们手里,除非他们的迷信思想能保护乔,否则乔会遭遇什么呢?"

"噢,他正是那种能安全脱险的小伙子,我再说一次,他机智灵活,这方面我对他很有信心。"

"希望吧。嗯,迪克,你可以去附近打猎了,但是不管做什么,都不要走太远。我们被迫扔掉了所有的食物,补充食物储备对我们来说已经迫在眉睫。"

"明白,博士,我不会离开太久的。"

说完,肯尼迪拿起一支双管猎枪,大步穿过茂密的草丛,走向不远处的灌木丛。不久,博士便听到枪声频频响起,他知道猎人一定没有浪费这段时间。

在这时,弗格森正忙着计算吊舱里剩余物品的重量,调整小气球的平衡状态。他发现他们还剩下大约三十磅干肉饼、一些茶叶和咖啡、大约一加仑半的白兰地和一只空水箱。所有的肉干都扔掉了。

博士注意到,由于第一个气球中的氢气已经全部泄漏,他们已经损失了九百磅的升力。他必须在考虑这个差异的情况下重新调整气球平衡。新的气球容积为六万七千立方英尺,内部装有三万三千四百八十立方英尺的氢气。气体膨胀装置看上去状态良好,本生电池和螺旋管也都没有受损。

新气球的升力大约是三千磅,把设备、乘客、存水、吊舱和附属物的重量相加,再加上五十加仑水和一百磅的新鲜肉,气球的总重量为两千八百三十磅。这样,它还可以承载一百七十磅的压舱物,以应对可能出现的意外情况,确保气球能在周围的大气中保持平衡。

博士有条不紊地完成了这些工作，还准备了一些多余的压舱物，放进气球中以弥补乔的重量。博士花了一整天的时间完成了这些工作。当肯尼迪回来时，博士也刚刚结束了他的任务。猎人收获颇丰，带回来许多大雁、野鸭、鹬鸟、水鸭和鸻鸟。猎人随后就开始处理这些猎物，他把每块肉都悬挂在细小的木棍上，挂在刚砍下的木材生的火堆上。肯尼迪精于处理猎物，待它们烤制到恰到好处时，便将它们打包好，放进吊舱里。

次日，猎人完成了补给工作。

当旅行者们还在忙碌时，夜幕已经悄然降临。他们的晚餐是干肉饼、饼干和茶。疲劳让他们食欲大增，也让他们昏昏欲睡。每个人在守夜时都尽力在黑暗中睁大双眼、竖起耳朵，有时他们甚至仿佛听到了可怜的乔的呼喊声。但是，唉！他们如此渴望听到的声音，却显得遥不可及。

东方的第一缕曙光刚刚出现，博士就叫醒了肯尼迪。

"我仔细想了很久，我们该做点什么才能找到我们的同伴。"他说。

"不管你的计划是什么，博士，我都支持你。说吧！"

"最重要的是，我们必须采取一些方法，让乔能听到我们的消息。"

"毫无疑问。如果这个勇敢的小伙子以为我们抛弃了他，那该怎么办？"

"他？他太了解我们了，绝不会这么想。他不可能有这种想法。但他必须知道我们在哪里。"

"那我们该怎么做呢？"

"我们要再乘上气球，升空寻找。"

"可是，万一风把我们吹走呢？"

"不会这样的。看，迪克！风正把我们吹回湖面。如果是昨天的

263

话，这个风向会让我很恼火，但现在却成了好事。因此，我们只需尽力保持整天都在湖面上飞行。乔肯定会看到我们，他会一直朝天空张望，也许他能想出办法，告诉我们他藏身的地方。"

"如果他独自一人，而且还有人身自由的话，那么他肯定会这样做的。"

"如果他被囚禁了的话，"博士接着说，"由于土著人不习惯把俘虏关起来，他依然能看到我们，并知道我们在找他。"

"但是，最后，"肯尼迪插话道，"我们必须为所有可能的情况做准备——如果找不到任何线索，若他没有留下任何可供追踪的标记，我们该怎么办？"

"我们会尽力回到湖的北岸，尽可能显眼一些，然后就在那等着。我们会在湖岸上搜索，沿着水边找他，因为乔肯定会试图去岸边。直到找到他之前，我们绝不会离开这里，不放过任何寻找他的机会。"

"那我们出发吧！"猎人说道。

博士准确地测定了他们即将离开的这片小陆地的位置，并得出结论，它位于乍得湖的北岸，拉里村和因格米尼村之间，这两个村庄德纳姆少校都曾去过。与此同时，肯尼迪正在储备新鲜肉。尽管附近的沼泽地有犀牛、海牛和河马的活动痕迹，但他却一只都没有看到。

早上七点，二人费了很大力气才把铁锚拔出来——尽管这对乔来说轻而易举。气体膨胀，新的"维多利亚"号缓缓升起，升到两百英尺高。一开始气球似乎有些犹豫，像陀螺一样旋转了一阵，但最终，一股强劲的气流抓住了它。气球越过湖面，以二十英里每小时的速度迅速前进。

博士一直让气球保持在两百到五百英尺的高度。肯尼迪时不时开枪射击。当飞过岛屿时，旅行者们甚至冒险靠得非常近，仔细搜寻灌木丛、草丛和低矮的树丛——任何一处树荫或突出的岩石都可能是同伴的藏身之所。他们曾试图俯冲至湖面,靠近那些漂浮在湖上的独木舟。当土著渔民看到气球飞过时,他们惊恐万状,纷纷跳入水中,慌乱地游回自己的岛屿。

"我们什么也没找到。"搜寻了两个小时后,肯尼迪说道。

"再等一会儿,迪克,别灰心。我们离出事的地方应该不远了。"

到了十一点,气球已飞行了九十英里。这时,他们遇到了一股新的气流,与之前的气流几乎垂直。这股气流将他们吹向东边,飞行了大约六十英里。接着,气球飘过了一个面积巨大、人口稠密的岛屿,博士推测这可能是法拉姆岛,比迪奥马人的首都就坐落于此。弗格森时刻盼望着能看到乔从某个灌木丛中跳出来,拼命奔跑逃命,向他们大声呼喊。如果乔还是自由的,他们可以轻松地把他接上气球,如果他被囚禁了,他们可以再用之前营救传教士的那个方法去解救他,这样乔很快就会回到朋友们身边。但是,他们什么也没看到,什么也没听到。他们似乎陷入了绝境。

大约两点半,"维多利亚"号飞到了乍得湖东岸的唐加利亚村上空,这里是德纳姆探险时到达的最远处。

风一直朝着这个方向吹,博士对此有些不安,因为他感觉自己正在被吹向东边,飞向非洲的中心地带,朝着那片无尽的沙漠飞去。

"我们必须停下来,"他说,"甚至要降落。为了乔,我们必须回到湖面上,但首先,我们得找到一股与现在风向相反的气流。"

博士在不同高度上寻找了一个多小时,但气球始终被吹向大陆。不过,在高达一千英尺的地方,有一股非常猛烈的风向西北方向吹去。

乔应该没有被困在湖中的岛屿上,因为如果是这样,他肯定会想办法,让两位同伴知道他在那里。也许他已经被带到了大陆上。博士在心里如此推测着。就在此时,他再次看到了乍得湖的北岸。

至于说"乔已经淹死了"这个想法，他们一刻都不敢去想。一个可怕的想法在肯尼迪和博士的脑海中一闪而过：这些水域里鳄鱼成群！但是，他们谁也没有勇气把话挑明。然而，这个想法在博士内心强烈地盘旋，以至于他脱口而出：

"鳄鱼只会出没在岛屿附近或湖泊的岸边，乔有足够的技巧避开它们。而且它们也不是特别危险。非洲人一直毫无顾忌地游泳，完全不怕它们的攻击。"

肯尼迪没有回答。他宁愿保持沉默，也不愿讨论这种可怕的可能性。

傍晚五点左右，博士认出他们已经来到了拉里镇。当地居民聚集在编织好的芦苇建造的小屋前，正在收割棉花，这些小屋坐落在干净整洁的围栏中间。这个小村庄大概有五十户人家，位于两座低矮山丘之间略微低洼的山谷中。气球被风的力量吹动，飞过了博士本打算降落的地方，但不久后风向就发生了变化，将气球准确地吹回到他们的出发点，也就是前一天晚上住过的那个被沼泽围起来的岛上。铁锚没有钩住树枝，而是卡住了那些在泥沼中杂乱无章地生长的芦苇丛，它们提供了相当大的阻力。

博士很难控制气球。但随着夜幕降临，风终于停了下来。两个朋友在一起守夜，心情几乎陷入了绝望。

第三十四章

飓风——被迫出发——损失一只铁锚——忧郁的思绪——下定决心——沙尘暴——被埋没的商队——有利的逆风——向南返回——肯尼迪在岗位上

凌晨三点,狂风肆虐。风力很猛,"维多利亚"号已经不能安全地停在地面附近。气球几乎被狂风吹得侧翻。芦苇粗暴地摩擦着丝绸表面,仿佛要将丝绸撕裂。

"我们必须升空,迪克,"博士说,"我们不能继续停在这种环境下。"

"但是,博士,乔怎么办?"

"我不可能抛下他。不,绝不会!即使这场飓风把我吹到北边一千英里远,我也一定会回来!但现在留在这里实在太危险了。"

"我们真的必须丢下他走吗?"苏格兰人问道,语气中充满了深深的悲伤。

"那你觉得,"弗格森反驳道,"我的心难道不是和你一样,正在流血吗?我难道不也是被逼得没有选择吗?"

"我会完全听从你的决定,"猎人回答,"我们出发吧!"

然而,离开并非易事。铁锚牢牢扎在泥地里,无论怎么努力,二人都无法将其拉出来,而气球则朝着另外一边拉着绳子。绳子绷得越来越紧了,肯尼迪没办法解开绳子。另外,现在肯尼迪的处境也相当危险,因为"维多利亚"号可能随时挣脱束缚飞走,肯尼迪来不及进入吊舱。

博士不愿意冒着这么大的风险,于是让他的朋友回到吊舱里面,准备实施备选方案,割断锚索。"维多利亚"号猛地一抬,上升了三百英尺,然后径直朝北方飞去。

弗格森别无选择,只能任由气球前行。他双臂交叉抱在胸前,很快就陷入了忧郁的沉思中。

沉默了几分钟之后,他转向同样沉默不语的肯尼迪。

"我们可能是在挑衅天意。"他说,"这样的旅行方式或许本来就不属于人类!"说着,他悲伤地叹了口气。

"就在几天之前,"猎人回应道,"我们还在庆幸自己从那么可怕的危险中逃脱!当时我们三个人还紧紧地握着手!"

"可怜的乔!心地善良,性格温和,勇敢而又坦诚的乔!他确实曾经因为突然发现一笔财富而意乱神迷,但最终他还是心甘情愿放弃了这笔宝藏!而现在,他离我们那么远,在这种无法抵挡的狂风下,我们还飘得越来越远!"

"嗯,博士,乔是不是也能在那些湖边的部落中找到一个避难所?就像之前去过那些本地村落的旅行家们一样,比如德纳姆,比如巴尔特?这两个人最后也都回到了自己的国家。"

"啊!我亲爱的迪克!乔一句本地话都不会说,他孤身一人,没有任何物资。你刚才提到的旅行者,如果没有向酋长赠送厚礼,没有受过训练、装备武器的护卫队陪同的话,也是不可能贸然前行的。即便如此,他们还是经历了各种难以描述的痛苦!那么,你指望我们的同伴会遭遇什么样的命运呢?想想都让人毛骨悚然,这是我经历过的最糟糕的灾难之一!"

"但是,我们一定会回去找他的,博士!"

"回去？迪克，是的。即便我们不得不放弃气球！即便我们不得不徒步返回乍得湖，和博尔努苏丹交涉！阿拉伯人对初次到达这里的欧洲人应该没什么不好的印象。"

"我会陪着你的，博士。"猎人加重了语气，"你相信我！我们宁愿不再继续前行，也不会抛下他独自离开的。乔为了我们已经将自己的生命置之度外，我们也同样会为了他牺牲自己！"

这个决定让两人心中重新燃起了一丝希望。他们在共同的信念中找到了力量。弗格森立刻着手准备，希望能找到一股反方向的气流，将他们带回乍得湖。但此时，这是不现实的，气球甚至连降落的机会都没有，因为地面一棵树都没有，而且刮着狂风。

"维多利亚"号继续飞过提布人的土地，穿越贝拉德-埃尔-杰尔里德——一片荆棘遍布的沙漠，也是苏丹的边界。气球深入沙漠，地面上布满了来往商队留下的长长痕迹。最后一道植被很快就消失在模糊不清的南方地平线上，不远处就是非洲这一带最大的绿洲，那里有五十口水井，被茂密的树木遮蔽。但气球没办法在这里停下来。这里有一个阿拉伯人的营地，里面有条纹花样的布料搭建的帐篷，还有一些骆驼，像毒蛇一样把头颈伸出来，搭在沙子上，给这片孤寂之地带来了一丝生机。但"维多利亚"号像流星一样疾驰而过，在三个小时内飞了六十英里，弗格森没办法控制航向，也没办法引导气球。

"我们无法停下，也无法降落！"博士说，"一棵树都没有，地面都没什么起伏！难道我们真的要穿越整个撒哈拉沙漠吗？很明显，天意在和我们为敌！"

正当博士带着绝望的怒火说出这些话时，他突然看到沙漠中的沙子在一团浓密的烟尘中升腾而起，被两股相对的气流推动着，在空中旋转。

一整支沙漠商队被卷入这场旋风中，他们被吹得一片狼藉，分崩离析，消失在漫天黄沙的怒吼之中。驼队一片混乱，撞成一团，发出沉闷而可怜的呻吟。绝望的哭喊声从令人窒息的沙尘之云中传出，时不时还能看到一抹鲜艳的衣服颜色在混乱中闪现，显得十分扎眼。呻吟声和惨叫声此起彼伏，给毁灭的景象增添了可怕的伴奏。

不久后，沙子堆成了密实的沙丘。刚才还一望无际的平坦沙地，如今却成了起伏的丘陵，沙丘甚至在微微颤动——这是整个商队的坟场！

博士和肯尼迪被这可怕的景象惊呆了，他们脸色苍白，心中充满恐惧。他们也没有任何办法控制气球，气球在对流中旋转不停，怎么让气体加热膨胀都没用。气球在旋涡中飞速旋转，吊舱也在剧烈地前后摆动，让两位旅行者头晕目眩。悬挂在遮阳篷下的仪器相互碰撞，仿佛要撞得粉碎。螺旋管来回弯曲，时刻都有断裂的风险。水箱也相互撞击，发出巨大的响声。尽管两位旅行者之间只有两英尺，但他们却听不到对方的说话声。两人只能紧紧抓住绳索，在肆虐的风暴中稳住自己。

肯尼迪的头发被风吹得凌乱不堪,他瞪大眼睛,一句话都说不出来。但博士在这致命的危险中重新找回了勇气,脸上没有一丝恐惧。即便是在经过最后一次剧烈的旋转之后,"维多利亚"号突然出乎意料地平静下来时,他也依旧保持着镇定的神态。北风突然占了上风,现在正在把气球往回吹,气球的速度和早上被吹过来时候一样快。

"我们现在又要去哪儿?"肯尼迪大喊道。

"就让天意来决定吧,亲爱的迪克。之前我怀疑天意,是我错了,上天比我们更明智。我们正在回到那些我们曾以为永远无法回去的地方!"

当两位旅行者飞过来的时候,这片土地看上去还相当平坦,而现在这里却仿佛被风暴席卷的大海一样起伏不平。·连串的小沙丘出现在沙漠中,甚至还在微微颤动。狂风肆虐,气球在空中疾驰。

他们的飞行方向与早晨出发时略有不同,到了九点左右,他们发现自己并没有靠近乍得湖的湖岸,仍然在茫茫沙漠上空。

肯尼迪注意到了这一点。

"没有关系,"博士回答说,"重要的是返回南方。我们会经过博尔努、伍迪或库卡,到时候我会毫不犹豫地在那里降落。"

"如果你对风向满意,那我也没意见。"苏格兰人回应道,"但希望上天保佑,我们不要像那些不幸的阿拉伯人一样,被迫横穿沙漠!刚才那个场面太可怕了!"

"迪克,这种情况经常发生。穿越沙漠比穿越海洋更加危险。海上航行会遇到的危险,在沙漠里都可能遇到,包括被吞没。除了这一点之外,还有难以忍受的疲惫和饥渴。"

"我觉得风势似乎有减弱的迹象。沙尘没有那么浓密了,地面的颤动也没那么剧烈,天空变得越来越晴朗。"

"那就太好了！我们现在一定要仔细用望远镜侦察，注意不要遗漏任何一个地方。"

"我会留意的，博士，哪怕是一棵树，我也不会漏看，一定会告诉你。"

说着，肯尼迪站在自己的岗位上，手持望远镜，向着吊舱前方瞭望。

第三十五章

乔的遭遇——比迪奥马人的岛——人们对他的崇拜——沉没的岛屿——湖岸——蛇树——徒步前行——可怕的痛苦——蚊子和蚂蚁——饥饿——"维多利亚"号出现——它消失了——沼泽地——最后一声绝望的呼喊

当乔的主人正徒劳地寻找他时,乔究竟遭遇了什么?

乔当时一头扎进湖水里。浮出水面后,他的第一个动作就是抬头张望,只见"维多利亚"号气球已经高高升起,离水面远去,并且仍然在迅速上升,变得越来越小。很快,热气球被一股湍急的气流卷走,飞向北方。他的两位朋友得救了!

"真是太幸运了。"乔心想,"幸亏我想到了跳进乍得湖这个办法!肯尼迪先生肯定很快也会想到这一点,他也一定和我一样,会毫不犹豫地跳下来的,因为牺牲一个人来拯救另外两个人,是再自然不过的事情了,这显然很合算!"

他对自己的想法感到满意,接着开始分析自己的处境。他现在正处于一个辽阔湖泊的中心,四周全是陌生的部落,而且这些部落可能会相当凶残。这让他更加坚定了依靠自己摆脱困境的决心,因此,他并没有太感到害怕。

在遭到猛禽袭击之前——在乔看来,这些猛禽的行为完全符合秃鹫的常规表现——他就注意到了地平线上的一座小岛，并决定要尽可能游过去。他脱下不适合游泳的衣物，发挥出自己多年积累的游泳技能。要游五六英里，但是他没有气馁。在开阔的湖面上，他一心只想着笔直向前，勇敢地游到目的地。

大约一个半小时后，他与小岛之间的距离已经大大缩短了。

但就在他准备登岛时，一个念头忽然闪过他的脑海，随后就开始挥之不去。他意识到湖边常有巨大的鳄鱼出没，也深知这些怪物的凶残。

尽管乔一直倾向于把世上发生的一切都看作自然而然的现象，这个可敬的小伙子还是被鳄鱼出没的念头搅得心神不宁。他担心自己那白皙的皮肉会更合那些可怕野兽的胃口，因此只能小心翼翼地继续游向岸边,与此同时用双眼警惕地观察着四周。当他离覆盖绿树的岸边还不到一百英寻时,一股强烈的麝香味扑鼻而来。

"就在那儿!"他自言自语道,"和我预料的一样。鳄鱼就在附近!"

说着,他猛地潜入水中,但仍没能及时避开,结果撞上了一个庞然大物。当乔游过时,那覆盖着鳞片的皮肤划破了乔的身体。乔一度以为自己必死无疑,拼命挣扎着游到水面,喘了口气,接着又潜入水中。就这样,乔度过了无比痛苦的几分钟,任何崇尚自然的哲学都无法帮他克服这种恐惧,因为他一直感觉到自己似乎能听到身后传来的声音,仿佛一张巨大的鳄鱼嘴正准备将他永远吞噬。他一边想着这些,一边在水下向前游泳,尽量不发出一点声音,突然,他感觉自己的手臂被什么东西抓住了,紧接着,腰部也被抓住了。

可怜的乔!他最后一次想起了他的主人,随即在绝望中奋力挣扎。他感觉自己被拖曳着,但不是朝着湖底,而是朝着湖面。通常,鳄鱼是会把猎物拖到湖底的。

等他终于能喘口气,环顾四周时,他发现自己被两个黑如乌木的本地人紧紧抓住,二人正发出奇怪的叫喊声。

"哈!"乔说,"原来是人,不是鳄鱼!嗯,这样也好。但这些家伙怎么敢在这种地方游泳?"

乔不知道的是,乍得湖岛上的居民和许多其他黑人部落一样,敢于跳入满是鳄鱼的湖水中,从不担心会被攻击。这里的两栖生物有着不伤人的好名声,实际情况也确实如此。

但是,乔是不是刚出龙潭,又入虎穴?他决定暂时不管这个问题,看看事态的发展。既然他做不了任何事情,就只能任由自己被带到岸边,毫无惊慌之色。

"显然,"他想,"这些人看到了'维多利亚'号像会飞的怪物一样掠过湖面。他们是远远看着我摔下来的,对于一个从天而降的人,他们一定会心存敬畏！就让他们做他们的吧。"

正想着这些事情的时候，乔已经被带到了一群又喊又叫的人中间，有男有女，有老有少，有高有矮，但肤色倒是整齐划一。简而言之，他被一群和煤炭一样黑的比迪奥马人包围了。尽管衣不蔽体，乔也不需要难为情，因为他发现这里的人最流行的装扮就是什么都不穿。

很明显，还没等乔准确观察自己所处的情况，他就马上成了众人瞩目的焦点。这让他立刻鼓起了勇气，尽管在卡泽赫的遭遇又清晰地浮现在脑海中。

"我感觉他们又要把我当成神了。"乔暗想，"或许是月亮的某个儿子吧。不过，当别无选择时，什么身份都是一样的。最重要的是争取时间，如果'维多利亚'号再路过这里，我就会好好利用一下这个新身份，当我坐气球飞到天上的时候，这些信徒们就会知道什么叫作神迹！"

乔还在浮想联翩，但人群已经把他团团围住，在他面前匍匐跪拜，大声号叫着，抚摸着他，过于亲昵的动作甚至令乔心生厌烦。但与此同时，他们也为乔贴心地准备了一桌丰盛的宴席，有酸牛奶和蜂蜜拌米饭。这个善良的小伙子能充分利用好一切资源，享用了他这辈子最好的一顿午餐，这让他的新信徒们充分了解到，神明在这样的重大场合是怎么狼吞虎咽的。

夜幕降临，岛上的巫师们恭敬地牵起乔的手，引领他来到一间周围满是符咒的房子。正要进门时，乔不安地看了一眼散落在这间圣所周围的成堆人骨。他还有很多时间，可以好好思考这些骨头意味着什么，因为他发现自己被锁在了这间小屋里面。

从傍晚到深夜，乔一直能听到庆典一般的吟唱、鼓点的声音和敲击废铁的叮当声，在非洲人听来，这些声音无疑是非常悦耳的。接下来就是号叫声的合鸣，还有一群土著人永不停歇的舞蹈。他们绕着这座神圣的小屋跳了一圈又一圈，身体扭成奇怪的姿势，脸上带着夸张的表情。

乔的小屋是用泥土和芦苇搭起来的，他能透过墙壁听到外面震耳欲聋的歌舞。如果在其他情境下，这些奇怪的仪式或许能引起他的兴趣，但此时，他的思绪很快就被一种完全不同且不那么愉快的念头搅乱了。即使从乐观的角度想，他也觉得自己一个人被困在这个野蛮的地方，与这些原始部落为伍，实在是愚蠢又悲哀。很少有旅行者能在深入这些地区后再回到故乡。更何况，他能相信自己可以一直像现在这样被人膜拜吗？他有充分的理由相信，任何人的"伟大"都是虚无缥缈的。而且他还会问自己，在这个地方，崇拜是否会发展到让人们吃掉崇拜对象的程度？

尽管前路渺茫，但翻来覆去地想了几个小时之后，疲惫终于压过了焦虑，乔陷入了沉睡。若非突然感到身上潮湿，他本应一觉睡到天明。不久，这种潮湿的感觉就变成了淹上来的水，而且水涨得很快，马上就漫到了乔的腰部。

"这是怎么回事？"他说，"是洪水？是水龙卷？还是这些人发明的新的折磨方式？不过说真的，我可不会在这里等着水淹到脖子！"

说着，他用强健的肩膀猛地一撞，冲破了脆弱的墙壁，但他发现自己竟然置身于开阔的湖面上！这是在哪里？小岛已经不复存在，它在夜里沉没了。取而代之的，是烟波浩渺的乍得湖！

"对这里的地主来说，这可真是不幸的事情啊！"乔嘟囔着，再次熟练地施展他的游泳技术。

我们勇敢的乔所遭遇的情况，在乍得湖上其实并不罕见。许多看似坚如磐石的岛屿，就是这样被湖水吞没的。住在湖岸的人们也不得不收留遭遇可怕灾难的幸存者。

对于这片地区的自然灾害，乔之前一无所知，但他准备充分利用这个机会。他看到一艘小船漂泊在附近,上面没有人,于是迅速地登上小船。乔发现,这艘小船只是一节中间被粗粗掏空了的树干,但船里面还有两把船桨。于是,乔利用一股急流,乘着小船破浪而去。

"还是得先弄清楚这究竟是哪里。"他说,"那边是北极星,它忠诚地为所有人指明正北方向,当然也会为我指引方向。"

乔满意地发现,水流正带着他向湖的北岸漂去,于是他任由自己随着水流漂流。大约在凌晨两点钟,他登上了一个布满荆棘和芦苇的岬角,即便对于他那种随遇而安的人生哲学来说,这些植物也极为恼人,很不方便。但那里长着一棵树,可以让他在树枝上安睡。为了更安全地睡上一觉,乔爬上了树,尽管没怎么睡着,他还是在那里等待着黎明的到来。

在赤道地区,黎明总是来得突然。乔看了一眼在之前几小时内为他遮蔽风尘的树,却看到了一副让他毛骨悚然的景象——树上密密麻麻地爬满了蛇和变色龙!实际上,树叶都已经被它们遮住了,以至于看上去,整棵树像是一个新品种,叶子和果实都是爬行动物。这些可怕的生物在早晨的第一缕阳光下一齐扭动着!乔看着这一幕,心中充满了恐惧和恶心,猛地从树上跳了下来,耳边还在回响着这些不速之客的嘶嘶声。

"我死活也不愿意相信这种事情!"他说。

他不知道的是,福格尔博士在最后几封信中曾提到过乍得湖岸边的这种怪异现象——这里的爬虫比世界上任何地方都多。但经过刚才的所见所闻,乔决定以后要更加小心谨慎。他根据太阳的位置确定了方向,朝东北方向徒步前进,尽量避开任何可能有人类居住的小屋、棚子或洞穴。

乔抬头仰望了多少次的天空啊!每一次,他都希望能看到"维多利亚"号的踪迹。他痛苦地徒步跋涉了一天,完全没有看到气球的影子，尽管如此，他对主人的信任依然没有减少一分。想要从容面对这种情况，需要坚韧不拔的个性。饥饿与疲惫一同折磨着他，他的食物只有草根、一种叫"梅乐"的树心或者一种叫"杜姆"的棕榈果，仅仅凭借这些食物是没办法恢复体力和精力的。然而，据乔的计算，他还是向西前进了二三十英里。

他的身上留下了数十道尖刺划出的伤痕，那是他在挤过湖边丛生的芦苇、金合欢、含羞树和其他的野生灌木丛时留下的痕迹。他的双脚也被划破了，鲜血直流，走起路来既痛苦又艰难。但他还是忍住痛苦，勉力克服。当夜幕降临时，他决定在乍得湖畔过夜。

在湖边，他不得不忍受无数蚊虫的叮咬——蠓虫、蚊子、半英寸长的蚂蚁，这些昆虫简直铺天盖地。不到两个小时，本来就只能蔽体的衣服已经荡然无存，全都被这些昆虫吞噬得一干二净！这是一个可怕的夜晚，我们的旅人疲惫不堪，却一个小时都没有睡着。与此同时，野猪、本地的水牛和一种非常危险的"阿朱布"羚羊正在灌木丛和湖水中疯狂闹腾，整夜发出刺耳的声音，如同一场夜色中的恐怖交响乐。乔甚至大气都不敢喘，即便他勇敢而冷静，但在这样的恐怖环境下，他仍然备受煎熬。

终于，天亮了，乔猛地站起身来。但是当他看清自己正在和什么动物共享一张床铺时，心中不禁涌上一股恶心的感觉——一只蛤蟆！这只蛤蟆身长足有五英寸，又大又肥，丑陋至极，正用那双圆滚滚的大眼睛盯着他。看到它的那一瞬间，乔感觉胃部一阵不适，但这种强烈的生理反应反而让他恢复了一点力气，他全速奔跑起来，一头扎进湖里。这次洗澡稍微缓解了他全身瘙痒的痛苦。嚼了几片叶子后，乔毅然出发，心中又涌起一股顽强的决心，连他自己都很难说清楚为什么。他似乎已经不能完全控制自己的行为，但内心却感受到一种超越绝望的力量。

然而，饥饿开始再次折磨他。他的胃没有他本人那么坚强，开始抱怨。他不得不把一根野生藤蔓紧紧绑在腰上。幸运的是，他随时都可以喝水解渴，回想起在沙漠中的痛苦经历，乔因不再遭受干渴之苦而感到一丝慰藉。

"'维多利亚'号到底怎么样了？"他心想，"风从北方吹来，它应该会被吹回湖边。毫无疑问，博士会重新调整好平衡，但昨天他已经有足够的时间做好这件事了，所以可能是今天——不过，我必须做好准备，或许再也见不到他了。毕竟，只要我能到达湖边的大城镇，我的情况也不至于比我主人经常提到的那些旅行者更糟糕。为什么我不能像他们一样努力克服困境呢？他们中的一些人最终回到了家乡。来吧，振作点，小伙子！"

乔一边自言自语，一边快速前行，突然，他在森林深处看到了一群土著人，但他及时停了下来，没有被他们发现。这些人正忙着用大戟树的汁液给箭淬毒——在这些野蛮部落中，这项工作很重要，他们在工作的同时还会举行庄严的仪式。

乔一动不动，甚至屏住呼吸，躲在灌木丛中。偶尔抬起头时，他通过树叶的缝隙看到了一副让人激动的景象。气球——正是"维多利亚"号——正朝湖面飞来，离他只有大约一百英尺的高度。但他无法让气球上的人听到他的声音，他不敢，也同样没办法让他的朋友们看到他！

泪水涌上了乔的眼眶，但这次并非因悲伤，而是因为感激。他的主人正在寻找他，他的主人没有丢下他不管！他必须等到土著人离开，然后再离开藏身之处，奔向湖边！

但这时，"维多利亚"号已经在遥远的天际消失了。乔仍然决定等它回来，它一定会回来的。它果然回来了，但这次飞得更偏东。乔奔跑着，比画着，呼喊着——但一切都是徒劳！一阵强风正迅速将气球吹走，彻底带走了他的希望。

这个不幸的人失去了力量和信心，这还是头一遭。他意识到自己和主人失去了联系，他觉得主人已经不可能再回来了。他不敢再想下去了，也不愿意再去思考！

他像个疯子一样，双脚流着鲜血，身上伤痕累累。整整一天，他都在不停地走着，一直到了深夜时分。他强迫自己继续前行，有时跪在地上，有时候甚至用双手爬行。他意识到，体力耗尽的时刻即将来临，自己只剩下倒在地上迎接死亡的命运。

乔就这样一路挣扎，向前挪动，最终发现自己已经身处一片沼泽的边缘，或者说，他很快就会知道这里是一片沼泽，因为几个小时前天就已经黑了。他突然摔了一下，陷入了一片厚重浓稠的泥浆中。尽管他拼尽全力,绝望挣扎,但仍然感觉自己慢慢沉入了沼泽的淤泥中。几分钟后,淤泥就已经没过了他的腰部。

"这里,最后,我会死在这里!"他痛苦地想着,"这死法,实在太可怕了!"

他又开始像疯子一样挣扎。但他的努力只让他在泥沼中陷得越来越深,这片淤泥仿佛是这个可怜人为自己挖的坟墓。周围没有一根木头或树枝能帮助他浮起来,连一根能让他抓一下的芦苇都没有!他感觉一切都结束了!他的眼睛一阵痉挛,终于闭上了。

"主人!主人!救命!"这是他最后的话。但没有人回应他绝望的声音。这阵叫喊湮没在不断升高的淤泥中,渐渐消散在漆黑的夜色里。

第三十六章

> 地平线上的人群——一群阿拉伯人——追捕——就是他——坠马——被掐死的阿拉伯人——肯尼迪射出一枪——巧妙的操作——凌空抓住——乔终于获救

自从肯尼迪重新回到吊舱前部,专心观察地面时起,他就一直全神贯注地盯着地平线。

过了一会儿,他转向博士说:

"如果我没看错的话,远处好像有一群人在移动,也可能是动物,现在看不太清楚。但我注意到他们跑得很快,因为扬起了大量的尘土。"

"会不会又是一股对流?"博士说,"难道又有龙卷风把我们吹回北方?"说着,他站起身来,望向地平线。

"我想不是,塞缪尔,那应该是一群羚羊或者野牛。"

"也许吧,迪克。但那群家伙离我们至少有九到十英里远,如果是我的话,即使用望远镜,也看不出个所以然来!"

"不管怎样,我不会让他们离开我的视线的。这有点不太正常,我很好奇。看上去,它们像是一队正在训练的骑兵。啊!我没看错。确实是一队骑兵。看——看那里!"

博士专注地观察着那群人,片刻之后说道:

"我想你是对的。这是一队阿拉伯人或提布人,他们正和我们沿着同样的方向飞奔,看上去好像是在逃跑,但我们比他们快,正在迅速缩短与他们之间的距离。半小时后,我们应该能靠得更近,足以看清楚他们是谁。"

肯尼迪再次举起望远镜,仔细观察着他们。那群骑兵变得越来越清晰,其中有几个人落在了队伍后面。

"这显然是一场狩猎演练。"肯尼迪说,"那些家伙好像在追什么东西。我真想知道他们到底在做什么。"

"耐心点,迪克!如果他们继续朝这个方向走,我们很快就能追上他们。我们的速度是二十英里每小时,马不可能赶得上这个速度。"

肯尼迪再次举起望远镜,几分钟后他喊道:

"是阿拉伯人,正在全速飞奔。我看得很清楚,他们大概有五十个人,我能看到他们的阿拉伯长袍,被风吹得鼓鼓的。看起来像是骑兵在训练,首领大概领先一百步,其他人正在疯狂追赶。"

"不管他们是谁,迪克,都不用担心。而且如果有必要的话,我们还能飞得更高"

"等等,博士——等一下!"

"奇怪。"肯尼迪停顿了一下,之后说道,"我也说不清楚发生了什么事,他们跑得那么卖力,阵形也开始乱了。我猜那些阿拉伯人不是在跟着前面的人,而是想要抓住他。"

"迪克,你确定吗?"

"哦!没错,现在已经很清楚了。我是对的!这是一场追捕——一场狩猎——不过他们是在追捕逃亡的人!冲在最前面的不是他们的首领,而是一个逃犯。"

"逃犯!"博士惊呼了一声,他开始激动起来。

"是的!"

"别跟丢了,我们等等看!"

尽管这些骑手正以难以置信的速度疾驰,但气球仍然迅速拉近了与他们之间的距离,缩短了三四英里。

"博士!博士!"肯尼迪激动地喊道。

"怎么了,迪克?"

"是我出现幻觉了吗?这可能吗?"

"什么意思?"

"等等!"说着,这位苏格兰人仔细地擦了擦望远镜镜片,然后又聚精会神地看了起来。

"怎么样?"博士问道。

"就是他,博士!"

"他!"弗格森激动地喊道。

"就是他!不是别人!"此时,已无须说出那个名字。

"对!就是他!骑着马,和追兵相差只有一百步!追兵正在紧追不舍!"

"是乔——乔!"博士大喊着,脸色变得苍白。

"他全力逃命,看不到我们!"

"但他会看到我们的!"博士一边说,一边调弱了燃烧管喷出的火焰。

"可这怎么可能呢?"

"五分钟内我们就会下降到离地面五十英尺以下,十五分钟后,我们就会直接飞过他头顶!"

"我们得开一枪让他知道!"

"不行!他不能掉头往这边跑,后面的人把他的退路堵上了!"

"那我们怎么办?"

"我们必须得等。"

"等?那些阿拉伯人还在追他呢!"

"我们会追上他们的。我们会超过他们，我们离他们不过两英里，只要乔的马能坚持下去！"

"天哪！"肯尼迪突然喊道。

"怎么了？"

肯尼迪看到乔从马上摔了下来，绝望地大喊了一声。他的马显然已经筋疲力尽，就在刚刚，一头栽倒在地。

"他看到我们了！"博士喊道，"他朝我们打了手势！他站起来了！"

"但阿拉伯人会追上他的！他在等什么？啊！勇敢的小伙子！万岁！"猎人再也抑制不住激动，大声喊道。

乔摔倒后立刻跳了起来，就在这时，一个跑得最快的骑手冲向他。乔像豹子一样猛地一跃，侧身避开了攻击者，然后从骑手后面跳上他的后鞍，伸手掐住阿拉伯人的喉咙，凭借强大的力气，用钢铁般的手指把他掐死，然后把尸体抛在沙地上，继续拼命逃跑。

阿拉伯人发出震天怒吼，但他们仍然全力追捕，并没有注意到气球，而此时气球距离他们已经只有五百步远了，飞行高度也降到了大约三十英尺。阿拉伯人和他们的逃犯之间只剩下二十几个马身那么长的距离。

一个阿拉伯骑手明显快要追上乔了，正准备用长矛刺他。肯尼迪目光坚定，射击沉稳，一枪就把他打倒在地。

枪声响起，乔甚至没有回头。几个骑手看到"维多利亚"号，猛地勒住马缰，翻倒在尘土中，脸朝下摔倒。其余的骑手则继续追着乔。

"但乔在干什么？"肯尼迪说，"他怎么不停下来！"

"他现在做的事更好，迪克！我明白他的意思了！他保持着和气球相同的前进方向，他相信我们的能力，啊！这个高尚的小伙子！我们要在那些阿拉伯无赖的眼皮底下把他带走！我们离他不到两百

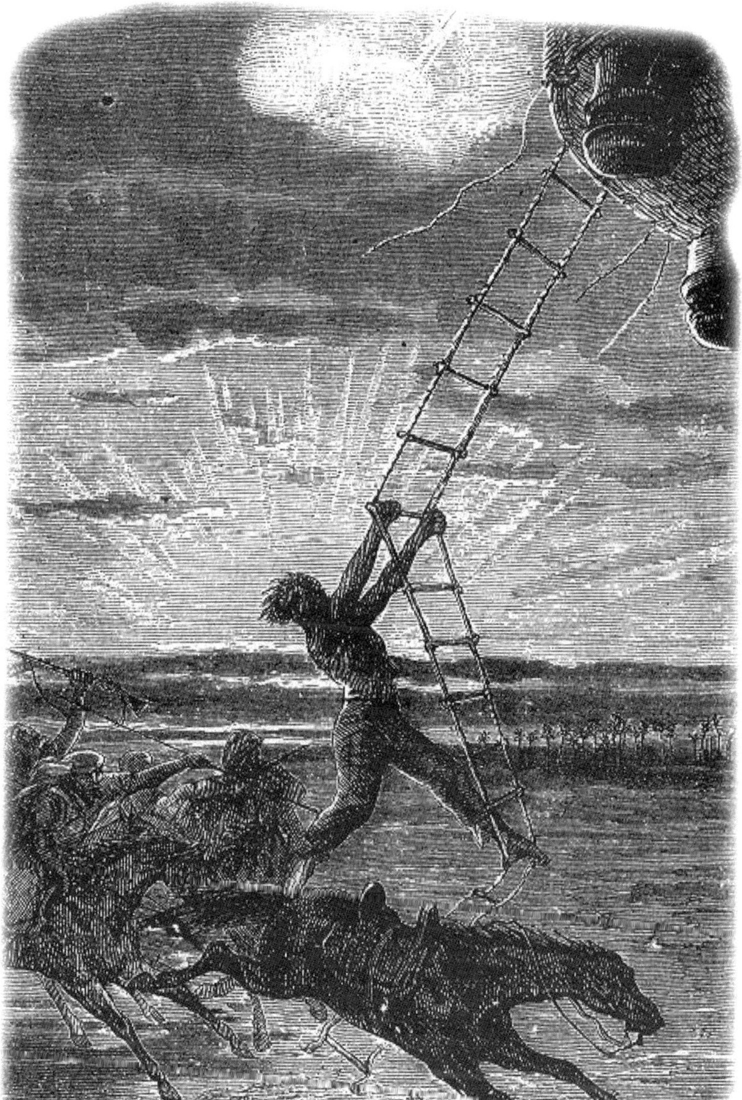

步远了!"

"我们该怎么办?"肯尼迪问。

"把步枪放下,迪克。"

苏格兰人立刻照做了。

"你觉得你能抱住一百五十磅的压舱物吗?"

"啊,再重一些也可以!"

"不!这就够了!"

说完,博士开始往肯尼迪的怀里堆沙袋。

"你在吊舱后面准备好,随时把压舱物一口气扔出去。但无论如何,在我下令之前,绝对不能扔!"

"这点你放心。"

"否则,我们就会错过乔,他的命就保不住了。"

"相信我!"

此时,"维多利亚"号已经快飞到了那群还在拼命追赶乔的骑手上方。博士站在吊舱前部,手里紧握软梯,随时准备扔出去。此时,乔仍领先追兵约五十英尺,而"维多利亚"号已经超过了他们。

"准备!"博士对肯尼迪喊道。

"我准备好了!"

"乔,小心!"博士用洪亮的声音喊着,同时把梯子扔了出去。梯子最下面的横档扬起了地上的尘土。

乔在听到博士喊叫的同时已经转过头,但并未勒住马。梯子正好落在他身旁。他一抓住梯子,博士就对肯尼迪喊道:

"扔掉压舱物!"

"扔了!"

"维多利亚"号扔掉的重量比乔还要重,因此一下子上升了一百五十英尺。

乔用尽全身的力气紧紧抓住剧烈摇摆的梯子,随即向那些阿拉伯人做了一个不便形容的手势,接着像猴子一样敏捷地爬了上去,跳到了同伴们的怀抱中,他们正张开双臂迎接他。

阿拉伯人发出了惊讶与愤怒的咆哮。逃犯就在他们眼皮底下被救走,"维多利亚"号迅速加速,远远脱离了他们的攻击范围。

"主人!肯尼迪!"乔激动地大喊着,身体失去控制,倒了下去。由于疲惫和情绪激动,这个可怜的人晕了过去,而肯尼迪几乎失去了理智,不停地喊着:

"得救了——得救了!"

"确实得救了!"博士喃喃地说,他已经恢复了往日的冷静。

乔几乎一丝不挂。流血的双臂和遍体鳞伤的身躯诉说着他遭受的痛苦。博士默默为他包扎好伤口,然后把他舒适地安置在遮阳篷下。

乔很快就恢复了意识,要了一杯白兰地,博士觉得这位忠实的伙伴稍微放纵一下也无妨,所以没有拒绝。

喝下这杯对精神有益的酒后,乔握住两位朋友的手,说自己要讲讲这段时间的遭遇。

但他们没有让乔继续说话。乔又陷入了沉睡,看得出他极度需要休息。

"维多利亚"号在空中划出一道弧线,向西飞去。借着一股强风的助力,气球再次接近这片长满荆棘的沙漠边界。旅行者们通过被风暴吹折的棕榈树顶认出了这片沙漠。从救起乔那时算起,气球已经飞行了两百英里,黄昏时分越过了东经10度。

第三十七章

向西方行进——乔醒了过来——他的固执——乔讲完了自己的经历——塔热勒——肯尼迪的担忧——前往北方的路线——阿加德兹附近的一夜

夜间,风势渐弱,仿佛风也要在肆虐了一整个白天后稍微休息一下。"维多利亚"号静静地停泊在一棵高大的西克莫无花果树顶端。博士和肯尼迪轮流守夜,乔趁此机会酣畅淋漓地睡了二十四小时。

"这正是他现在需要的。"弗格森博士说,"大自然会为他疗伤。"

随着黎明的到来,风势再次增强,风向也变得捉摸不定,一会儿向南吹,一会儿又猛然吹向北方,但最终,"维多利亚"号还是在风力的推动下向西飞去。

博士手握地图,认出这里是达迈尔古王国[①]。这里是一片肥沃的丘陵地带,村镇中的茅屋多由长长的芦苇和马利筋草枝搭建而成。耕地上散布着磨制谷物的石磨,石磨下面搭着脚手架或者小平台,以防老鼠和本地的巨蚁破坏食物。

很快,他们就飞过了津德尔城[②],旅行者通过一片宽阔的刑场认

---

① 存在于15-19世纪的非洲政体,位于现在的尼日尔中部。
② 津德尔,位于现在的尼日尔。

出了这座城市，刑场中央耸立着"死亡之树"。刽子手站在树下随时待命，任何经过树荫下的人都会被立即绞死。

肯尼迪看了看指南针，着急地说：

"看！我们又在往北飞了。"

"没关系，只要风能把我们带到通布图，就没有什么好抱怨的了。从来没有人能这么舒适地来这里旅行！"

"也从来没人能这么健康地来到这里。"乔一边说，一边从遮阳篷的帘子间探出头来，露出愉快的笑容。

"他醒了！我们英勇的朋友——我们的救命恩人！"肯尼迪热情地喊道，"你感觉怎么样，乔？"

"哦！当然感觉棒极了，肯尼迪先生，一切都很好！我这辈子从未觉得这么轻松愉快过！一次短暂的快乐旅行，之后又在乍得湖里洗了个澡，没什么比这更让人振奋了！是吧，博士？"

"勇敢的小伙子！"弗格森握着乔的手说道，"你让我们担心坏了！"

"哼！你们呢，先生们？你们以为我对你们放心吗？我得告诉你们，你们可真让我担心坏了！"

"乔，如果你非要这么看待这件事情，那我们永远也没法达成一致了。"

"我看得出来，他摔了之后，什么都没变。"肯尼迪补充道。

"你的忠诚和牺牲精神真是高尚，我勇敢的小伙子，你的品性让我们得以获救。'维多利亚'号当时正朝着湖中坠落，一旦落进湖里，谁也没办法把它救上来了。"

"但是，我的忠诚——如果您允许的话，我更愿意称之为我翻的跟斗——救了你们，那它也不同样救了我吗？我们现在都在这里，我们三个人都健健康康的。总的来说，我们在这件事情上没什么好争论的了。"

"噢！我们和这个年轻人永远都讲不明白。"猎人说。

"解决这个问题的最好方法，"乔回应道，"就是不要再提起这件事情了。木已成舟。无论是好是坏，我们都没办法让事情重来一次。"

"你这个固执的家伙！"博士大笑着说，"不过，无论如何，你都要给我们讲讲你的冒险经历，你不会拒绝的吧。"

"如果你们觉得值得一听，我当然会讲。但首先，我要把这只野鸭烤好，我看肯尼迪先生可没有浪费时间。"

"好的，乔！"

"好吧，让我们看看非洲的猎物能不能在欧洲人的胃里消化！"

很快，燃烧管喷出的火焰就把鸭子烤熟了，三个人把烤鸭一扫而光。乔像是几天没吃东西一样，大口大口地吃着自己的那份。喝完茶和潘趣酒后，他向两位朋友讲述起自己最近的冒险经历。尽管他一如既往地带着达观的心态看待一切，但提到自己的经历时，他的语气还是有些激动。博士看到自己忠诚的仆人更关心主人的安全，而非自己的安危时，不禁频频握住他的双手。至于比迪奥马人岛屿沉入湖中的事，博士告诉乔，这种事在乍得湖上其实相当频繁。

乔继续讲述，讲到他陷入沼泽并发出绝望呼喊的那一刻——

"我以为我完蛋了。"他说，"但我突然想到了你们。于是我奋力一搏。怎么做到的，我也说不清楚——但是我下定了决心，不能就这么不明不白地死了。就在这时，我看到——离我两三英尺远的地方——你猜怎么着？那里有一根刚砍断的绳头。于是我使出最后的力气，扑腾了几下，终于抓住了那根绳子。我拉了拉，它没动，于是我又拉了一次，使了劲去拽，然后我就站在了干地上！在绳子的另外一端，我找到了一个锚！啊，主人，如果您不反对的话，我完全有理由称它为救命之锚。我一眼就认出来了！那是'维多利亚'号的锚！你们曾在那里降落过！绳子给我指引了方向，我顺着绳子的方向一直走，又经过几次艰难的尝试后，终于走出了沼泽。我的勇气和体力都恢复了，我走了大半夜，离开湖已经有一定距离了，最后我抵达了一片很大的树林边上。在那里，我看到一个围栏圈起来的地方，里面有几匹马在吃草，一点也不担心周围的危险。有些时候，每个人都会知道怎么骑马的，不是吗，博士？所以，我没多想，直接跑向这些温顺的动物，跳上一匹马的马背，骑着它一路向北狂奔，能跑多快就跑多快。我就不讲那些我没去留意看的小镇和我小心绕过去的村子。不说这些了！我穿过耕地，跃过篱笆，翻过栅栏，用脚后跟不停地踢着我的马，抽打马，那个可怜的家伙几乎没有停过步！最后我终于走到了耕地的尽头。太好了！我看到了沙漠。'这正合我意！'我说，'因为我可以看得更远、更清楚。'我一直希望能看到气球就在附近徘徊，等着我，但我根本没看到。大约三个小时后，我像个傻瓜一样，一头撞进了阿拉伯人的营地！哇！好一场追捕！您看，肯尼迪先生，只有当自己成为猎物时，一位猎人才知道什么叫真正的狩猎！不过我还是建议，如果能避免的话，不要经历这种事情比较好！我的马太累了，几乎要倒下了。他们紧追不舍，我扑倒在地上，然后又跳起来，躲到了一个阿拉伯人身后！我并不是想伤害那个人，我希望他也不会因为我掐死他而怨恨我，然后我看到了你们——接下来的事情你们都知道了。'维多利亚'号跟在我后面，你们一下子就把我抓了起来，像马术演员抓住铁环一样。多亏我当时相信你们！嗯，博士，你看，这一切就是这么简单！世界上最自然不过的事情了！如果对你们有用的话，我愿意再来一次。而且，主人，就像我之前说的，这根本不值一提。"

"我高贵的、勇敢的乔！"博士满怀深情地说，"金子般的心！我们没看错你的智慧和能力。"

"嘿！博士，只需要顺其自然，事情总会解决的，总能摆脱困境！您看，最妥善的办法就是随遇而安。"

在乔讲述自己的经历时,气球已经飞越了很远的距离。肯尼迪很快注意到地平线上出现了建筑物,似乎是一座城镇。博士查阅了地图,认出那里是达迈尔古地区的一座大村庄,叫作塔热勒。

"在这里,"博士说道,"我们来到了巴尔特博士的考察路线。就是在这个地方,他与同伴理查森和奥弗韦格分开。理查森选择了经过津德尔的路线,而奥弗韦格则走了马拉迪路线。你们可能还记得,在这三位旅行者中,只有巴尔特回到了欧洲。"

"那么,"肯尼迪在地图上指出了"维多利亚"号前进的方向,"我们正朝正北方向飞行。"

"正北方向,迪克。"

"这不会让你感觉有些不安吗?"

"为什么会呢?"

"因为这条路线通往的黎波里,要越过撒哈拉大沙漠。"

"哦,我们不会走那么远的,我的朋友——至少,我希望不会。"

"那你打算在哪里停留呢?"

"嗯,迪克,你不想去看看通布图吗?"

"通布图?"

"当然,"乔说,"都到非洲旅行了,怎么可能不去看看通布图。"

"你将是第五个或第六个亲眼见到那座神秘城市的欧洲人。"

"噢,那就让我们去通布图吧!"

"好,那么,我们先要想办法到达北纬17度和18度之间,那里我们可以找到有利的风向,带我们向西。"

"好!"猎人说道,"但我们还要向北走很远吗?"

"至少还有一百五十英里。"

"这样的话,"肯尼迪说,"我去睡一会儿。"

"睡吧,先生,睡吧!"乔催促道,"还有您,博士,您也去睡吧。您一定需要休息了,因为我让您守夜守得有点久了。"

猎人在遮阳篷下躺好。但弗格森并没那么容易被疲劳征服，他依然坚守在自己的岗位上。

大约三个小时后，"维多利亚"号以极快的速度穿越一片布满石头的地区，那里的花岗岩山脉光秃秃的，高耸入云，几座孤峰甚至足足有四千英尺高。树林中生长着金合欢树、含羞树和椰枣树，长颈鹿、羚羊和鸵鸟在树林中敏捷地奔跑跳跃。荒芜的沙漠之后，绿意重新占据了这片土地。这里是凯鲁阿人的家园，他们和危险的邻居图阿雷格人一样，习惯用棉布蒙着面。

晚上十点，顺利飞行了二百五十英里后，"维多利亚"号停在一座重要城镇的上空。在月光下可以看到，这里的一半已经成为废墟，随处可见清真寺和尖塔的顶端，它们在银色的月光下闪闪发光。通过观测星空，博士发现他们已经到达了阿加德兹镇的纬度。

这座城市曾经是相当重要的贸易中心，但在巴尔特博士到访这里时，城市就已经开始衰败了。

在夜幕的掩护下，当地人没有发现"维多利亚"号。气球降落在一块种着小米的田地中，在阿加德兹北方大概两英里处。夜晚很宁静。凌晨五点左右，曙光初现，一阵微风把气球向西吹拂，稍微有一些偏南。

弗格森博士急忙把握住这个难得的机会，操纵气球迅速升空，继续他们的空中之旅。金色的曙光洒在气球周围。

第三十八章

快速飞行——谨慎的决定——看到商队——连绵不断的降雨——加奥——尼日尔河——戈尔贝里、若弗鲁瓦和格雷——芒戈·帕克——莱恩——勒内·卡耶——克拉珀顿——约翰和理查德·兰德

5月17日平静地过去了，没有发生任何引人注目的事件。沙漠再次出现在三位旅行者的眼前，一股温和的风推动着"维多利亚"号向西南方向前进，气球没有一丝一毫的摇晃，它的影子在沙地上划出一条笔直的线。

出发之前，博士出于谨慎补充了水储备，他担心在图阿雷格人出没的土地气球很难安全着陆。此地的高原海拔大约为一千八百英尺，向南倾斜。我们的几位旅行者穿越了穆尔祖克附近通往阿加德兹的小路，这是一条常年被骆驼践踏的道路，并在当晚抵达了北纬16度、东经4度55分的位置，结束了今天长达一百八十英里的单调旅程。

白天，乔精心烹饪了最后几块野味，这些肉当初只是匆匆加工了一下便被装上了气球。乔做了一锅美味的鹬鸟肉作为晚餐，大家都非常喜欢。风势依然良好，博士决定连夜前行。满月的光辉洒满了天地之间，"维多利亚"号升至五百英尺的高度，在夜间前进了大

概六十英里，气球飞得如此平稳，连婴儿的甜梦都不会被打扰。

星期日早晨，风向再次改变，吹向西北方向。几只乌鸦掠过空中，远处的地平线上，一群秃鹫正在飞翔，但幸运的是，它们离气球还很远。

看到这些鸟，乔忍不住称赞起博士的智慧，认为他将气球做成双层结构的决定十分明智。

"要是只有一层气球，谁知道我们现在会在哪里？"他说，"第二个气球就像船上的救生艇。万一出事，我们总能登上它逃生。"

"你说得对，我的朋友。"博士说，"不过我的救生艇让我有些不安。它不如以前的那艘船那么可靠。"

"你这是什么意思，博士？"肯尼迪问。

"我是说，新的'维多利亚'号不如旧的好。可能是因为制作材料磨损得太厉害，或者是螺旋管产生的热量融化了橡胶，我观察到气体有所流失。到目前为止，流失的量还不算太大，但已经很明显。我们有下沉的趋势，为了保持当前的高度，我不得不让氢气膨胀得更多一些。"

"见鬼！"肯尼迪担忧地喊道，"我看似乎没有什么办法能解决这个问题。"

"确实没有，迪克，这就是我们必须加快速度的原因，甚至在夜间也不能停下来。"

"我们离海岸还很远吗？"乔问。

"哪个海岸，我的小伙子？谁知道气球会把我们带到哪里？我只能说，通布图还在西边大约四百英里的地方。"

"我们要多久才能到那里？"

"如果风不把我们吹得太远，我希望能在星期二晚上抵达那座城。"

"那么，"乔指着正在穿越茫茫沙漠的长长一列人畜说道，"我们会比那支商队更早到达那里。"

弗格森和肯尼迪俯身望去,看到了一支庞大的队伍。队伍中至少有一百五十头骆驼,花上十二枚穆特卡尔金币[①],相当于大概二十五美元,就能雇用骆驼运输五百磅的货物从通布图前往塔菲拉勒特[②]。每头骆驼的尾巴上都挂着一个袋子,用来收集它们的粪便,这是商队在穿越沙漠时唯一能使用的燃料。

这些图阿雷格骆驼是最优良的品种。它们可以三到七天不饮水,两天不进食。它们的速度超过马匹,并且能灵敏地听从商队向导——当地语言叫"哈比尔"——的指挥。在当地语言中,人们称呼这些骆驼为"默哈里"。

博士讲述这些细节时,他的同伴们继续凝视着那一大群男女老少,他们艰难地在沙地上前行。沙地甚至还在流动,沙子上面稀疏地长着一些荨麻、枯草和灌木丛,勉强将沙子固定住。风一吹,行人的足迹几乎瞬间消失。

乔询问博士,阿拉伯人如何在沙漠中辨别方向,又是用什么方法找到散布在广袤荒漠中的寥寥几口水井。

"阿拉伯人,"弗格森博士回答说,"天生拥有一种神奇的本能,能够辨认方向。欧洲人会迷路的地方,阿拉伯人却从不会犹豫片刻。一块不起眼的岩石碎片、一颗小石子、一丛杂草、一块颜色稍有不同的沙地,就足以让他们准确地辨别方向。夜晚,他们依靠北极星指引方向。他们每小时前行的距离不会超过两英里,在正午的烈日下总是会休息。你可以想象一下,他们要穿越九百英里宽的撒哈拉沙漠,得花多长时间。"

但"维多利亚"号已经在阿拉伯人惊讶的注视下消失了,他们

[①] 相当于125法郎。——原注
[②] 位于现在的摩洛哥境内,是该国最大的绿洲。

一定很羡慕气球的速度。当天傍晚,气球越过了东经2度20分①,夜里又飞过了一度。

星期一,天气完全变了,倾盆大雨浇了下来。气球不仅要承受这场暴雨的冲击,还要承受雨水给机械设备、吊舱和整个气球带来的额外重量。这场暴雨下个不停,充分解释了为什么这片土地上到处都是沼泽和湿地。他们再次看到了湿地,还看到了含羞树、猴面包树和罗望子树。

这里就是松雷地区。村庄的屋顶有着翻卷的屋檐,就像亚美尼亚人的帽子一样。这里的山很少,但仅有的一些小山丘也足以形成峡谷和水塘,为珠鸡和鹬鸟提供飞行和戏水的地方。湍急的河流随处可见,切断了道路,当地人不得不依靠树之间拉出的藤条来渡河。树林很快就变成了丛林,鳄鱼、河马和犀牛在此栖息。

"我们很快就能见到尼日尔河了,"博士说,"在大河附近,地貌总会发生变化。这些河流也被人们形象地称作'流动的大路',它们先是带来了植被,之后就会带来文明。因此,在长达两千五百英里的尼日尔河流域上,非洲最重要的城市沿着河道星罗棋布。"

"顺便说一下,"乔插话道,"这让我想起,曾经有个仰慕仁慈上帝的人说过,上帝有着远见卓识,总是让河流靠近大城市流淌!"

中午时分,"维多利亚"号飞越了一个小镇,小镇上只有几座聚在一起的简陋茅屋,但这里曾经是重要的都城加奥。

"巴尔特从通布图返回的途中,"博士说,"就是在这里渡过了尼日尔河。这就是那条在古代史中赫赫有名的河流,与尼罗河齐名,那些异教徒迷信地认为它起源于天界。和尼罗河一样,它吸引了无数地理学家的目光,同样,也有许多人的生命牺牲在了探索尼日尔河的路上,嗯,甚至比探索尼罗河的牺牲者还要多。"

---

① 穿越巴黎的子午线的经度。——原注

尼日尔河在两岸间浩浩荡荡地流淌，河水湍急，向着南方滚滚流去。但三位旅行者只来得及匆匆一瞥，就被大风吹向远方了。

"我本来想给你们讲讲这条河的。"弗格森博士说，"但是它已经离我们很远了。尼日尔河流域的面积广阔，长度几乎与尼罗河相媲美。这条河还有许多其他著名的名字，比如迪乌勒巴、马约、埃吉雷鲁、古拉，等等，但所有这些名字的意思其实就是'河'，它们只是尼日尔河流域的不同地区对'河'这个词的不同发音而已。"

"巴尔特博士走过这条路吗?"肯尼迪问。

"没有,迪克。在离开乍得湖时,巴尔特博士游历了博尔努地区的许多城镇,在加奥以南四度的萨伊①渡过了尼日尔河。然后,他深入探索了尼日尔河弯曲部分所环绕的地区,那些地区尚未被探索。经过八个月的跋涉,他抵达了通布图。如果我们能一路顺风,我们大约三天就能走完这段旅程。"

"人们发现尼日尔河的源头了吗?"乔问。

"很久以前就发现了。"博士回答,"有好几次探险的目标就是探索尼日尔河和它的支流,我讲一讲其中最重要的几次探险:1749年至1758年,阿当松②考察了这条河流,并访问了戈雷。1785年至1788年,戈尔贝里和若弗鲁瓦穿越了塞内冈比亚的沙漠,一直深入到摩尔人③居住的地区,摩尔人杀害了索涅尔、布里松、亚当和其他许多不幸的旅行者。接下来是著名的芒戈·帕克,他是沃尔特·司各特爵士的朋友,和司各特一样,帕克也是苏格兰人。1795年,伦敦非洲协会派他去非洲,他到达了班巴拉④,见到了尼日尔河,与一名奴隶商人同行了五百英里,考察了冈比亚河,1797年返回英国。1805年1月30日,他再次启程,和大舅哥安德森、设计师斯科特以及一帮工人一起。他们到达戈雷后,一支由三十五名士兵组成的小队也加入了探险队,一行人于8月19日再次见到了尼日尔河。但由于疲劳、食物短缺、土著人的虐待、恶劣的天气和糟糕的卫生条件,

---

① 城市名,位于现在的尼日尔。
② 米歇尔·阿当松,法国植物学家,曾在非洲研究本土植物。
③ 摩尔人,居住于西班牙或北非的阿拉伯人、柏柏尔人的统称。
④ 非洲地名,位于现在的马里。

探险队中的四十名欧洲人只剩下十一人幸存。11月16日,芒戈·帕克的妻子收到了他写的最后一封信。一年后,一位来自该地的商人提供消息说,这位不幸的旅行者于12月23日在尼日尔河布萨[①]段的瀑布翻船,被当地人杀害。"

"他可怕的遭遇没有阻止其他人继续探索那条河吗?"

"恰恰相反,迪克。从那时起,人们就有了两个目标:一是找回这位失踪探险家留下的资料,二是继续探索。1816年,人们又组织了一次探险,格雷少校是探险队的一员。探险队抵达塞内加尔,深入福塔加隆[②],走访了当地的富拉人和曼丁哥人[③],但没有取得进一步的进展,随后返回了英国。1822年,莱恩少校探索了非洲西部接近英国属地的所有地区,也正是他抵达了尼日尔河的源头。根据他留下的记载,这条大河的发源地只有两英尺宽。"

"轻松就能跳过去。"乔说。

"怎么?你觉得很容易,是吗?"博士反驳道,"如果我们相信传统说法的话,任何试图跳过尼日尔河源头的人都会被立即吞没,而任何试图从那里取水的人,都会感觉到有一只无形的手在推开他。"

"我想,一个人有权不相信这些话中的任何一个字!"乔坚持道。

"噢,当然!五年后,莱恩少校的命运是这样的:他穿越撒哈拉沙漠,深入通布图,结果在离通布图几英里的地方,被乌拉德-希芒

[①] 非洲地名,位于现在的尼日利亚。
[②] 非洲地名,位于现在的几内亚。
[③] 均为西非地区的人种。

303

人①勒死,因为他们想强迫他改信伊斯兰教。"

"又一个受害者!"猎人说道。

"之后,一位勇敢的年轻人仅凭借自己微薄的资源,踏上了征途,完成了现代最令人惊叹的旅程——这位年轻人就是法国人勒内·卡耶。在1819年和1824年的数次尝试之后,他于1827年4月19日从里奥-纽内②出发,8月3日抵达了蒂梅③,此时他身心俱疲,病得很重,直到六个月后的1828年1月,他才恢复体力,继续前行。接着,他加入了一支商队,并穿着东方服饰作为掩护。3月10日,他抵达了尼日尔河,深入古城杰内④,并乘着船沿河而下,于4月30日抵达通布图。1670年,另一位法国人安贝尔曾到过这个神奇的地方,1810年,英国人罗伯特·亚当斯也曾到访。但勒内·卡耶是第一个带回通布图一手资料的欧洲人。5月4日,他离开了这座'沙漠女王之城'。5月9日,他探访了莱恩少校被杀的确切地点。5月19日,他抵达埃尔-阿鲁安⑤,之后离开了这座商业城镇,勇敢地面对苏丹与北非之间的广袤荒野上的重重危险。最终,他进入丹吉尔⑥地区,并于9月28日启程前往土伦⑦。在十九个月的时间里,尽管他有一百八十天都在生病,但他还是从西到北穿越了非洲。啊!如果卡

---

① 乌拉德-希芒人,阿拉伯人的分支,居住于现在的利比亚、尼日尔和乍得。

② 非洲地名,位于现在的几内亚。

③ 非洲地名,位于现在的马里。

④ 西非古城,位于现在的马里。杰内地处尼日尔河中游的弯曲处,是撒哈拉以南非洲重要的文化中心,也是撒哈拉商道上的重要贸易中心,以独特的泥制建筑而闻名,其中杰内大清真寺是著名旅游景点。

⑤ 非洲地名,位于现在的阿尔及利亚。

⑥ 非洲地名,位于现在的摩洛哥。

⑦ 法国城市。

耶出生在英国，他一定会被誉为现代最勇敢的探险家，就像芒戈·帕克一样受人尊崇。但在法国，他并没有得到应有的重视。"①

"真是个坚韧不拔的家伙！"肯尼迪说，"后来他怎么样了？"

"他在三十九岁时去世，死因是长期劳累过度。地理学会在1828年给他颁发了奖项，他们觉得这就足够了，但如果他在英国的话，肯定会获得至高无上的荣耀。"

"当他完成这次非凡的旅程时，他认为英国人也会有类似的壮举，带着同样的勇气推进自己的计划，只是运气没有那么好。这个人就是德纳姆的同伴克拉珀顿上校。1829年，他再次从贝宁湾西海岸进入非洲，随后沿着芒戈·帕克和莱恩的路线前行。他在布萨找到了芒戈·帕克之死的资料，并在8月20日抵达萨卡图。他在那里被当地人抓住，此后一直被囚禁，直到在忠诚的随从理查德·兰德②的怀中去世。"

"那兰德后来怎么样了？"乔颇有兴趣地问道。

"兰德成功返回海岸，回到伦敦，带回了上校找到的资料和旅程的详细记录。之后他向政府提出请求，希望能完成探测尼日尔河的任务。他带上了自己的弟弟约翰，康沃尔郡一对贫困夫妇的第二个儿子。1829年至1831年间，他们一起从布萨沿河而下，直至河口，详细记录了沿途的情况，一座村庄、一英里路都没有漏下。"

"这么说，两兄弟躲过了探险者常遭遇的悲惨命运？"肯尼迪问道。

---

① 弗格森博士是英国人，这个说法也许有些夸张。但我们必须认识到，在法国的旅行家中，勒内·卡耶并没有得到与他的奉献精神和勇敢相配的名气。——原注

② 理查德·兰德，英国探险家，他和后文提到的弟弟约翰·兰德沿着尼日尔河进行探测，并确认尼日尔河汇入大西洋。

"是的,至少在这次探险中逃过了。但 1833 年,理查德第三次前往尼日尔河,结果在河口附近中弹身亡。你们看,朋友们,我们现在经过的这片土地,见证了许多崇高的自我牺牲,但遗憾的是,回报这些牺牲的,往往只有死亡。"

第三十九章

尼日尔河的河湾——洪博里山脉①的奇妙景色——卡布拉——通布图——巴尔特博士的地图——一座衰败的城市——天意

这是个阴沉的星期一。整整一天,弗格森博士都在给同伴们讲述他们正在穿越的这片土地的种种细节,以此来分散自己的注意力。这里的地势平坦,飞行没有遇到什么阻碍。博士唯一担心的就是那股顽固的东北风,它一直在猛烈地吹着,把他们吹离通布图的纬度。

尼日尔河朝着北方滚滚流淌,越过通布图后,河道渐渐展开,像喷泉喷出的巨大水柱一样,最后通过宽阔的入海口汇入大西洋。蜿蜒曲折的河道让这里的地貌变化多端:有的地方肥沃丰饶,有的地方则贫瘠荒凉。玉米田之后是生长着野高粱的空旷地带,接着是未经开垦的平原。各种各样的水鸟——鹈鹕、野鸭、翠鸟等——成群结队地在池塘和河边盘旋。

不时可以看到图阿雷格人的营地,男人们躲在皮帐篷里,而女人们则在外面忙于家务,挤骆驼奶,抽着巨大的烟斗。

到了晚上八点,"维多利亚"号已经向西飞行了两百多英里,三位旅行者目睹了一副壮丽的景象。

---

① 位于现在的马里。

月光透过云层的缝隙，在长长的雨丝间穿行，融入金色的雨洒落在洪博里山脉的山脊上。山顶看上去由玄武岩构成，没有什么比这些山峰的景色看上去更奇特了：它们在昏暗的天空中显现出独特的轮廓，仿佛是一座充满传奇色彩的巨型中世纪城市的废墟。极地海域的冰山在漆黑的夜晚看上去也是这样。

"就像是《乌道夫之谜》[①]中的美景！"博士感叹道，"安·拉德克利夫也难以描绘出这条山脉的神秘。"

"天哪！"乔说，"我可不想在晚上一个人待在这个鬼地方。主人，您看，如果山不那么重的话，我真想把这一切风光都搬回苏格兰去！放在洛蒙德湖畔肯定合适，游客们一定会蜂拥而至的。"

"我们的气球可没有那么大，没办法让你做这个小试验——不过，我觉得我们的飞行方向变了。太棒了！这些小精灵和小仙子真是太好了，看看，它们带来了宜人的东南风，又能把我们吹向我们想去的地方。"

果然，"维多利亚"号正在重新向着更北方飞去。到了20日清晨，气球飞越错综复杂的河道、激流和小溪交织的水网，这里正是尼日尔河支流交错的地方。许多河道被浓密的植被覆盖，宛如肥沃的牧场。博士认出了探险家巴尔特沿河而下，前往通布图的路线。此处，尼日尔河宽达八百英寻，在长满十字花科植物和罗望子树的河岸之间流淌着。敏捷的羚羊群在河道周围跳跃，卷曲的角与高高的草丛交织在一起，而鳄鱼则半隐在草丛中，静静潜伏，用警惕的目光等待着猎物的到来。

骆驼和驴子组成了长长的运货队，驮着来自杰内的货物，在挺拔的大树下缓缓前行。不久后，旅行者们在一个河流的转弯处发现

[①] 英国作家安·拉德克利夫创作的哥特风格浪漫小说，书中富含诡异的景色描写和神秘主义情节。

了一片由低矮房屋组成的圆形剧场。房屋的屋顶和露台上堆满了从附近地区收集来的干草和秸秆。

"那就是卡布拉！"博士兴奋地喊道，"那就是通布图的港口，通布图离这里不超过五英里！"

"那么，先生，您满意了吗？"乔半是询问地说。

"非常满意，小伙子！"

"太好了，一切都再好不过了！"

实际上，两点钟左右，那座"沙漠女王之城"，神秘的通布图——这个曾经像雅典和罗马一样拥有学园和哲学教授席位的城市——出现在了我们的旅行者眼前。

弗格森仔细研究了巴尔特亲自绘制的地图上的每一个细节，确认这张地图相当精确。

在白沙覆盖的平原上，通布图像一个巨大的三角形，尖锐的一角指向北方，刺入沙漠深处。城市周围什么也没有，连草都不多，只有一些矮小的灌木丛。

至于通布图城的样子，读者只需要想象一大堆弹球和骰子就够了——这就是这座城市的鸟瞰图！街道狭窄，两侧排列着只有一层高的房屋。有些是用晒干的砖块砌成的方形房子，有些则是用稻草和芦苇搭建的圆锥形小屋。露台上，几位男性居民身穿鲜艳的宽松服饰，懒洋洋地躺卧着，手里拿着长矛或火枪，但此时旅行者并未见到任何女人的身影。

"但据说这里的女人都很漂亮。"博士说，"你看，那里有三座清真寺的尖塔，是众多清真寺中仅存的三座了——这座城市确实已经失去了昔日的辉煌！三角形城市的一个角是桑科尔清真寺，一排排回廊由设计相当古朴的拱廊支撑。再往前，靠近圣龚古区的地方，是西迪叶海亚清真寺和一些两层高的房屋。但别指望能找到宫殿或纪念碑，这里的酋长不过是个商人出身，他的'王宫'其实是个账房。"

"我好像能看到半毁的城墙。"肯尼迪说道。

"城墙在1826年被富拉尼人摧毁了，当时这座城市比现在大三分之一。通布图自十一世纪以来一直是各部族觊觎的对象，曾先后属于图阿雷格人、桑海人、摩洛哥人和富拉尼人。这里曾是文明的中心，十六世纪时，像艾哈迈德·巴巴[①]这样的智者在这里拥有一座藏有一千六百份手稿的图书馆，而现在，这里不过是中非贸易的一个中转站。"

这座城市确实被彻底遗弃了。它散发出一种破败的气息，这种

[①] 艾哈迈德·巴巴，马里帝国传奇作家、学者和政治批评家，一生著作颇丰，并有许多珍贵藏书，在北非地区历史中有划时代的地位。目前通布图的公共图书馆仍以他的名字命名。

气息是城市荒废后的独特味道。城郊堆积着巨大的垃圾堆，和城中集市所在的山丘一起，构成了地面上唯一的起伏。

当"维多利亚"号飞过时，城中似乎爆发了一阵骚动。鼓声响起，但最后一位仍留在城中的学者几乎没有时间注意到这个新奇的景象，因为旅行者们在沙漠强风的推动下，已经继续沿着河道飞远。不久后，通布图便成了他们旅程中匆匆留下的一抹回忆。

"现在，"博士说，"上天可能会把我们吹到任何地方！"

"只要我们是往西走就行。"肯尼迪补充道。

"哼！"乔说，"就是让我再走一遍回桑给巴尔的路，或者横渡大洋去美洲，我也不怕。"

"我们得先能做到才行，乔！"

"那缺什么呢，博士？"

"气体，孩子。气球的升力显然在减弱，我们得想办法让它带我们抵达海岸。甚至得扔掉一些压舱物。我们太重了。"

"这就是整天无所事事的后果，博士。当一个人整天都舒舒服服地躺在吊舱里，他就会变得又胖又重。我们这趟旅行简直是懒骨头的旅行啊，主人，等我们回去，肯定都会变得又胖又壮。"

"真是典型的乔式思维。"肯尼迪说，"乔总是有这些想法。不过等一下！你能不能讲讲我们还可能遇到什么？我们距离这次旅行的终点还很远呢。博士，你预计我们会在非洲的哪个海岸着陆？"

"我很难回答你，肯尼迪。我们的命运取决于复杂多变的风。不过，如果我们能够在塞拉利昂和波特迪克之间着陆，那就太幸运了。那片地区非常宽广，我们可能会在那里遇到我们的朋友。"

"能和他们握手一定是件愉快的事。可是，我们现在朝着正确的方向前进吗？"

"不太对，迪克，不太对！看看指南针的指针。我们现在正朝南行进，沿着尼日尔河逆流而上，朝它的源头前进。"

"要是人们还没发现尼日尔河的源头,那现在倒是个发现它的好机会。"乔说,"但如果真的需要,我们能不能找到其他的源头呢?"

"不太可能,乔。但别担心,我估计我们不会走得那么远。"

夜幕降临时,博士扔掉了最后几袋沙子。"维多利亚"号随之升得更高,尽管气球的燃烧管已经全力工作,但依旧很难让气球保持当前的高度。此时,气球已经飞过通布图以南六十英里。第二天早晨,旅行者们醒来时,发现自己正飞越尼日尔河的河岸,离代博湖不远。

第四十章

弗格森博士的忧虑——持续向南飞行——蝗虫云——杰内的景色——塞戈①的景色——风向变化——乔的遗憾

河流在这里被巨大的岛屿分割成了狭窄的支流,水流湍急。其中一个支流上有几间牧羊人的小屋。但由于气球速度逐渐加快,旅行者无法对这些小屋做出详细观察。不幸的是,气球朝南边又偏移了一些,没过多久便飞越了代博湖。

弗格森博士竭尽全力,最大限度地调整着气球的高度,试图在不同的高度上寻找其他气流,但是并没有找到。很快,他放弃了这种尝试,因为每一次调整只会让气体继续冲击气球已经磨损的外皮,浪费更多的气体。

他什么也没说,但开始感觉非常焦虑。风不断把他吹向非洲南部,打乱了原本的计划。他不知道该去依靠谁,或者该去依靠什么。如果不能顺利到达英国或法国的殖民地,而是落入那些不断侵扰几内亚海岸的野蛮部落手中,他们将面临怎样的命运?怎样才能在那里找到一艘船带他回英国呢?目前的风向正把他吹向达荷美王国,那里聚居着最野蛮的种族,他会落入那里的统治者手中,而那位统治者习惯于在公众的狂欢中屠杀成千上万人作为祭品。在那里,他

---

① 非洲地名,位于现在的马里。

们将万劫不复！"

气球显然已经磨损,博士感觉气球快要撑不住了。但天气正在好转,他希望雨停后,风向会有所变化。

因此,乔大声说出的提醒无疑让当前的局势雪上加霜。

"看!雨要变大了。从那朵逼近的云来看,恐怕是要发大洪水了!"

"什么!又一朵云?"弗格森问道。

"是的,而且非常大。"肯尼迪回答说。

"我从来没见过那样的云。"乔补充道。

"我终于可以松一口气了!"博士一边说,一边放下望远镜。"那不是云!"

"不是云?"乔惊讶地问道。

"不是。那是虫群。"

"嗯?"

"是蝗虫群!"

"那些?蝗虫?"

"成群的蝗虫,它们会像水龙卷一样席卷这片区域。对这里而言,这无疑是一场灾难!这些昆虫一旦降落,就会将这里变成废墟。"

"我倒真想亲眼看看这番景象!"

"等一下,乔。十分钟内,那片云就会飞到我们这里,到时候你就可以亲眼看了。"

博士说得没错。那片浓密、厚重、绵延数英里的云飘了过来,伴随着震耳欲聋的声响,投下了巨大的阴影。它由无数蝗虫组成,虫群降落在一片布满枝叶和植被的土地上,距离气球大约一百步远。十五分钟后,蝗虫群重新飞起。即使从远处,旅行者们也能看到树木和灌木丛被啃得干干净净,田野一片光秃,就像被镰刀割过一般。

人们会以为突然降临的寒冬席卷了大地，带来了彻底的荒芜。

"嗯，乔，你觉得怎么样？"

"嗯，博士，这种现象确实罕见，但也并不奇怪。一只蝗虫能在小范围内造成破坏，成群的蝗虫就能在大范围内摧毁一切。"

"这是一场可怕的蝗灾，"猎人说，"造成的破坏比冰雹还要严重。"

"没有任何办法能阻止它们。"弗格森回应道，"有时候居民会想出焚烧森林的办法，甚至会焚烧已经成熟的庄稼，来阻止这些昆虫的推进。但率先冲进火海的巨量蝗虫会直接把火焰压灭，其余的蝗虫则会继续前进，势不可当。幸运的是，在这片地区，蝗虫肆虐时人们也会得到某种形式的补偿，因为当地人会大量捕捉这些昆虫，并且贪婪地吃掉它们。"

"它们就像是会飞的虾。"乔说，他还补充说，很遗憾自己从未有机会尝尝它们的味道——只是为了满足一下好奇心！

傍晚时分，沼泽地开始增多。森林逐渐稀疏，变成了孤立的树丛。河岸附近，烟草种植园和肥沃的沼泽草地渐渐显现。杰内城映入眼帘，它坐落在一座大岛屿上。城中的清真寺由黏土搭建，有两座尖塔，墙壁上堆积着上百万只燕子的巢穴，散发出腐烂的气味。猴面包树、含羞树和椰枣树的树梢在房屋之间探出头来。即使在夜晚，这里依然显得喧嚣。实际上，杰内是一座相当繁华的商业城市，它为通布图提供一切必需的商品。河上的商船和阴凉道路上的商队将各种工业产品运往通布图。

"如果不担心耽误我们的行程，我真想在这里停下来。"博士说，"这里肯定有不少阿拉伯人曾去过英国和法国，他们对我们的出行方式不至于感到陌生。但这样做还是不太明智。"

"等到下次旅行时再来参观吧。"乔大笑着说。

"另外，朋友们，如果我没弄错的话，风向似乎稍微偏东了，我们不能错过这个机会。"

博士把一些不再需要的东西扔到气球外——一些空瓶子和一个装过罐装肉的箱子——从而设法让气球保持在最有利的高度。凌晨四点，第一缕阳光照亮了班巴拉的首都塞戈，可以凭借多个特点一眼认出这座城市——它由四个城镇组成，拥有一座摩尔式的清真寺，平底船在城市中穿行，将居民从一个街区运送到另一个街区。旅行者们没能清楚看见什么，城市的居民们也未曾注意到路过的三位旅行者。气球迅速向西北方向径直飞去，博士也没有那么焦虑了。

"以这样的速度，再朝这个方向飞两天，我们就能到达塞内加尔河。"

"我们到达的是一个友好的地区吗?"猎人问道。

"不完全是。但即便情况再糟,气球无法再飞下去,我们还是可以到达法国的殖民地。但是只要气球还能坚持几百英里,我们就能毫不费力、不慌不忙、安安全全地到达西海岸。"

"然后旅程就结束了!"乔补充道,"嗨呀!真是太糟糕了。如果不是为了享受讲述这段经历的乐趣,我再也不想踏上陆地了!您觉得有人会相信我们的故事吗,博士?"

"谁知道呢,乔?不过,有一点是肯定的:至少有一千人会目睹我们从非洲一端起航,还有一千人会看到我们到达另一端。"

"这样的话,人们就难以再说我们没穿越非洲大陆了。"肯尼迪补充道。

"啊,博士!"乔又深深地叹了口气,"我总会想起那一块块的金矿石!那本来可以给我们的故事增添'分量'!如果给每个人发一粒金子,我能找到一群人来听我讲这段经历,他们甚至会钦佩我!"

第四十一章

接近塞内加尔——气球越来越低——他们不停地扔掉物品——伊斯兰修士哈吉——帕斯卡尔、樊尚和朗贝尔先生——穆罕默德的竞争对手——艰难的高山之旅——肯尼迪的武器——乔的敏捷操作——在森林上空停留

5月27日早上九点,地貌看上去和之前大不相同。向远处延伸的山坡变成了丘陵,预示着山脉即将出现。旅行者们必须穿越一道山脉,这道山脉将尼日尔盆地与塞内加尔盆地分开,是一条分水岭,一侧的河流流入几内亚湾,另一侧的河流流入佛得角湾。

从这里一直到塞内加尔,非洲大陆的这片区域十分危险。弗格森博士早在前辈的记录中就了解到了这一点。他们曾在这些野蛮的土著人部落中遭受了无数困境和危机。致命的气候曾吞噬了芒戈·帕克的大部分同伴。因此,弗格森下定决心,绝不在这片荒无人烟的区域着陆。

但他依然无法安下心来。"维多利亚"号的下降幅度越来越大,甚至迫使他扔掉了更多不必要的物品,尤其是当气球需要飞越山顶时。这种情况持续了超过一百二十英里,旅行者们因反复的上升和下降而筋疲力尽。气球就像是西西弗斯的另外一块巨石[①],不断向地

[①] 希腊神话典故,西西弗斯因触怒诸神而被罚推巨石上山,但巨石每次到达山顶都会滚落。这一典故象征着徒劳而无尽的劳作与对命运的抗争。

面坠去。由于气体的膨胀已经变得微弱,气球的外罩开始塌陷,变成了椭球形,风在丝绸表面吹出一个明显的凹陷。

肯尼迪当然也注意到了这一点。

"气球上有裂缝吗?有破洞吗?"他问。

"没有。但是很明显,橡胶在高温下已经开始变软或者融化了,氢气正透过丝绸泄漏出去。"

"我们该怎么防止泄漏?"

"不可能防止。我们只能减轻气球的重量,这是我们唯一能做的事情。所以我们得把能扔的东西都扔出去。"

"但是要扔什么呢?"猎人看着已经相当空的吊舱说道。

"嗯,让我们把遮阳篷扔掉,因为它相当重。"

乔对这个命令很感兴趣,他爬上了固定绳网的圆圈,很轻松地把遮阳用的沉重的帘子拆了下来,扔出吊舱外。

"这能让一整个部落的土著人都兴高采烈。"他说,"足够给一千个人做衣服了,他们对布料可不挑剔。"

气球稍微上升了一点,但很快又明显朝着地面降下去。

"我们着陆吧。"肯尼迪建议道,"看看我们能不能修一下气球的外罩。"

"我再说一遍,迪克,我们没法修。"

"那我们该怎么办?"

"所有不是绝对必需的东西,我们都要扔掉。不管怎样,我们都不能在这片区域停下来。我们正在飞越的这片森林绝不是什么安全的地方。"

"什么?里面有狮子或者土狼吗?"乔带着一种高傲的轻蔑问道。

"比那还糟,我的孩子!下面有人,而且是整个非洲最凶残的人。"

319

"你怎么知道的?"

"在我们之前的旅行者们讲过这些。此外,塞内加尔殖民地的法国定居者与周围的部落有联系。在费代尔布上校①的组织下,侦察队已经相当深入内陆了。帕斯卡尔、樊尚和朗贝尔等军官在探险后带回了珍贵的资料,他们考察了塞内加尔河湾地区,那里因为战争和掠夺,只剩下废墟。"

"那么,究竟发生了什么?"

"我来给你们讲讲。1854年,一位来自塞内加尔富塔地区的伊斯兰教修道士,叫哈吉,宣称自己像穆罕默德一样受到了真主的启示,煽动所有部落向异教徒开战,所谓异教徒,其实就是欧洲人。在塞内加尔河及其支流法勒梅河流域,他造成了极大的破坏。他亲自率领三支由狂热分子组成的队伍横扫这片区域,掠夺财物,屠杀生灵,连一个村庄、一间小屋都不放过。他亲自率军进攻了塞戈城,那时这座城市已遭受威胁许久。1857年,他进一步向北推进,围困了法国人在梅迪纳要塞的驻军。这座要塞由保罗·奥勒②防守,他在弹尽粮绝的情况下坚守了几个月,直到费代尔布上校前来救援。哈吉和他的军队随后再次渡过塞内加尔河,继续在卡塔地区掠夺和屠杀。嗯,我们正飞过的这片土地,就是他和他那群匪徒的庇护所。我向你们保证,落到他手里可不是好事。"

"我们不会落到他手里的。"乔说,"就算我们得把所有衣服都扔到外面去救'维多利亚'号,我们也不会落到他手中。"

"我们离河不远了。"博士说,"但我感觉,我们的气球没办法带我们越过河流。"

"无论如何,至少要到河岸。"苏格兰人说,"到那里就好。"

---

① 路易·费代尔布,法国军官,曾任法属塞内加尔总督。
② 保罗·奥勒,法国军官、作家,因梅迪纳要塞守卫战而闻名。

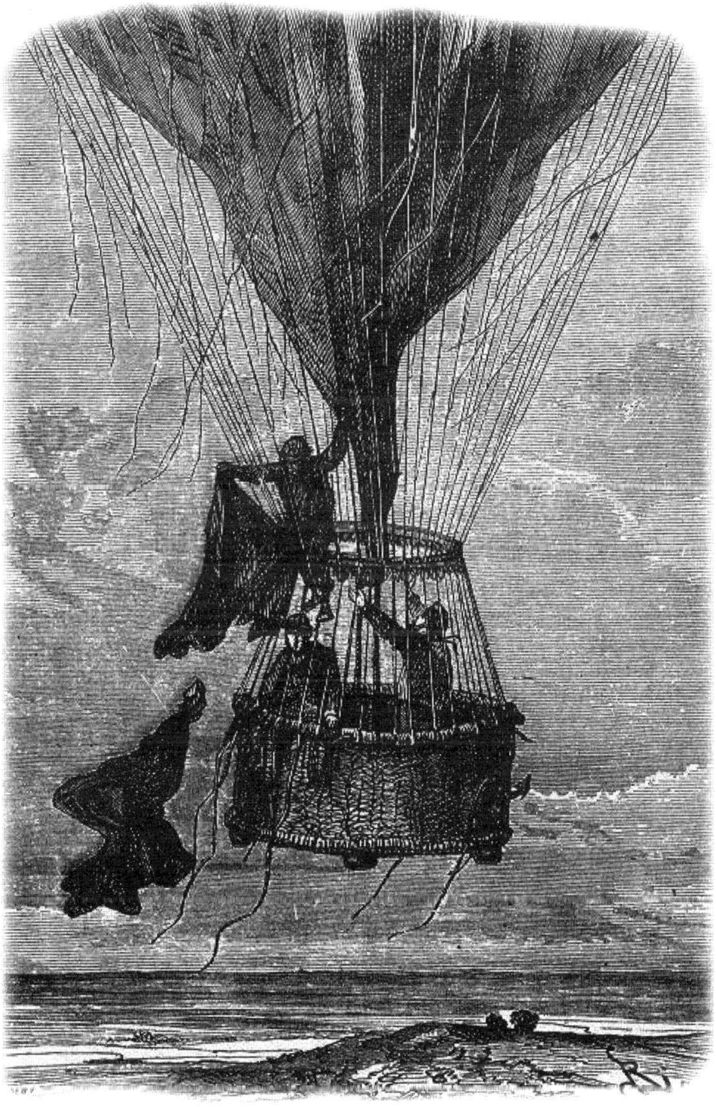

"这正是我们正在努力做的事情。"弗格森回应道,"但有一件事让我很担心。"

"什么事?"

"我们还得翻过一座山,这很难。因为我已经没办法增加气球的升力了,即使用最强的热量来加热气体也不够。"

"好吧,等等看。"肯尼迪说,"会有办法的!"

"可怜的'维多利亚'号!"乔叹了口气,"我爱它,就像水手爱自己的船一样,我不会轻易放弃它。虽然它已经不再是出发时的样子——这没错,但我们不应该说它一句坏话。它为我们立下了汗马功劳,抛弃它会让我心碎。"

"放心吧,乔。不是迫不得已的话,我们不会抛弃'维多利亚'号的。'维多利亚'号会继续为我们服务,直到完全无法使用。我只希望它能再坚持二十四小时!"

"啊,它快精疲力竭了!它变得越来越瘦了!"乔一边看着气球,一边悲伤地说着,"可怜的气球啊!"

"除非我看错了,"肯尼迪说,"地平线上好像能看到你说的那些山脉了,博士。"

"是的,确实是那些山!"博士用望远镜观察了一番之后说道,"而且看起来很高,飞过去有些困难。"

"我们不能绕过它们吗?"

"恐怕不行,迪克,看看它们绵延到多么远——几乎占了地平线的一半!"

"那些山似乎要把我们困在这里一样。"乔加了一句,"从左侧和右侧看去,山都在逼近我们。"

"那我们就必须得越过去了。"

这些障碍似乎迅速接近,预示着危险迫在眉睫。或者更准确地说,强风正推动气球朝尖锐的山峰飞去。因此,必须想办法把气球升高，否则气球将会被撞得粉身碎骨。

"我们把水箱的水倒空吧，"博士说，"只留够一天用的就行。"

"倒出去了！"乔喊道。

"气球升起来了吗？"肯尼迪问。

"升了一点——大约五十英尺。"博士回答说，他的眼睛紧盯着气压计，"但这还不够。"

这时，高耸的山峰突然出现在旅行者眼前，仿佛朝他们冲来。气球还远远没有升到山脉之上，至少还差五百多英尺。

为汽缸准备的水也被扔出了吊舱，只留下了几品脱，但这仍然不够。

"我们必须飞到山上面！"博士催促道。

"我们把水箱也扔出去吧——反正已经倒空了。"肯尼迪说。

"扔出去！"

"扔出去了！"乔喘着气说，"但看着我们的东西一个个被扔掉，真是心疼。"

"乔，现在你必须答应我，无论发生什么，都不要再像上次那样牺牲自己！无论如何，你发誓，不会离开我们！"

"别担心，主人，我们不会再分开了。"

"维多利亚"号已经上升了一百二十英尺，但山脊依旧高耸在气球之上。这是一道几乎垂直的山脊，尽头是直立的峭壁，山脊仍比他们高出二百多英尺。

"只有十分钟了。"博士自言自语道，"除非我们能飞过这些岩石，否则我们的吊舱将会被撞得粉碎！"

"现在怎么办，博士？"乔问。

"除了我们的干肉饼，什么都别留，把比较重的肉都扔出去。"

于是，气球又减轻了大约五十磅的重量，明显上升了一些，但除非它能飞过山顶，否则这一切都毫无意义。形势万分危急，"维多利亚"号正以极快的速度向前冲刺。他们能感觉到气球即将被撞得粉碎——那冲击力将会相当可怕。

博士环顾了一下吊舱。吊舱几乎空了。

"如果有需要的话,迪克,准备好把你的武器也扔出去!"

"要牺牲我的武器?"猎人相当激动地说。

"我的朋友,我要求你这样做,这绝对是必要的!"

"塞缪尔!博士!"

"你的枪、火药和子弹可能会要了我们的命。"

"我们快撞上了!"乔喊道。

六十英尺!山峰仍然比气球高出六十英尺。

乔抓起毯子和其他遮盖物,丢了出去。然后,他没有对肯尼迪说一句话,又把几袋子弹丢了出去。

气球升得更高了。它越过了危险的山脊,阳光照耀着山脊的最高点。但吊舱仍然比一些碎裂的岩石要低,迟早会撞在石头上。

"肯尼迪!肯尼迪!把你的武器扔出去,不然我们就完了!"博士喊道。

"等等,先生。等一等!"他们听到乔的高喊,环顾四周,看见乔消失在了气球边缘。

"乔!乔!"肯尼迪喊道。

"可怜的人啊!"博士痛苦地喊道。

气球所在的地方是平坦的山顶,大概宽二十英尺,另外一侧的山坡比较平缓。吊舱恰好接触到山顶,而这里的地面恰好比较平。吊舱在山顶上滑过,下面的土壤里全是尖锐的砾石,发出嘎吱嘎吱的声音。

"我们过去了!我们过去了!我们没事了!"一个欣喜若狂的声音喊道,这声音让弗格森的心几乎跳到了嗓子眼。

那个大胆的家伙依然在那里,抓住吊舱的下边缘,在山顶上奔跑。这减轻了整个吊舱的重量。他必须拼尽全力抓住，因为吊舱随时可能从他手中滑脱。

乔跑向对面的斜坡，眼前就是深渊，他用力一蹬，从地面跃起，沿着绳索攀爬，终于回到了朋友们身边。

"搞定了！"他若无其事地说道。

"勇敢的乔！我的朋友！"博士深情地说道。

"哦！我这么做不是为了你。"乔笑道，"而是为了保住肯尼迪先生的步枪。我欠他一个人情，因为那次阿拉伯人的事情！我喜欢无债一身轻，现在我们两清了。"他边说，边把猎人心爱的武器递给了他，"要是看到您失去它，我会很难过的。"

肯尼迪满怀感激地握住这个勇敢小伙子的手，感动得一时语塞。

"维多利亚"号现在只需要下降了。这很容易，气球很快就降到了离地面仅两百英尺的高度，并达到了平衡状态。地面看起来非常崎岖，仿佛经历了一次剧烈的地震。许多地方的地面都凹凸不平，如果在晚上，要想避开这些地方将会非常困难。很快就到了傍晚时分，尽管博士不想这么做，但他还是不得不决定停下来，等到早上再出发。

"我们现在要找一个合适的着陆点。"他说。

"啊！"肯尼迪回答道，"你终于下定决心了吗？"

"是的，我很久以前就在考虑一个计划，现在就试试。现在才晚上六点，我们还有足够的时间。把锚丢下去，乔！"

乔立刻照做了，两个锚悬在气球下方。

"我看到前方有大片森林。"博士说，"我们要沿着树梢飞过去，然后用铁锚钩住一棵树，我不想在地面过夜。"

"但我们不能降到地面吗？"肯尼迪问。

"降落有什么用呢？我再说一遍，我们分开很危险，而且，我还需要你们的帮助来完成一项艰巨的任务。"

"维多利亚"号在林中巨大的树冠上掠过，很快就停了下来，它的锚钩住了树枝。随着夜幕降临，风也停了下来，气球静静地悬挂在一片由西克莫无花果树树冠组成的绿色田野上。

第四十二章

慷慨的争论——最后的牺牲——气体膨胀装置——乔的灵巧操作——午夜——博士守夜——肯尼迪守夜——肯尼迪在岗位上睡着了——大火——土著人的号叫——超出射程

停下后,弗格森博士做的第一件事就是通过观测星辰来确定位置,他发现他们距离塞内加尔河只有二十五英里左右。

"朋友们,"他在地图上指点了一番后说道,"我们目前要做的,就是渡过这条河。但这里没有桥,也没有船,我们必须依靠气球渡河。而要做到这一点,我们还得继续减轻重量。"

"但我不知道我们该怎么做到。"肯尼迪在担心他的武器,"除非我们中有一个人愿意为其他人做出牺牲——也就是说,留下来,现在轮到我了,我愿意承担这份荣誉。"

"您,真的吗?"乔反驳道,"我更有经验——"

"问题的关键在于,我们不是要把自己从吊舱里扔出去,而是要徒步走到非洲海岸。我是个一流的徒步旅行者,也擅长运动,而且——"

"我绝不会同意的!"乔坚持道。

"你们不需要搞这种慷慨的竞争,我勇敢的朋友们。"弗格森说,

"我相信我们不会走到那一步。而且，即便真的要这么做，我们也不应该分开，而应该一起行动，一起穿越这片土地。"

"这才像话，"乔说，"一点小小的徒步旅行对我们没什么害处。"

"但是在我们试着徒步之前，"博士继续说道，"我们得采取措施，最后减轻一下气球的重量。"

"什么措施？我倒想看看。"肯尼迪半信半疑地说。

"我们必须扔掉那些汽缸、螺旋管和本生电池。在空中，九百磅的重量可是个不小的负担。"

"但是，塞缪尔，那你该怎么膨胀气体？"

"我不需要膨胀气体了。我们必须在没有这些装置的情况下继续前行。"

"但是——"

"听我说，朋友。我已经精确计算过剩下的升力，足够支撑我们每个人带着剩下的物品升空。包括我想保留的两个锚在内，我们的总重量只会比五百磅多一点点。"

"亲爱的博士，你比我们更了解这些。你是唯一能判断当前局势的人。告诉我们该怎么做，我们就照做。"

"我听候您的差遣，主人。"乔补充道。

"我再说一遍，朋友们，尽管这个决定看起来可能很可怕，但我们不得不牺牲掉这些设备。"

"那就扔掉吧！"肯尼迪立刻说道。

"动手吧！"乔说。

这可不是件容易的活儿。设备得一件一件地拆下来。他们首先拆下了混合储气罐，然后是汽缸的储气罐，最后是分解水用的储罐。这些罐子被牢牢固定在吊舱底部，三人齐心协力才拆下来。但肯尼迪力大无穷，乔身手敏捷，博士又足智多谋，他们最终还是成功了。仪器零件一个个被扔出，消失在吊舱下方，在西克莫无花果树的枝叶间砸出了巨大的空隙。

"那些土著人看到树林里的东西，一定会大吃一惊。"乔说，"他们会把这些设备当成神像来崇拜！"

接下来要处理的是固定在气球上、连接着螺旋管的管道。乔成功地切断了吊舱上方的橡胶接头，但当他要处理管道时，发现拆除管道比其他设备更困难，因为管道上端被牢牢固定，并用黄铜丝绑在了阀门环上。

但此时，乔展现出惊人的技巧。尽管气球还在晃动，乔还是借助防护网爬到了气球顶上，为了不划伤气球表面，他还赤着脚。经过一番艰难的努力，乔一只手紧紧抓着气球光滑的表面，另一只手拆下了固定管道的螺母。他们很轻松地把管道从下方抽了出来，并用强力密封线把气球密封好。

卸下相当可观的负重后，"维多利亚"号笔直地向上升起，猛烈地拉扯着锚绳。

大约午夜时分，三人完成了这项工作，没有节外生枝，但代价是三人都筋疲力尽。由于博士已经无法给乔提供火来烹饪，他们只能吃干肉饼和冷潘趣酒作为一餐。

乔和肯尼迪已经累得站不住了。

"躺下吧，朋友们，休息一下。"博士说，"我先守夜，两点我叫醒肯尼迪。四点，肯尼迪叫醒乔。六点我们就出发。愿上帝保佑我们顺利度过这次旅行的最后一天！"

不等博士再说，他的两个同伴就在吊舱底部躺下，立刻陷入沉睡。

夜晚很平静。残月在几缕云彩的掩盖下若隐若现,暗淡的月光几乎穿不透黑暗。弗格森用手肘支在吊舱边缘,聚精会神地环顾四周。他密切关注着气球下方铺开的树叶,那些树叶如同黑色的屏障,遮住了他的视线,让他无法看到地面。即便最轻微的声响也会引起他的怀疑,哪怕是树叶发出的沙沙声,也会让他警觉起来。

此时,弗格森的情绪因为孤独而更加敏锐,在这样的状态下,模糊的恐惧总会涌上脑海。在这一趟旅程即将结束时,在克服了这么多障碍之后,在终于要达到目标的时候,人的恐惧感愈发明显,情绪会更加激烈。旅程的终点似乎离眼前越来越远。

此外,目前的处境也没有那么乐观。他们身处野蛮之地,依赖着一辆随时可能抛锚的交通工具。博士不再完全信任他的气球,他已经不再像过去那样因为充满信心而大胆操纵它了。

在这些情绪的影响下,博士时不时就会听到周围的林海中传来模糊的声音。他甚至以为自己在树林间看到了一道迅速闪过的火光。他仔细地看了看,把夜视望远镜对准了那个地方,但什么也没看见,最深的寂静又回来了。

毫无疑问,这只是他的幻觉。他继续侧耳聆听,但没有听到任何声音。当他的守夜时间结束时,博士叫醒了肯尼迪,并嘱咐他要保持高度警惕,然后就在乔身边躺下,沉沉睡去。

肯尼迪一边揉着眼睛——他几乎没办法睁开眼——一边镇定地点燃了烟斗。然后,他把自己安顿在一个角落里,开始用力抽烟,以此来保持清醒。

周围一片死寂。微风轻拂树梢,轻轻摇晃着吊舱,猎人不由得想沉浸在逐渐袭来的困意中。他努力抵抗着困意,一次次努力睁开眼睛,想要将视线投向伸手不见五指的黑暗中。但最终他不敌疲劳,向后一仰，沉睡了过去。

他不知道自己在疲惫中沉睡了多久，但突然，一声陌生的噼啪声把他惊醒。

他揉了揉眼睛，猛地站了起来。强烈的光芒几乎让他失明，他还感觉脸颊灼烫——森林着火了！

"火！火！"他大喊起来，但还没弄清楚发生了什么。

他的两个同伴惊恐地跳了起来。

"怎么了？"博士立刻喊道。

"着火了！"乔说，"但是谁会——"

就在这时，树下传来了响亮的号叫声，森林已经被照得亮如白昼。

"啊！是土著人！"乔喊道，"他们放火烧森林，肯定想把我们烧死。"

"塔里巴人①！肯定是哈吉的伊斯兰教修道士们！"博士说。

一圈火焰包围了"维多利亚"号。干燥木材燃烧时的噼啪声、翠绿的树枝燃烧时的嗞嗞声和爆开的声音交织在一起。攀爬的藤蔓、树叶，这片植被中所有的生物，都在带来毁灭的火之元素中扭曲着。眼前除了茫茫火海，什么也看不见。在这片巨大的熔炉中，大树很快就被烧成了乌黑的颜色，树枝变成了灼热的木炭。火海发出耀眼的光芒，在云层上映照反射，旅行者们仿佛置身于一个空心的火球之中。

"我们逃到地面上去！"肯尼迪喊道，"这是我们唯一的生路！"

但弗格森紧紧抓住了他，并用一把锋利的斧头一下子砍断了锚

---

①"塔里巴人"并非一个人种，而是阿拉伯语"求学者"的音译，原意为接受伊斯兰教教育的学生。

绳。与此同时，火焰已经跃到气球那里，照亮了气球的一侧，气球剧烈颤动。但"维多利亚"号摆脱了束缚，旋转着上升了一千英尺，飞入空中。

恐怖的呼喊声在森林中回荡，还伴随着枪声。而气球则随着黎明时分的上升气流，向西飞去。

此时是凌晨四点。

第四十三章

塔里巴人——追捕——荒废的土地——风势渐弱——"维多利亚"号逐渐下沉——最后的补给——气球的跳跃——用枪防御——风势增强——塞内加尔河——圭纳瀑布——热空气——飞越河流

"如果昨晚我们没有采取措施减轻气球的重量，恐怕现在我们已经无药可救了。"博士沉默了好一会儿之后说道。

"看，这就是抓住时机的好处！"乔回应道，"一个人因此摆脱困境，这再自然不过了。"

"我们还没脱离危险呢。"博士说。

"你还在担心什么？"肯尼迪问道。"气球又不会自己掉下来，就算它真下降了——"

"就算它真下降了？迪克，看！"

他们刚刚穿过森林边缘，三位旅行者看到了大约三十个骑着小马的男子，穿着宽大的马裤和飘逸的长袍。有的人手持长矛，有的人扛着长枪，骑着飞速奔跑、颜色赤红的小马，朝着气球前进的方向紧追而来，但气球只是在不紧不慢地飞行着。

看到三位旅行者，下面的人发出了野蛮的叫喊，挥舞着手中的武器，黑黝黝的脸上满是愤怒与威胁的神色，稀疏却坚硬的胡须使他们的表情显得更加凶狠。与此同时,他们毫不费力地纵马飞驰,越过通往塞内加尔河的低洼地带和平缓山坡。

"没错,就是他们!"博士说,"残忍的塔里巴人!哈吉率领的残忍修士!我宁可在密林的正中间面对一群野兽的包围,也不想落在这群残忍的强盗手里!"

"他们看起来可不怎么友好!"肯尼迪附和道,"而且都是些野蛮又强壮的家伙。"

"幸好这些家伙不会飞。"乔评论道,"这还挺重要的。"

"看,"弗格森说,"那些村庄被毁了,那些小屋被烧掉了——就是他们干的好事!曾经肥沃宽阔的土地,现在却荒芜破败。"

"但无论如何,"肯尼迪插嘴道,"他们追不上我们,而且如果我们能飞过河,把河当作屏障隔在我们和他们之间,我们就安全了。"

"很好,迪克。"弗格森回应道,"但是我们可不能落到地上去!"他一边说,一边看了一眼气压计。

"无论发生什么,乔,"肯尼迪又加了一句,"检查一下我们的武器肯定不会有坏处。"

"一点没错,肯尼迪先生!幸好我们没有在路上丢掉它们。"

"我的步枪!"猎人说道。"希望我永远不要和它分开!"

说着,肯尼迪非常仔细地给他的爱枪装上子弹,火药和子弹都还剩下很多。

"我们现在的高度是多少?"他问博士。

"大约七百五十英尺。但我们已经没有办法借助有利的气流上升下降了。我们只能听天由命,看气球的了!"

"真令人心烦!"肯尼迪说,"风太弱了,要是能遇到之前那样的飓风,那些可恶的匪徒早就被我们远远甩在后面了。"

"这些恶棍正悠闲地跟着我们,"乔说,"他们只不过稍微加速了一点。真是个不错的观光旅游。"

"如果在射程之内，"猎人叹息道，"我就该找点乐子，打死几个。"

"是这样没错，"博士说，"但与此同时你也会在他们的射程之内，而对他们长枪里的子弹来说，我们的气球是个再明显不过的靶子。如果他们在气球上打个洞的话，你可以想象一下我们会是什么处境！"

塔里巴人追了整整一上午，十一点时，旅行者们仅仅向西前进了十五英里。

博士焦急地注视着地平线，哪怕是最微小的云彩也不放过。他最担心的是大气层发生变化。若气流将他们带回尼日尔河附近，他们会遭遇什么呢？此外他还注意到，气球的下降已经变得十分明显。自启程以来，气球已经下降了三百多英尺，而距离塞内加尔河大约还有十几英里远。以它目前的速度，再飞三个小时才能到达。

就在这时，又一阵喊叫声吸引了他的注意。塔里巴人似乎非常激动，正在用鞭子抽打马匹。

博士看了看他的气压计，立刻发现了这个新状况的原因。

"我们正在下降吗？"肯尼迪问。

"是的！"博士回答。

"糟糕！"乔暗道。

还不到十五分钟，"维多利亚"号距离地面就只剩下一百五十英尺了。但风势比之前强了许多。

塔里巴人勒住了马，很快，一阵枪声在空中回荡起来。

"太远了，你们这些蠢货！"乔喊道，"我觉得最好和这些家伙保持距离。"

说着，他瞄准了最前面的骑手，开了枪。那个塔里巴人一头栽倒在地，他的同伴们在原地停了一阵子，气球趁机拉开了距离。

"他们真谨慎！"肯尼迪说。

"因为他们认为我们一定逃不掉。"博士回答，"如果我们再降低一点的话，他们就真能抓住我们，毫无疑问，我们必须升得更高。"

"我们还能扔出去什么？"乔问。

"把剩下的干肉饼都扔掉，这样能减轻三十磅的重量。"

"扔掉了，先生！"乔一边说，一边执行了命令。

吊舱几乎已经触到了地面，但又在塔里巴人的叫喊声中升了起来。但是半小时后，气球又开始迅速下降，气体正通过气球表面的孔隙泄漏出去。

不久，吊舱又一次擦到了地面，哈吉的黑骑士们朝着吊舱直冲过去，但正如之前常常发生的那样，气球在刚一触地时就弹了起来，只是这次重新落下的地方仅仅在一英里之外。

"看来我们逃不掉了！"肯尼迪咬牙切齿地说。

"把储存的白兰地扔掉，乔。"博士喊道，"还有我们的仪器，所有有重量的东西都扔掉，我们的最后一个铁锚也扔掉，因为必须得扔！"

乔扔出了气压计和温度计，但没什么效果，气球上升了一下，又再次坠向地面。

塔里巴人朝着气球飞奔而来，现在他们距离气球不过两百步之遥。

"把两支猎枪扔出去！"弗格森喊道。

"至少得先打空子弹再扔。"猎人回答说。随后，四声枪响迅速响起，击中了冲锋的骑兵队伍中最密集的部分。四名塔里巴人应声倒地，其他人发出了疯狂的号叫与诅咒。

"维多利亚"号又一次上升，做出了几次剧烈的跳跃，就像一个巨大的橡皮球在空中弹来弹去。三位不幸的人试图通过这些剧烈的

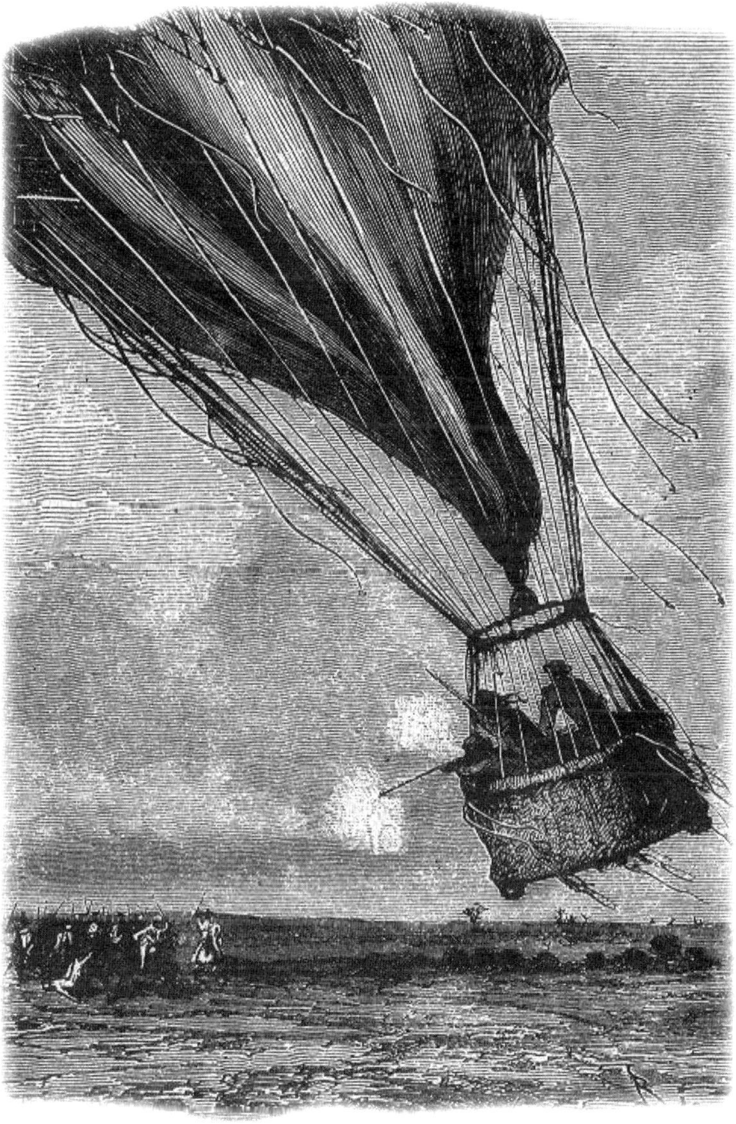

空中跳跃逃出生天,气球就像巨人安泰俄斯[①]一样,仿佛每次触地都会获得新的力量,这真是一幅奇怪的场面。但这种状况不能再继续下去,现在已经快到中午了,"维多利亚"号越来越干瘪、越来越虚弱,每时每刻都变得越来越瘦长。气球的外表变得松弛,在空中无力地飘着,丝绸的褶皱相互摩擦,沙沙作响。

"上帝抛弃我们了!"肯尼迪喊道,"我们注定要掉下去了!"

乔没有说话,只是全神贯注地注视着他的主人。

"不!"博士回答,"我们还有一百五十磅的东西可以扔出去。"

"那是什么?"肯尼迪问道,心想博士一定是疯了。

"吊舱!"他回答说,"我们可以抓住绳网,挂在网眼里面,直到抵达塞内加尔河边。快!快!"

这些勇敢的人毫不犹豫地采取了这种最后、最绝望的逃生方式。他们按照博士的指示抓住了绳网,乔用一只手抓紧绳网,另一只手割断了吊舱的吊绳。在"维多利亚"号最后一次下降时,吊舱掉到了地上。

"万岁!万岁!"这个勇敢的家伙兴奋地喊道,因为卸下了重负的"维多利亚"号再次上升到三百英尺的高度。

塔里巴人策马疾驰,马儿现在正以疯狂的速度飞奔而来。但气球遇到了更加有利的风向,飞到了他们前面,并迅速向一座一直延伸到西方地平线的山丘飞去。这对旅行者们来说很有利,因为他们可以飞过山丘,而哈吉的部下则不得不向北绕过这个障碍。

三人仍然紧紧抓住绳网。他们已经设法把绳网固定在脚下,就像飘在空中的口袋一样。

越过山丘之后,博士忽然喊道:"河!河!塞内加尔河,我的朋

[①] 古希腊神话中的巨人,母亲是大地女神盖亚,因此只要安泰俄斯和地面接触,就可以从大地女神那里得到无穷无尽的能量。

友们！"

果然，离他们大约两英里的地方，有一条河流正在滚滚流淌，更远处的河岸低矮而肥沃，正是一个安全的避难所，也是降落的合适地点。

"再过一刻钟，"弗格森说，"我们就得救了！"

但事与愿违。空荡荡的气球缓缓降落在几乎完全没有植被的地面上。那里只有长长的斜坡和石质平原，长着几丛灌木和一些被太阳晒焦的枯草。

"维多利亚"号几次触地又升起，但反弹的高度和距离一直在减小。最后一次升空后，绳网的上部挂在了一棵猴面包树上，那是此地唯一的一棵树，孤零零地矗立在荒原之上。

"一切都结束了。"肯尼迪说。

"离河边只有一百步了！"乔痛苦地说。

三位不幸的旅行者降落到地面，博士带着同伴向塞内加尔河徒步走去。

此时，河流发出了一声长长的咆哮。当弗格森走到河岸时，他认出这里是圭纳瀑布。但他看不到一艘船，也看不到一个活物。塞内加尔河宽达两千英尺，瀑布以一百五十英尺的高度差倾泻而下，发出震耳欲聋的声响。在目力所及的范围内，河水自东向西流淌，一排岩石在南北方向铺展开来，挡住了河流的去路。在瀑布的中央，形状奇特的岩石耸立在水流中，如同被石化的巨型史前动物。

要越过这道鸿沟显然是不可能的，肯尼迪无法克制住心中的绝望。

但弗格森博士以坚定无畏的口吻喊道——

"一切还没有结束！"

"我就知道。"乔说。任何事情都无法动摇他对主人的信心。

看到干枯的草地，博士萌生了一个大胆的想法。这是最后一线逃生的机会。他迅速带着朋友们回到他们扔下气球外皮的地方。

"我们比那些匪徒领先了至少一个小时。"他说，"朋友们，别再浪费时间了，收集干草，我至少要一百磅。"

"用来干什么？"肯尼迪惊讶地问。

"我的氢气用完了，那么，我就用热空气飞过河去！"

"啊，博士。"肯尼迪喊道，"你真是个伟大的人！"

乔和肯尼迪迅速开始工作，没多久就在猴面包树附近堆起了一大堆干草。

与此同时，博士切开气球的下端，扩大了气球的开口。他小心翼翼地通过阀门排出了气球内最后残留的氢气,然后在气球下面堆起了干草,并点燃了它。

用热空气让气球膨胀起来只需要很短的时间。一百八十华氏度[①]的温度就足以让空气膨胀,将其重量减少一半。因此,"维多利亚"号很快就开始变得圆润起来。干草不缺,博士辛苦地劳作,让火势一直保持旺盛,气球每时每刻都在变得更加饱满。

此时已是三点四十五分。

就在这时,塔里巴匪帮在北方大约两英里处再次出现,三位朋友能听到他们的呼喊声和马匹全速奔跑的嘈杂声音。

"二十分钟后他们就会到这里!"肯尼迪说。

"更多干草!更多干草,乔!十分钟内我们就能把气球充满热空气。"

"给您,博士!"

"维多利亚"号现在已经充满了三分之二。

"来,朋友们,像我们之前那样抓住绳网。"

"好的!"他们异口同声地回答。

大约十分钟后,气球轻轻晃动了几下,这意味着它已经做好了再次起飞的准备。塔里巴匪帮正在逼近。距离旅行者已经不到五百步远。

"抓紧了!"弗格森喊道。

"别担心,主人——别担心!"

博士用脚把另一堆干草推到火上。

温度继续升高,气球完全充气,开始缓缓升起,扫过了猴面包树的树枝,向上飞去。

"我们起飞了!"乔喊道。

---

① 大约100摄氏度。——原注

一阵步枪射击回应了他的呼喊。一颗子弹甚至擦伤了他的肩膀。但肯尼迪俯下身子，用一只手举起步枪，击倒了一名敌人。

愤怒的叫喊声不绝于耳，土著们眼睁睁地看着气球升起。气球一下子升到了八百英尺高。一股湍急的气流裹住气球，吹着气球疾驰而前，气球震得厉害。勇敢的博士和他的朋友们看到，下方已经是瀑布深渊。

三位旅行者默默无言。十分钟后，他们逐渐降落到河对岸。

那里，一群人穿着法国军装，惊得目瞪口呆，心中满是震撼。想象一下他们看到气球从河右岸升起时的惊讶吧。他们差点把升起的气球当成了一种天文现象，但队伍中的军官——一名海军陆战队中尉和一名海军旗手——曾在欧洲的报纸上看到过弗格森博士这场大胆冒险的报道，很快向军人们解释了事情的真相。

气球逐渐瘪了下去，勇敢的旅行者们仍然紧紧抓住绳网，缓缓降落，但能否抵达陆地还是未知数。"维多利亚"号在离塞内加尔河左岸几英寻的地方坠入河中，就在这时，一些勇敢的法国士兵冲进水里,把三位旅行者抱在怀里。

"弗格森博士!"中尉喊道。

"正是在下,先生。"博士平静地回答,"还有我的两位朋友。"

法国人护送着我们的旅行者离开河岸,而气球已经瘪了一半,它被一股急流卷走,像一个巨大的气泡一样,随着塞内加尔河的水流,一头栽进圭纳瀑布。

"可怜的'维多利亚'号!"乔说出了道别的话。

博士忍不住流下了眼泪,他伸出双手,两位朋友默默地紧握着他的手,那份深沉的情感,已经无须言语。

第四十四章

结论——证明——法国殖民地——梅迪纳哨所——
"王宫"号——圣路易——英国护卫舰——返回伦敦

塞内加尔总督派遣了一支探险队前往河岸。这支队伍有两位军官，分别是海军陆战队中尉迪弗赖斯和海军旗手罗达梅尔，此外，还有一名军士和七名士兵。他们在圭纳地区进行了两天的侦察，寻找建立哨所的最佳位置，这时，他们目睹了弗格森博士的降落。

可以想象，三位旅行者受到了热烈的欢迎。只有这些法国军人见证了这一大胆计划的成功，因此他们自然成了弗格森博士这次冒险的见证人。于是，博士立即请求他们为他抵达圭纳瀑布提供官方证明。

"您不会反对签署一份证明文件吧？"他问迪弗赖斯中尉。

"乐于从命！"中尉立即回答。

三位英国人被护送到河岸上的一个临时哨所，他们在这里受到了无微不至的照顾，一切需求都得到了满足。在这个临时哨所，按照伦敦皇家地理学会的格式，他们起草了如下证明文件：

我们，即以下签名者，特此声明。在本文所述之日，我们目睹了弗格森博士及其两位同伴理查德·肯尼迪和约瑟夫·威尔逊①紧紧抓住气球的绳网，该气球在离我们不远处落入河中，被水流冲走，最终在圭纳瀑布中消失。下述人员一同在此签字，作为证明，以供所有相关人员参考。

签署于圭纳瀑布，1862年5月24日。

（签名）

弗格森·塞缪尔；

理查德·肯尼迪；

约瑟夫·威尔逊；

迪弗赖斯，海军陆战队中尉；

---

① 迪克是理查德的简称，乔是约瑟夫的简称。——原注

罗达梅尔，海军少尉；

迪费，中士；

菲利波、马约尔、佩利西耶、洛鲁斯、拉斯卡涅、吉永、勒贝尔，士兵。

弗格森博士和他勇敢的同伴一同进行的这场令人惊叹的旅程就这样结束了，他们得到了无可辩驳的证明，并发现自己置身于最热情好客的土著人之中，这些土著部落与法国殖民地关系友好，来往频繁。

他们于5月24日星期六抵达塞内加尔，同月27日到达位于更北方的梅迪纳哨所，但仍在河边。

在那里，法国军官热情地接待了他们，并倾尽所有资源款待他们。在法国人的帮助下，博士和他的朋友们很快登上了名为"王宫"号的小型蒸汽船，顺流而下，抵达了河口。

两周后，6月10日，他们抵达圣路易，总督为他们举行了盛大的接待会，他们也从兴奋和疲劳中完全恢复过来。

此外，乔对每一个愿意听他说话的人说：

"总的来说，这是一次愚蠢的旅行，我不建议任何寻求刺激的人去尝试。到最后它变得非常乏味，如果不是在乍得湖和塞内加尔河的惊险经历，我相信我们会因为无聊而死。"

一艘英国护卫舰即将起航，三位旅行者登上了这艘船。6月25日，他们抵达朴次茅斯，次日抵达伦敦。

我们不再赘述皇家地理学会对他们的接待，也不需多说他们引起的强烈好奇和关注。肯尼迪很怕他忠诚的老管家太担心，所以立刻带着他那支著名的步枪回了爱丁堡。

和我们第一次认识他们时相比，弗格森博士和他忠实的乔依然没什么变化，只是他们决定做出一项改变。

他们不再是主人与仆人的关系,而是成了知心朋友。

全欧洲的报刊都在热烈赞扬这些勇敢的探险家,《每日电讯报》在刊登他们旅行路线图的那一期,印刷了九十七万七千份。

在皇家地理学会的一次公开会议上,弗格森博士讲述了他的空中之旅,并为自己和两位同伴赢得了1862年最杰出探险奖的金质奖章。

弗格森博士探险的最重要成果,是以最精确的方式验证了巴尔特、伯顿、斯皮克等人所报告的地理事实和调查结果。感谢斯皮克、格兰特、霍伊格林和蒙青格尔①等近代探险家,他们一直深入到尼罗河的源头,并穿越了非洲的中心。我们很快就能验证弗格森博士在东经14度到33度之间广阔地区的发现。

---

① 维尔纳·蒙青格尔,瑞士探险家,行政官,曾接替冯·霍伊格林的探险队队长职务。

后记

《气球上的五星期》由法国作家儒勒·凡尔纳（Jules Verne）于1863年创作。译文参考1869年出版的英文版本和1863年的法文版本进行翻译。书中所有插图均取自1863年法文版插图。本书中涉及科学事实的部分，如计量单位、生物的分类和习性、地理位置的经纬度等信息，均根据原文翻译，如有和目前的科学事实矛盾之处，为科学进展所致。

小说中常有许多专业知识、地理名词出现，由于当时的语言和表述与现代法语不完全一样，且地名较现代有了许多变化，凡尔纳又往往喜欢为每一本小说建立自己特有的语库，各计量单位往往也有混用现象，所以要准确地翻译、表达出他的原意并不容易。如有疏漏之处，敬请读者谅解。

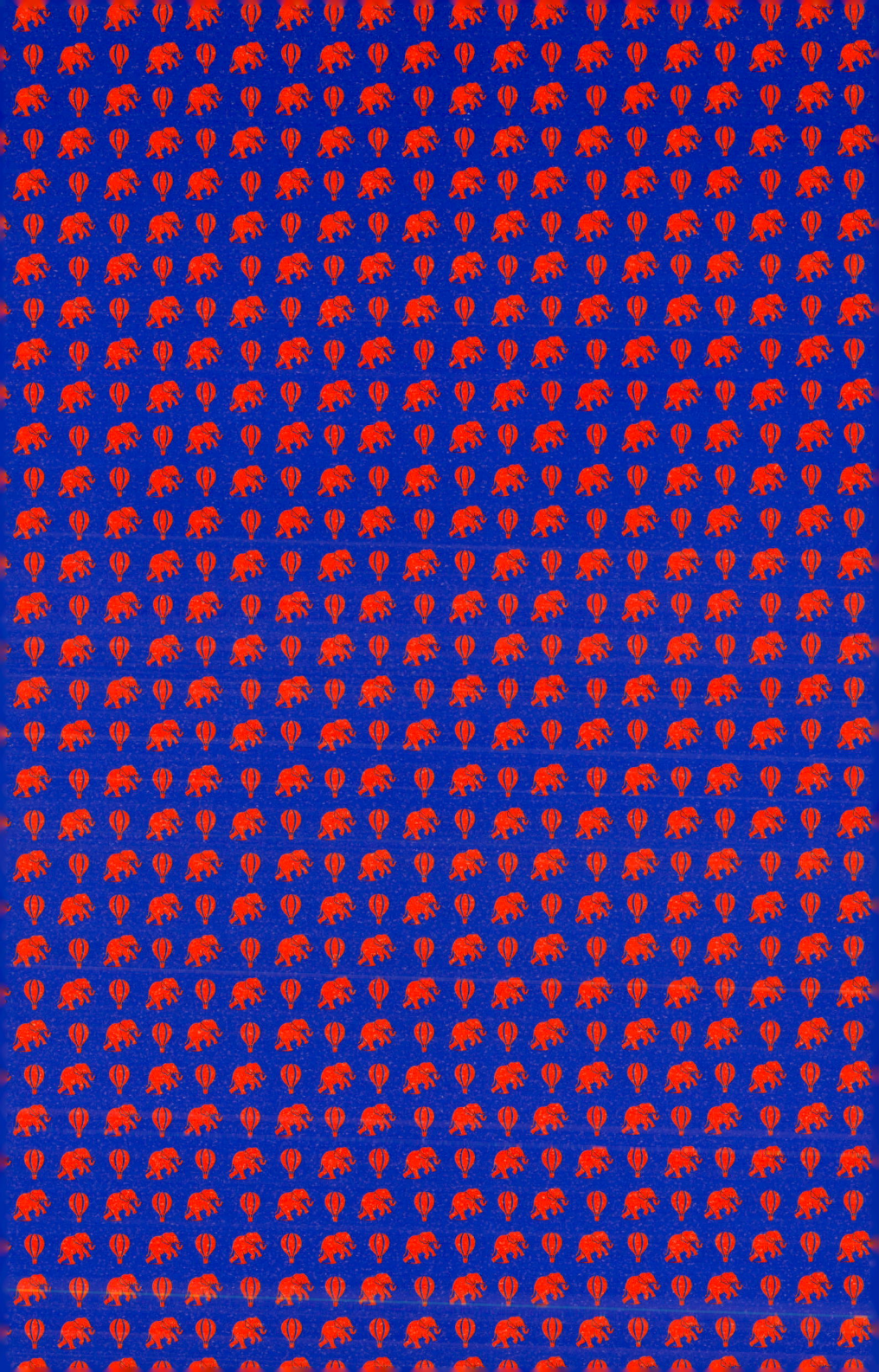

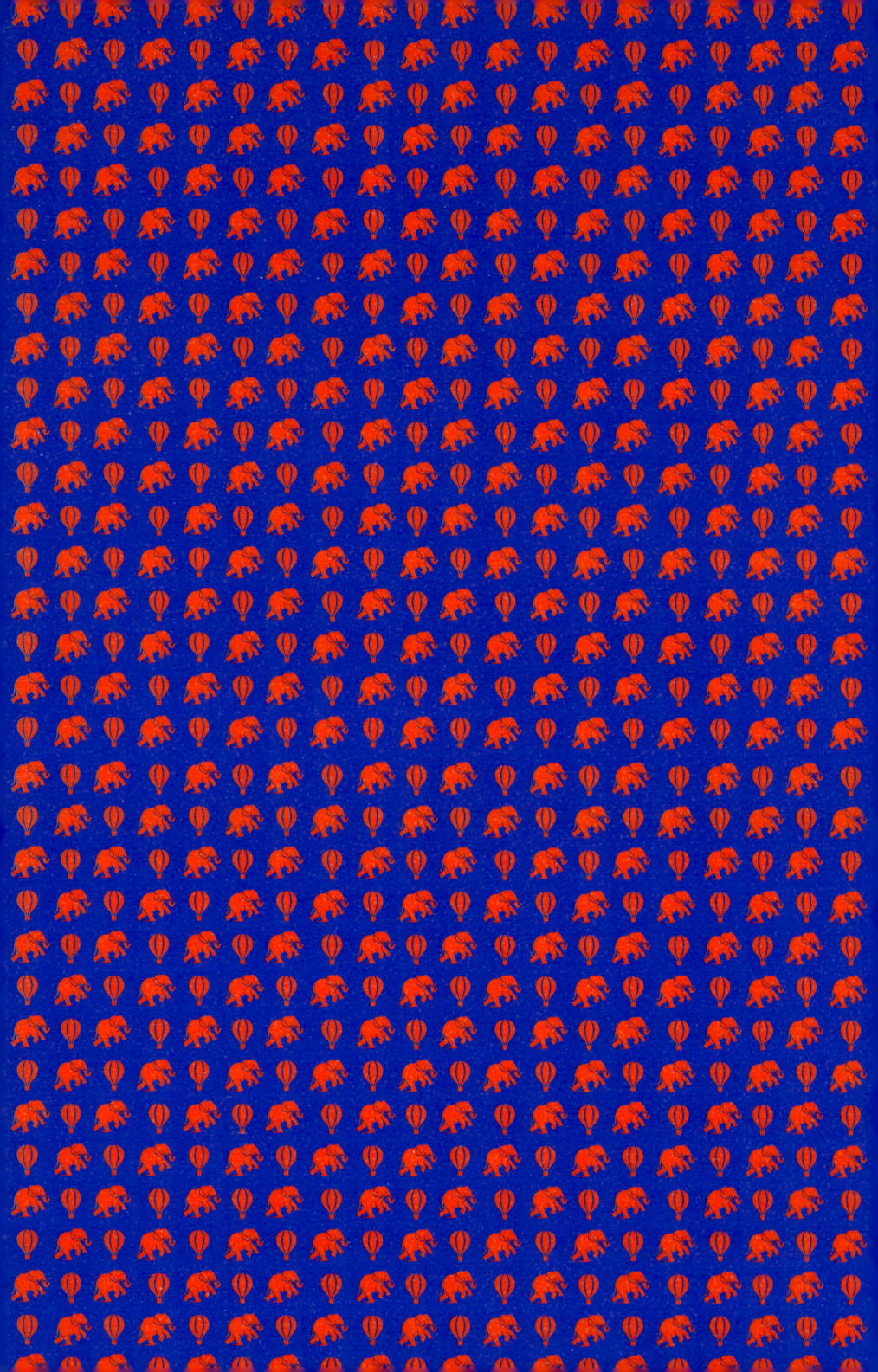